父の肖像 II

芸術・文学に生きた「父」たちの素顔

野々上慶一・伊藤玄二郎 編

かまくら春秋社

父の肖像Ⅱ

目次

本文は原則的に掲載時のままとしました。ただし、一部、筆者が手を加えた個所もあります。各々の掲載年月は巻末に記載しています。

（編集部）

石川　淳

つくづく思う／作者の意図◆

石川眞樹

石川淳［いしかわじゅん］

小説家。明治三十二年（一八九九）三月七日～昭和六十二年（一九八七）十二月二十九日。東京・浅草生まれ。

東京外国語学校（現東京外語大学）フランス語科を卒業。アナトール・フランスやアンドレ・ジッドらの作品の翻訳を通して、二十世紀初頭のフランス文学や象徴主義運動に傾倒した。大正十三年、福岡高等学校の講師として九州に赴任したが、学生運動に関係して二年で退職、帰京。「革命」と「芸術」のはざまで、模索と試練の時期を経て、昭和十年に処女作『佳人』を発表。十二年、『普賢』で芥川賞を受賞し、作家としての地位を築いた。

第二次大戦中は「江戸留学」と称し、江戸文学の世界に没入。戦後すぐ積極的な創作活動を展開。太宰治や織田作之助らとともに「新戯作派」と呼ばれ、「時代の抱える痛み」をテーマに、新境地を切り開いた。

代表作に、『焼跡のイエス』『紫苑物語』『狂風記』など。

つくづく思う

何の話をしていたのか、随分前のことで、記憶は定かではない。確か未だ大学に通っていた頃だった。

その年頃にありがちな、父子の会話の成立しにくい雰囲気、そういったものが、母を介在してのトライアングルでのコミュニケーションを余儀なくさせていた。

その時も、顔は母に向けて、気持ちは父を意識していた。一方、彼も素知らぬ顔をしながら、意識はこちらに向けていることは分かっていた。

悪友達とのくだらない出来事を話しているとき、特に意識がこちらを向いているような気がした。彼の小説の中で、老人が知る由もない若者の言葉遣い、遊びの描写が出てくる場面がある。あ、あの話がと思いあたる節がありと人知れずニヤッとすることもあった。

多分、その話も取るに足らないそんな内容だったと思う。調子に乗って面白可笑しく話した最後に、何気なく「つくづく思う」と言ったのがいけなかった。

「つくづく思うなんてことは許してない」

若造のくせに、つくづくと思うという境地には何十年も早い、生意気をいうな、という意味だと気がつくのに一瞬の間があった。

言われてみればそのとおり。自分では「つくづく」と思っても、実はほんのちょっと思っただけなのである。「許してない」という台詞もなかなかのものだと内心感心した。どう思おうが本人の勝手であり、他人に一々指図される筋合いのものではなかろう。ところが、どう思おうが勝手だが、「思う」ということに対する姿勢として、発展途上であるか、終着点であるかは、将来の可能性において、実は大きな違いがある。やはり「つくづく思う」ことは、許さないし、許せないのである。

おそらく、本人は何事に対しても最後まで、つくづく思うという心境にはならなかったと思う。一八九九年即ち一九世紀に生まれ、二〇〇〇年の二一世紀まで、三世紀に亘り現役として生き続けるつもりだった本人にしてみれば、八十八年の生涯は、志半ばであったに違いない。

今考えると、あの時の言葉は、自分自身に対しての言葉でもあったような気がする。

後日、「敗荷落日」を目にした時に、その感を深くした。永井荷風に対する痛烈な追悼文であるが、敬愛していた荷風先生の晩年を非常に厳しく憂えている。荷風先生は「つくづく」の心境に入られるのが些か早過ぎたようにもみえる。死者に鞭打つようなその文章は、しかし、むしろ自分自身に対して鞭打っていたのである。

石川淳。妻・活《いく》、孫とともに（提供・石川眞樹）

世上で無頼派といわれていたこの人は、実生活では、寧ろ非常に謹厳実直な人であった。毎日の生活は折り目正しく、自分に対して厳しい人でもあった。

それだけに、世間的な常識、特に表面的、形式的なものとは相容れないものと常々感じていた。

これも、随分前のことになるが、私の結婚式でのこと。自分自身が、もともとばかばかしいと思っていた結婚式を挙げるはめになった（念のために申し上げるが、結婚自体はばかばかしいとは思っていなかった）。

いわゆる勤め人の常として、型どおりのセレモニーをすることは、世間に対して、自分は常識人ですよという踏み絵である、そんな気分であった。

自分に、そういう疚しさもあり、また、父に対しては、これ以上ない形式的なセレモニーへの出席を頼むこと自体にためらいがあった。

式の準備は着々と進んだ。例によって、母を介して、事態を把握はしているだろう父に対して、自分の口から直接結婚式について切り出せないまま時間が過ぎていった。黙っていても、親子なのだから、出席位はしてくれるだろうと思う一方、世間的な俗事と無縁のその横顔を見ていると、不安が頭をもたげてきた。通例として、式の最後には、新郎側の父親が御礼の挨拶をしてお開きとなる。会社の上司同僚も出席するし、まして、相手の親族にとっては、大事な娘の結婚式である。万一、新郎の父親が出席しないということになると、なんとも格好がつかない。

そうこうするうちに、いよいよ式の前日となってしまった。

「明日結婚式出て下さいよ」

「出ない」案の定の答えがかえってきた。

「そういうわけにはいきません。結婚式というのは、新郎の父親が最後にひとこと御礼の言葉をいわないと終わりません」

「わかった。ひとことだけだぞ」

当日、式も型どおり順調に進み、最後に、新郎の父親から挨拶がある旨、司会から紹介があった。

「本当にどうもありがとう」

司会者を含め、出席者全員、あとに続く言葉を待った。一瞬の静寂の後、しかし、当の本人は着席してしまった。慌てたのは司会者だったが、事情が飲み込めると、座の雰囲気は和やかなものとなった。

後日、出席者から、「あの挨拶はよかった」といわれ、今でも語り草となっている。

ともあれ、父が私宛に書いてくれた「ものぐさは治らぬやまい日も暮れて」ということにならないように、石川淳流の精神の運動を持続し続けようとつくづく思う次第である。

作者の意図

大学の入学試験の問題に石川淳の文章が出題されることがある。受験生にとってはきっといい迷惑だろう。あの難解というより不可解に近い文章が出題され、挙げ句の果てには、作者は何を言わんとしているのかと聞かれても、答えようがないではないか。大学側は律儀に出題した問題を作者宛に送ってくる（勿論事後承諾ではあるが）。

その時も、作者の意図について、出題者が用意した複数の答の中から選ばせる問題が送られてきた。面白半分にやってみた。出題者の意図からみて、選ばせたい選択肢の見当はつくものの、どうも納得がいかない。本人に聞いてみるに如くは無し、作者本人に聞いてみた。本人怪訝そうな顔をして暫し無言、困ったもんだという顔付きをしていた。

戦後の国語教育はなどと大上段に振りかぶるつもりはさらさらないが、それにしても作者は何を言わんとしているのかという類のことを学校で教えることが時間の浪費であることにそろそろ気がついてもいい頃ではないだろうか。

これはどうも何にでも「道」をつけたがる日本人の性癖と無縁ではなかろう。「書」はいつのまにか「書道」となり、「剣術」は「剣道」となった。「道」をつけることによって、基本的な知識や、技術を越えて個々の持っている心の領域にまで枠を嵌めることになりはしないか。小さい頃、何かの拍子に剣道といって父に怒られた。そんな道はありはしないと。

そういえばこんなこともあった。高校三年で大学受験を控えている頃の話。父が本をくれた。それまでにも、本を買ってきてくれることはあった。それはプティラルース（フランス語の辞書）であったり、フィリップスの地図帳であったり、とにかく実用本位のものであった。その時にくれた本も確かに実用本位ではあったが、何と「答案の書き方」というものであった。岩波の国語辞典以外に日本語で書かれた本をくれたのは後にも先にもこれ一冊である。それまで自分で描いていた父のイメージと余りにも懸け離れた本であったので驚いたことを覚えている。有り難く頂戴したが、結局この本自体は全く役には立たなかった。おそらく、受験などというものは、所詮小手先のテクニックの域を越えないものだよという彼一流の諧謔だったのかもしれない。

辞書や地図帳それに「答案の書き方」にしても、考えてみれば、基本的なツールであることには違いない（尤もプティラルースはそれ自体が読み物としても面白いが）。そのツールを使って何をするか、辞書であれば何の本を読むか、答案であれば解答の内容をどうするかについては、全て自己責任である。彼の言った精神の運動とは常に主体的なところからしか出発し得ないということに他ならない。

子供達が、夏休みの宿題で、課題図書を指定され読後感想文を書かされる。中には、それによって読書の面白さを知る子供もいようが、逆に子供達の読書離れを促しているようにもみえる。

読書といえば、石川淳の文学を評して和漢洋の知識という言葉がよく使われる。文学論は専門家にお任せするとして、ここでは、彼の和漢洋の食物論についてふれてみよう。

食通の資格として、一番大切な要件は大食漢であることというのが彼の持論であり、またかのブリヤ・サバランもそう言っていたそうである。確かによく食べる人だった。

特に、牛肉が好きだった。親友の一人だった吉田健一先生が、日本が先の戦争で敗れた最大の原因は、牛肉を食する量の差であると言われたと聞いたことがある。このせいもあったのかもしれない。なにしろビフテキ、ローストビーフ、すき焼き、このローテーションが毎日続く。付き合わされるこちらはたまったものじゃない。特に真夏のすき焼きには往生した。

子供の頃から時々外に食べに連れていってくれた。この時ばかりは牛肉から解放されるとほっとしていると、行った先は湯島のすき焼き屋であったり、人形町の牛肉屋であったりして全く油断ができない。しかし、今考えると何とも贅沢な悩みではあった。

中華料理の時でも牛肉の蠣油炒めなどという手があり、牛肉攻勢が続いたりする。どこかのホテルのメインダイニングに行った時のこと、敵は当然シャトーブリアン。こちらは牛肉以外と心に決めているから、偶々目に入った野兎の赤葡萄酒煮なんぞを頼んだ。野兎などというものは、文明人の食べるものではない。野兎にしてみても、ライオンかなんかの胃袋に収まるなら本望だろうが、人間の口に入ることは殆ど予想していない。この時ばかりはビフテキにしておけばよかったと後悔した。

寿司、天ぷら、鰻、蕎麦の時は少なくとも牛肉に対する警戒は不要だった。しかし、これとても、油断できない。寿司屋で旬でないもの、例えば冬に鮑とか、或いはトラディショナルな寿司種ではないもの、うに、いくらの類を頼もうものなら、そんなものは寿司じゃない、握り飯だといって怒られた。本人は大トロ一本槍、確かに牛肉と一脈通じるものはある。天ぷら屋で、まき（車海老の小さなやつ）を天つゆにつけようものなら、塩で食うものだとまた怒られる。ざるそばはどうも人の食べ方が気に入らない、文楽（桂文楽）の（高座での）食べ方を見習えとくる。

あれだけ、何をしようが自由にさせてくれた人が、こと食に関しては、枠に嵌めようとした。生き方については言ってもしょうがないとあきらめていたのか、或いは、食べるということを通じて、生き方を教えようとしていたのか、一体、彼は何を言わんとしていたのか未だに答が見つからない。

（石川淳長男）

石川達三

「一匹狼」と鎌倉文士／
父が望んだ「最後の自由」◆

竹内希衣子

石川達三［いしかわたつぞう］

小説家。明治三十八年（一九〇五）七月二日～昭和六十年（一九八五）一月三十一日。秋田県横手市生まれ。九歳で母を失い、父が再婚。腹違いの兄弟や、義母の家族との同居生活を余儀なくされた。少年期の複雑な家庭環境によって、独立独歩の精神が養われた。

早稲田大学英文科に進んだが一年で中退。昭和五年にブラジル移民として渡航し、半年間、農場の仕事を手伝った。帰国後、中山義秀らの「新早稲田文学」の同人となり、精力的な創作活動を展開。十年、ブラジル移住民の悲惨さを告発的に描いた『蒼氓』で第一回芥川賞を受賞した。続いて『日蔭の村』『生きてゐる兵隊』など、ルポルタージュ的手法で、社会批判をテーマにした小説を発表し、自己の文学を確立していった。

戦後も社会派文学の旗手として活躍。ベストセラー『四十八歳の抵抗』『僕たちの失敗』ほか、数々の小説のタイトルは、流行語にもなった。芸術院会員。

「一匹狼」と鎌倉文士

復活祭前夜、小学校以来の友だちが雪ノ下カトリック教会で洗礼を受けることになり、列席するために、久し振りに鎌倉を訪れた。

教会の前の段葛はちょうど桜が満開で夜目にも華やかな花のトンネルが続いていた。早めに行ったので、ひとりでしみじみと花見をしていたら、古い記憶、情景が次々と思い出されてしきりに懐かしかった。

もう四十年にもなる昔、大学を卒業して文藝春秋新社（当時）に採用された。はじめの仕事は専ら作家の原稿を受取りにいく「お使いさん」。毎週のように原稿を頂きに鎌倉通いをしていた。

パソコンもFAXもない頃のことで、電話で出来上がったことを確認すると、なるべく速やかに出かけて行って有難く頂いてくるのが丁寧な方法なのだった。鎌倉へ、と上司に言われると横須賀線の電車のなかでその作家についての知識を呼び覚まし、お玄関での口上を練習しながらでかける。長谷の川端康成さんのお宅では和室に正座した氏に大きな目でギョロリとみつめられた。「編集者って何が面白いですか」と虚をつかれ、「今は原稿を頂く係りで」と頭を下げて逃げ出すように辞去するしかなかった。

扇ガ谷の里見弴さんは水屋にかまえてゆったりとお茶をいれてくださるのだが、その時間がもたなくて汗ふきだす思いだった。雪ノ下の永井龍男さんはへこ帯をひきずって玄関にでていらして「書けないからすまんと伝えてください」と言われてすごすごとひきさがった。明月谷の尾崎喜八さんは静かなあたたかい詩人で、安心して話すことができた。中村光夫さん、小島政二郎さん、高見順さん……〝鎌倉文士〟と言われた方たちはいかにも芸術家という感じで、私が日常みている父とは持味が違うように思えた。

鎌倉通いをはじめて、私はもの書き職人のような父を少し残念に思うようになった。

父はいわゆる私小説を嫌っていた。「私は純粋な意味での作家ではなくて作家という仕事を手段としているのだ、と言われても仕方がない。私は文士らしい文士、ことに破滅型と言われる文士を好きではない」（『出世作のころ』）とも書いている。私小説的な作品も書き、破滅型的な精神のマグマも抱えて、自らが嫌った文士的な部分を自覚したからこそ、好きではない、と断じたのだろう。

結婚前の同棲生活や、後に家族が「鎌倉夫人」と呼んだ鎌倉在住の〝戦争未亡人〟とのいざこざなど、かなりの破天荒も経験していたから、内なる破滅型を恐れもしたのだろう。

菊池寛賞記念パーティーにて。石川達三と筆者（昭和52年11月　提供・竹内希衣子）

いいかげんな生活をしたこともあるから、経験に根差して自らを戒めていたのだろう。家族にも〝いいかげん〟を許さなかった。

例えば朝寝坊は自堕落のはじまり、と私たちは寝ている布団をひきはがされた。そのあたりが思い込みの激しい父ならではの論法なのだけれど……。生活の乱れを非常に嫌った。帰宅時間、服装、食事の仕方などについても、いちいちチェックされた。

自ら範を示して意志的な職人のような生活を律義に守り通そうとしていたようだ。

父の日常はきっちりとタイムテーブルが決められていた。朝八時には髭をそって洋服に着替え、朝食をとる。そして昼過ぎの午睡、散歩。午前、午後、入浴をはさんで夕食後のそれぞれ二、三時間を書斎にこもって過ごした。夜九時すぎには一日の仕事を終えて晩酌、就寝。戦後、流行作家と言われたころにも夜中に仕事をすることはほとんどなかった。時折切羽つまって湯河原の旅館やホテルに一週間くらい〝缶づめ〟になることはあったが。「締切りをきちんと守るから編集者が催促にこない、バイクがくるだけだ」。新聞小説を書いているころに珍しく私にそう言ったことがある。もし父が鎌倉に住んでいたら、締切り前に原稿を書留速達で送ったに違いない。昭和三十、四十年ころには週一日の面会日を決めて、それ以外の日には来客とも会わなかった。会えないくらい仕事に追われていた。

お茶をいれてもてなして下さった里見さんや馬込にお住まいだった室生犀星さんのように、駆け出し編集者の記憶に残るようなふるまいを父はしなかった。

書斎には母が掃除する以外は誰も入れない。二階の奥まった書斎にこもる父は新聞の連載がはじまる前など、熊のようにドシンドシンと足音を響かせて歩き回っていて、階下の母は息をひそめるようにしていた。「もの書きとだけは結婚しなさんな」と私に言い聞かせるのはそんな時だった。『人間の壁』を書いていたころ、父はいちばん〝熊〟になって執筆の壁にいどんでいた。

そんな時でも書斎から降りてくるとたちまち父や夫に変身する。子どもに日記を書かせて添削する。をの字をきちんと書きなさい。家族には敬称をつけないで……などと。

冬が近づくと竹を削って骨をつくり、美濃紙をはって大凧を作った。風のある日には子どもたちをつれて原っぱに揚げに行く。散歩にでかけると魚屋さんに寄り、身欠きにしんを買ってきて、晩酌の肴に煮てくれ、と注文する。ゆったりとして、いかにも文士らしい風貌でそれぞれに個性的と思えた鎌倉の作家たちに比べて、ブルドーザーのように書きまくった父は、むしろジャーナリスト、ノンフィクションライター、の範疇に近い作家なのだと思った。境界のあいまいな存在はとかくタブー視され、排除されがちだ。加えて流行作家と言われ、本が売れたのだろう。嫉妬もされて「文壇の一匹狼」になるしかなかった。

でも、社会的な逆風が吹きつけようと、何を言われようと、四十代以後、父として夫としての基盤がゆらぐことはなかったし、泰然としているようにみえた。趣味のゴルフや絵を描くことを楽しみ、父なりに思い描いた家庭、家族との生活に満足感を持っていたと思う。

父が望んだ「最後の自由」

一九八五年一月三十一日早朝、父は肺炎のために目黒の病院で息を引き取った。七九歳だった。家に連れて帰り、葬儀について家族で相談しているうちに、遺書がないかどうか、探してみることになった。机の引き出しのわかりやすいところに「書き残すこと」と表書きした茶封筒があり、葬儀用の写真までそろっているのには驚かされた。日付けは七年前で、署名の下に拇印もちゃんと押してあった。とにかく遺言にそって、内輪の密葬、後日の青山葬儀場での葬儀などを決めることができたのだが……。その夜、線香をあげて、家族で通夜をしながらひとしきり遺言の話でもちきりになり、いかにも父らしいと笑ってしまったのは、次のようなくだりについてだった。

「現在の妻及び三人の子以外には遺産の相続権を有する人は、断じて居ない。また妻の知らない財産はどこにも無い。同時に妻の知らない借財はどこにも無い」

もしかして相続権がないような子はいたりして……、もしかして若い日に出かけたブラジルあたりには……、「断じて」の迫力はすごい、などと子どもたちは無責任な想像をひろげては父をしのんだ。

作家が亡くなったあとに隠し子や、隠し妻が登場して葬儀の席でもめたり、遺産争いがおきたりという話はよくあることだったから、父は父なりに準備しておいたのだろう。墓をすでに用意してあり、戒名はいらない、俗名のまま、とあったので懇意の僧侶一人にお経をお願いして、まことに簡素な密葬をすることができた。

結果的に父の意向に添えなかったのは冒頭に書かれていた、以下のような文言だった。

「私が肉体的な障害の為に自分の意思の伝達、意思の表現が不可能になった時には、正規の手続きを経て安楽死させてもらいたい。是は私の最後の自由であり、最後の希望である」

肺炎が進み呼吸が困難になった最後のころ、父は痰がだせなくて、とても苦しんだ。最終的に気管切開をしたために、話すことが不可能になり、一週間の延命の時間を苦しんで亡くなった。もしもっと早い時期に遺言をみていたら、気管切開をすることはなかっただろう。正規の手続きを経て安楽死、という父の要望が実現のむずかしいものだったとは知りつつ、父の自由を蹂躙したような後ろめたさをずっと引きずることになった。

父が自由という言葉を使うのは、容易ならざることなのだと知っていたから「最後の自由」の文言は私にとってとても重かった。


亡くなる数年前に死線をさまようような病気で入院していたことがある。やっと死地を脱して、でもしばしばうわ言をいうような状態だったある日、ベッドの上で眠りからさめた父は、私が付き添っているのを認めると、「おまえ自由についてどう思うね」といきなり問うてきた。そんなに簡単に答えられるような問題ではない。「少なくとも責任を伴わない自由ってあり得ないし、責任をもてない人には自由ももてないのじゃない?」

父の仕掛けにからめとられた、とわかったがあとの祭りだった。

「そうだろう。今の自由を謳歌している若い女たちは責任についてこれっぽっちも自覚していない。子どもは生みっぱなし、亭主はほったらかし、家庭にしばられるのは嫌だと出歩く。それが自由だと思いこんでいる。結局責任をもたないから自信ももてない……」

耳が痛い。墓穴をほってしまった。

あまり反論すると血圧が上がりそうだし、早々に話題の転換をはかって逃げ出した。

父には自由について、身に染みて体験し、考え続けてきた軌跡がある。病気と戦いながら、なおとつおいつ自由について考えていたのだろうと、その時理解した。

一九三七年日中戦争がはじまった年に私が生まれ、四カ月後に父は南京をはじめとする中国取材をもとに『生きてゐる兵隊』をまとめて翌年三月号の「中央公論」に発表した。掲載誌は内務省により即日発売禁止、編集者とともに警視庁に連行され、取り調べを受けた。三九年四月に「新聞紙法違反」で禁固四カ月（執行猶予三年）の有罪判決を受けている。南京虐殺に触れたこの小説によって国民に事実を知られるのを日本陸軍が恐れての、つまり国にとって不利な事実の隠蔽だった。国の安寧秩序を乱した、という理由で以後三年間毎月特高刑事の訪問を受け入れるという、それはうっとうしい経験だった、と聞かされた。しかし、敗戦後すぐにこの作品が出版されたことで「正しかったのだと思ったよ」と父は言った。無実の証しと思えたのだろう。国にとって不利な情報を隠蔽する、言論表現の自由が侵された時代の風あたりをまっこうから受けた父がいま生きていたら、この国が再びたどろうとしている有事法制、メディア規制の立案についてなんと言って対抗したことだろう。「それみたことか、二つの自由論をこてんぱんにやっつけた人たちの顔がみたい……」と言いそうな気もする。

一九五六年、父は朝日新聞のコラム「世界は変わった」のなかで、「自由に対するあらゆる拘束をはねのけようとしたために、つまらない自由が増え過ぎたのではないか。たとえけちな自由を制限されようと、良き意思、行動への本当に必要な自由を確保することを考えるべきだ」と書いた。守るべき自由と守らなくてもよい自由、いわゆる「二つの自由」を標榜して、結局は「自由の敵」と言われてしまうという問題が起こった。あの時父が言おうとしたことは、あまりにも主観的で強引だったから世に受け入れられ難かったのだろう。今に及んで、彼が半生をかけて、言論表現の自由について考え続けていたこと、自由には責任が伴う、と折々に書いたり、語っていたことを検証してみたいと思うようになった。

（石川達三長女）

石田波郷

背中の傷跡／血のビフテキ◆

石田修大

石田波郷［いしだはきょう（本名／哲大《てつお》）］

俳人。大正二年（一九一三）三月十八日〜昭和四十四年（一九六九）十一月二十一日。愛媛県垣生村（現松山市）生まれ。

松山中学校（現松山東高校）在学中に同級生の中富正三（俳優の大友柳太朗）の勧めで俳句を始め、昭和七年に上京、水原秋櫻子に師事。秋櫻子が主宰する「破魔弓」を改題した俳誌「馬酔木」の編集を担当。昭和九年、明治大学文芸科に入学。大学で講師をしていた横光利一を訪ね、門下の句会十日会へ参加。十年、処女句集『石田波郷句集』を上梓。十二年に俳誌「鶴」を創刊し主宰者となった。

十四年には『鶴の眼』を刊行。俳壇に確かな位置を占めた。中村草田男、加藤楸邨らとともに人間探究派と呼ばれ、自ら唱えた「即刻打坐」を瑞々しい情感をもって表現し、生涯に渡って人生を凝視する句を詠みつづけた。三十年、『定本石田波郷全句集』により読売文学賞、四十四年、『酒中花』により芸術選奨文部大臣賞。

背中の傷跡

「父の肖像」といわれても、私にとってはまことに曖昧である。いや、輪郭ははっきりしている。私自身、父親によく似ていると言われるくらいだから、いずれあの世へ行っても、お互いに見間違えることはあるまい。また、俳人としての父の姿は、多くの句集や随想もあるし、かなりはっきりしている。

しかし、どんな父親だったかとなると、なんともぼんやりしている。父親と息子などは大方そんなものだとも思うが、それにしても親子としての実感が薄く、きわめて漠とした印象しか残っていない。

それにもかかわらず、テーマを与えられて書かせていただこうと思ったのは、父の死んだ年齢に近づいて、自分自身を振り返るにつけ、そんな父親が妙に懐しく思い出されるからである。

太平洋戦争さなかの昭和十八年五月、波郷は三十歳で一児の父となった。本名、哲大（てつお）の一字を取って修大と名づけた。「のぶお」と読むのだが、一人として正しく読んでくれる人はおらず、父の死後は「しゅうだい」で通している。

四か月後、召集を受け中国大陸へ。戦後の随想に「ただ未だ、這ひも立ちも出来ない一人の子供の為に、俺は肥料になつてやるのだと思ふことで幾らか安心を覚えるのだつた」と、出征直前の心境を語っている。

戦地で肺結核に罹り、絶対安静。病院を転々とさせられたあげく、国内に送り返され、二十年六月、兵役免除となった。生きて帰ることは出来たが、以来死ぬまで、断続的に入退院を繰り返す闘病生活を強いられることになった。戦地での句に、「一子修大に」として、

秋の風萬の禱りを汝一人に

がある。

そんな時代の父親の記憶は、もちろん全くない。年譜によれば、戦後、波郷は東京・江東区北砂町に居を構えた。母方の祖父の好意で一息ついたのだが、間もなく清瀬の国立東京療養所に入院、二度の成形手術を受け、二年間を過ごすことになる。

私が五歳から七歳の直前までの間だが、母も看病のため病院に泊まり込むことが多かったので、三つ下の妹と私は祖父一家の世話になっていた。当時の結核は死に直結する病気だったから、母から言い聞かせられたかどうか覚えていないが、子供ながらに緊迫感はあったのだろう。私たちは寂しい素振りもなく遊んでいたという。

石田波郷。筆者、妻・あき子、長女・温子と一緒に（昭和26年４月頃　提供・石田修大）

入院中一度だけ、清瀬に連れて行かれたことがある。結核患者は隔離が常識の時代に、子供を連れて行くのだから、これが最期という恐れがあったのだろう。あいにく当の私は父親がどんなだったかは覚えておらず、途中、橋を渡ったことと、療養所の構内の木が大きくて立派だったことだけが、かすかに記憶に残っている。大空襲で焼き尽くされた砂町に暮らしていたため、大木が珍しく、うれしかったに違いない。

二十五年二月、波郷は砂町に帰ってきた。私の小学校入学に間に合うよう、早めに退院したのだった。だが、私にとっては初めて会うのも同然だった。病人だから当然とはいえ、波郷は家の中では無愛想な人だった。砂町は自営業者や職人の多い町で、祖父も瓦屋を営んでいた。そんな下町風の環境で育った子供には、無愛想な俳人は異質な存在だったに違いない。

それでも父は、久しぶりに会う私に、「やあ、どうだい」くらいのことは言ったろう。こちらも精一杯の作り笑顔で応えたはずだ。

入院中の句に「子」の字が多くみえる。

冬日の吾子少年少女たる日までは
寒むや吾がかなしき妻を子にかへす
つばくらめ父を忘れて吾子伸びよ

ほとときすすでに遺児めく二人子よ

肺活量千五百、ゆっくり歩かないと呼吸困難に陥るという体で、波郷は改めて戦後の生活を始めた。

「子」と共に、「病家族」がしきりに登場してくる。

一樹無き小学校に吾子を入れぬ

病家族二つの蚊帳の高低に

妻のみが働く如し薔薇芽立つ

水仙や寧き日待てる病家族

左隣が神社の焼跡、右隣がお寺の焼跡という、子供にはもってこいの遊び場があって、私は近所の仲間と暗くなるまで遊び回った。ベッドに横になっていることが多かった父も、体調のいいときには私たちと散歩に出たが、父の足元にまとわりつく妹と違って、私は少し離れて一人でブラブラしていた。

会話を交わすことの少ない親子だったから、父の言葉は全く覚えていない。その代わり、いくつかのシーンだけが残像として頭の片隅にある。

焼跡で遊んでいるうちに、転んで瓦礫に頭をぶつけ額を切ったことがあった。父は私を自転車に乗せ、子供の感覚ではかなり遠くの病院まで、猛スピードで連れていってくれた。

自転車の荷台で父にしがみついている光景だけが残っているのだが、肺活量の少ない父は、病院に着いたあとへたり込んでしまったことだろう。

何が原因かわからないが、横っつらをはりとばされて、一メートルほどふっ飛ばされたこともある。覚えているのは一度だけ。殴った父はハアハア息を荒げていたのではあるまいか。

銭湯で見た父の背中は、ひどくへこんでおり、肋骨切除の大きな傷跡があった。初めて傷跡を見たときに、言いしれぬ圧迫感を受けた。病気や手術のことなど、句にはしても家では一切語らなかったが、その傷跡が全てを語っていた。幼時のブランクもあって親しみはわかなかったが、それ以来、一種、畏敬の念を抱くようになったのである。

血のビフテキ

新聞社に入社して一年、社会部に移ってすぐに与えられた仕事は、当時、全国で吹き荒れていた大学紛争の取材だった。とりわけ規模の大きかった日大の担当になり、ハンディトーキーを手に毎日、神田周辺で学生のデモを追いかけていた。

四十三年の五月だったと思うが、社会部からトーキーに連絡が入った。入院中の父の容体が急変したので病院へ行けという指示だった。後の取材を先輩にゆだねて、そのまま清瀬の東京病院に駆け付けた。

昭和二十五年、三十七歳の誕生日を前に東京・北砂町の自宅に帰ってきた波郷の病歴を略年譜から拾うと、こうなる。

三十一年（四十三歳）喀たん中に結核菌を認め化学療法を始める。

三十八年（五十歳）東京病院に入院、合成樹脂球摘出手術を受ける。半年で退院。

四十年（五十二歳）呼吸困難となり、東京病院に入院。以後、入退院を頻繁に繰り返すようになる。

そして四十二年九月に退院した後、十月に再び入院、冒頭の病状急変を迎える。父は幻覚症状を起こしており、「おい、カーテンの陰にいる奴が見えないか。あいつが俺を殺しにきているんだ」といって、私の腕を病人とも思えない力でつかむ。

波郷の肺活量は常人の三分の一ほどしかなく、風邪でも引けばいっぺんに呼吸困難に陥る。幸い、この時は医師の判断で気管切開手術を受け、一命を取り止めた。喉に穴を開け、ホッとしたような表情で寝ている父を見ながら、「血のビフテキ」を思い出していた。

しんしんと子の血享けをりリラ匂ひて

この時より三年前の春、緊急入院した波郷は大量の輸血を必要とし、大勢の俳人や親戚の方々に血をもらったが、文字通り血を分けた私が最適任であり、他の人の倍量を輸血した。輸血の後、母が金をくれて、「随分血をとっちゃったから、これでビフテキを食べなさい」といった。

「トンカツは薄い方がうまい」というのが父の決まり文句で、今でいう紙カツのような薄っぺらなトンカツを食べていた我が家で、ビフテキなど食べたことがあるわけもない。血の滴るようなビフテキを食べれば、なるほど輸血で失った血が取り戻せるかもしれない。

そう思ったが、はずかしながら大学生になっても、どこでビフテキが食べられるのか見当がつかなかった。デパートなら何でもあるだろうと、食事時をすぎたがらんとしたレストランに飛び込んで、生まれて初めてビフテキを注文した。確かに経験のない味ではあったが、残ったのは満足感ではなく、妙に切ない思いであった。

やせ細ったこの体に、まだ俺の血が流れているのだろうか。そう思って父を見ているうちに、ビフテキを思い出していたのだ。

今生は病む生なりき鳥兜

波郷の晩年の句である。父が病む生ならば、母の人生は「見舞妻」としてのそれだった。長年の看病疲れがでたのか、前年の六月に狭心症の発作を起こして母もまた入院。妹と二人で手分けして見舞う騒ぎになってしまった。三か月ほどで母は退院し、直後に父も退院したが、一月足らずで再入院となっていたのである。

私の小学校入学を前に療養所を出てから十八年、ようやく社会人になり、口には出さなかったが、父もやれやれとは思っていたろう。しかし新入社員の安月給で家族を支えられるわけもなく、母もまた心臓の病を持つ体となってみれば、もう一頑張りせざるを得ない父であった。

病床でも、調子のいい僅かな時間を使って、数少ない収入源である俳句の選に励み、母が清書する日々が続いていた。時折見舞いに行く私も、子供のときとは違い、ぽつぽつと会話を交わすようになってはいたが、内容は政治情勢であり、新聞の話題であり、およそ、普通の親子の会話とは異なっていた。

お互いに照れていたのである。そんな会話が長続きするわけもなく、沈黙に耐えられなくなると、「じゃ、また来るから」「ああ」と、別れの時を迎える。

戦後、旅行にも出かけられるほど元気になっていたころの波郷の趣味は、写真だった。「肩にローライ、手にライカ」は、確か妹が父のカメラ趣味を揶揄気味に表現した言い方だった。

昭和三十三年、北砂町の家を引き払い、病院にも近い練馬区谷原に家を建ててからは、植木、とりわけ椿を集めるのが数少ない楽しみになった。百本近い椿をところ狭しと植え、新しい木が手にはいると、植え替える。低肺機能の父に力仕事ができるはずもなく、労働は母か、たまに私の役割になった。

次々と花開く椿を見せたかったのか、あるいは大勢の人でにぎわう雰囲気にひたりたかったのか、春先になると、椿祭りと称して客を招いた。だが、その椿祭りも直前に入院して、慌てて断りの連絡をして以来、再び催されることはなかった。

「もう椿のやうに華やかなものはややうとましい。沙羅の花のやうなひつそりと侘びた花が好ましい。欲してかうなつたのではないが、やはり自然にかうなつた」

随筆にこう書いたのが、四十三年六月。その一年半後、入院のまま五十六歳で亡くなった。室内のトイレからベッドに戻ろうとして倒れたままだったという。

遺書未だ寸伸ばしきて花八つ手

最後まで、語ることの少ない父であった。

（石田波郷長男）

石塚友二

旅立ちの句◆

石塚光行

石塚友二【いしづかともじ（本名／友次）】

俳人、小説家。明治三十九年（一九〇六）九月二十日〜昭和六十一年（一九八六）二月八日。新潟県笹神村（現阿賀野市）生まれ。

大正十三年に上京し、菊池寛の書生を希望するが断られ、東京堂書店に就職。横光利一の知遇を得、門下となって創作を志した。昭和八年、水原秋櫻子主宰の「馬酔木」に投句を始め、十年には沙羅書店を開業。横光、川端康成らの作品や中村草田男、石田波郷の句集を出版した。そのかたわら、横光を中心とする文壇人の俳句会「十日会」に参加。しかし横光が渡欧し、十日会は中断。十二年に石田波郷らと俳誌「鶴」を創刊し、編集経営にあたった。十七年に発表した短編小説『松風』は芥川賞候補に。波郷の死後、四十四年からは「鶴」を継承して主宰した。

二十年から鎌倉で暮した。建長寺境内には句碑が立つ。代表作に句集『方寸虚実』『玉縄抄』などがある。

段丘の黒く厳《こご》しき朝の雲

昭和六十一年の二月八日、毎日新聞朝刊短歌・俳句欄を飾った父の句である。その新聞をこの目で見ることなく父は、その日未明、七十九歳の生涯を閉じた。折から湘南地方はこの年初の本格的な降雪に見舞われた。雪深い越後をあとにして六十有余年。父は雪にいざなわれるように天上へと旅立った。

平均寿命が延びたとはいえ、七十九歳といえば大方の人は社会の第一線から退いて久しい。しかし父は俳句結社「鶴」の主宰者として最後まで現役であった。「八十になったら辞める」と主宰の地位を退く意向を漏らしていたという。その後の事については語らなかったそうだが、七十九歳での他界は本人にとっても予期せぬものであったのではないかと思えてならない。

前の年の秋口から父は咳がひどくなった。喘息のような傍目にも苦しい感じのものではなかったが、途切れることがないしつこい咳であった。風邪にしては変だと気付いた母が病院に連れて行った。十年前であったら、おそらく誰がどう勧めても腰を上げなかっただろう。それほど医者嫌いで、また病気と無縁なのが自慢だった。七十を超して糖尿病を患ったり、眼の手術で入院したこともあって、以前の頑な姿勢はなくなっていたが、それでも体調が悪いからといって自分から足を運ぶというような人ではなかった。

母がどう説得したかは分からないが、十二月下旬、父は病棟の人となった。一週間ほどの入院と軽く考えていたらしい。家族の者もこの病院が〝終の棲家〟になるとはその頃、思ってもみなかった。ところがレントゲン写真で肺にかげのあることが分かった。

「肺炎の疑いあり」と診断され、暮れの多忙期と重なり、精密検査は年明けに実施とされ、父は自宅に戻ってこじらせてもいけないとの診断から当分の間、入院と決まった。

その頃、私は家族を名古屋に残して単身赴任中で、父の家に身を寄せる生活を送っていた。父にとって初孫である長男が私立中学受験を控えていたこともあり、年の瀬ぎりぎりに名古屋に帰ることにした。帰省の日、見舞うと父はベッドの上に小机を載せ、週刊誌の投句の選をしていた。私たち親子は普段から対話が少なく、この時も「帰るのか」「うん」程度だったはずだ。少し見ない間に、ほほの肉が落ち、横顔にシミが浮き出て、老いとやつれが目をひいた。それでも病がかなり進んでいるとはうかつにも思わなかった。父はこの最後の正月を付添いの母と二人で病院で迎えることになった。胸中、かなり寂しいものがあったようだが、それを口にする人ではなかった。その時の様を句に残し、私は父の死後、初めて知ることとなった。

年が明け、私はまた多忙な新聞社勤めの生活に戻った。上旬のある日、学芸部俳句担当

左から石塚友二、孫の敏樹、筆者（昭和58年、名古屋城公園にて　提供・石塚光行）

のK記者と廊下で出会った。「お父さん元気?」。いつもの気軽な挨拶だった。入院事情を手短に話すと、父への励ましの意味も含めて新聞掲載用の句を依頼された。仕事帰りのついでに病院に立ち寄り、Kさんの伝言を伝えると、父は締切り日等、二言、三言尋ねただけで引き受けた。

家では本を読むか、何か書きつけをして時間を過していた父にとって、本も読めず、書きものも自由に出来ない病院生活は耐えがたいものだったろう。無聊を慰めるため、レンタルテレビを入れたが、日頃テレビ番組にあまり興味のない父にはさしたる時間つぶしにはならなかったようだ。無趣味な父が数少ない楽しみのひとつとしていたのが相撲観戦だった。初場所は知人に誘われ国技館に行く予定があった。だが、病状ははかばかしくなく、ついに国技館行きは中止と決まった。私には落胆のそぶりもみせなかったが、この見かけの我慢強さ、悪くいうなら頑固さが私ども家族が父の病状を正しく把握する目を曇らせる結果になった。

病魔が猛威をふるっているとは露知らず、私は糖尿病患者が余病を併発すると治りが悪いと聞いていたこともあり、入院が長びくのは糖尿病の影響とばかり思っていた。

その甘い考えが吹き飛んだのは仕事場にかかってきた母の電話だった。身内の者が職場に電話することを戒めていたため、過去には義父の死と次男が交通事故で重傷を負った時の二回しかない。母からの電話と聞いただけで父の病気が尋常一様でないことを悟った。

案の定、翌日、医師を訪れると、数葉の肺部レントゲン写真を示しながら肺がんの進行具合、食道への転移を告げられた。老齢や糖尿病で手術は不可能、抗がん剤と放射線治療による延命措置しか打つ手がなく、しかもこの春まで持つかどうかもわからないという。申し出て許された免疫療法ワクチン投与に一縷の望みを託しながらも私は観念でとらえていた肉親の死がもはや逃れられない現実のものとなったことを知った。

この時、私は初めて父との来し方を真剣に振り返った。あれこれ浮かんでは消える想い出の数々。だがなにひとつ強烈な印象に残るものがない。森鷗外のような濃密な愛情を注がれたこともなければ、物質的な欲求を満たしてくれたこともない。といって親子関係が稀薄であったかというと、齢老いてからの父は口にこそ出さないが、心くばりをしてくれることが私にも感じ取れるものがあり、疎遠な関係というわけでもなかった。結論が出ぬまま深夜、輾転反側、わかったことは父親というものの辛さだった。

がん末期の状態に置かれながら父は疼痛を訴えなかった。抗がん剤と放射線の併用は、いまのがん治療で最善のひとつではあるが、副作用による患者の苦しみも大きい。それまで何十年、見向きもしなかった牛乳を医師の言いつけ通りに飲み、それさえ不可能になった父にこれ以上、治療とはいえ、苦痛を与えることは忍びなかった。せめて苦痛のない最期をと、私はワクチンを受け取りに東京千駄木の医大通いを始めた。

二月になって父の言葉はほとんど聞き取れなくなった。意識も時折混濁するのか、うわごとを言うようになった。そしてしきりに玉縄の自宅に帰りたがった。母と共になだめながら医師に相談すると、帰宅はかまわないが命の保証はできないという。生命の灯がまさに消えようとしていることは覚悟したものの、やはり一日でも長く生き続けてほしかった。帰宅はあきらめるほかなかった。長男の私立中学合格の知らせと最後の別れのつもりで息子を伴って見舞った時、父の目はもう力を失っていた。

二月七日、Kさんが父の句の載った新聞の青焼きの下刷りをくれた。面会時間が過ぎて夜勤看護婦に小言を言われながら薄暗い病室に入った。下刷りを見せながら「あしたの新聞に載るからね」と励ましたが、父の目はうつろで、つぶやく言葉は口元に耳を寄せても意味を理解することはできなかった。足をもみ、手を握り、しばらく居て、その晩は徹夜で母と姉が看病をしていたため、翌日、私が交代することにして自宅に戻った。二階で眠り込み、階下の電話音に気付かなかった私は、駆け戻った姉の呼び声で父の死を知った。最期を見とれなかった悔いが私の胸をついた。

笑いを含んだような安らかな顔であった。そっとほほと胸の上に組まれた手に触れた。昨日まで温かかった手は、ベッドの鉄わくと同じに冷たく、そして何の反応も返ってこなかった。もう何も聞くことができない、取り返しのつかないことをしたという思いにさいなまれた。いまも父を想うたびに胸にひっかかってくる。もっと尋ねておくべきだった、と。父は自分史を語らず、生涯の終わりの日に俳句を残して去った。この結末を父が予期していたとはいまでも思えないのである。

＊

俳人の暮しぶりをひとはどのように見ているのだろうか。自由業で、五、七、五の十七文字をひねれば生きて行ける、なんと優雅でうらやましい職業なことよ、と思っているひとがいる。私なども、父の職業を尋ねられ、「俳人」と答えたところ、「一句作ったらガボッだろ」と、カネをふところに突っ込む仕草をされて面くらったことがある。一句作るごとに大枚のカネが舞い込むなら、いまごろわが家は鎌倉一の資産家になってもおかしくないはずだ。

現実はまったく逆だった。わが家はカネの苦労の絶えることがなかった。小説家が一編の小説によって、また画家が画布に描いた一枚の絵によって収入を得るのにひきかえ、俳人の一句は、たとえその一句がどんなにすぐれた作品であろうと、まず一銭にもならないのだ。頼まれて大家が色紙なり短冊なりに揮毫する場合は、それなりの報酬を受け取るだろうが、それはあくまでも例外にすぎない。

楽屋裏は実に厳しいものであった。父の収入の柱は、新聞や雑誌の俳句欄の選者になり、選句料をもらうことと句会等で指導の謝礼をいただくことだった。編集者からの依頼で新聞、雑誌等に作品を載せることもあるが、その機会はそうたびたびあるものではない。また、句集を出版することもあるが、これは通常、赤字出版となる。俳句関係の大手出版社であっても、印税は最高でも数万円にすぎない。選者になっても、いつ打ち切りの通告を受けるかわからず、まことに不安定な身分なのである。選者を選ぶのは何を基準にするか、私は知らないが、俳壇での評価がある程度、影響するのだろう。

五十代ころまでの父は選者になることもあまりなく、選句料が生活の糧となっていたわが家の経済状態は、明日の暮しがどうなるかわからないという惨めな毎日であった。

見ていて歯がゆいほど、自分を売り込むことをしない人であった。世間を遊泳する術を持たず、またそういう面での野心もない男であった。こういう姿勢は、はたからみると、俳人として好ましく映るようで、「俳人の鑑」などとおだててくれるひともいたようだが、家族にしてみるとまったく頼りにならず、迷惑この上ないのである。

選句料は諸物価と較べてお話にならないくらい安かったが、選り好みをするほどの余裕はなく、私が小学四、五年のころ、父は集英社が当時発行していた少年雑誌「おもしろブック」の選者を引き受けたことがあった。そのころの少年雑誌は、いまとは異なり、漫画あり、小説（物語）ありと、バラエティーに富んだものであった。大佛次郎、吉川英治、江戸川乱歩など一流作家の作品も掲載されるほど知的レベルの高い内容で、そうした雑誌の性格上、少年を対象にした俳句、短歌、川柳などの文芸欄も備えていた。そこでの父の選句ぶりは、まったく覚えていないが、この雑誌が掲載誌として毎月、父の下に送られ、それを読むのが私には最大の楽しみであった。

句会の謝礼は、収入面でのウェートが高かったようだが、こちらはほとんど父のポケットマネーに消えた。句会でいくらもらったのか、母にも言わず、聞けば烈火のごとく怒った。財布の底をはたいても何もないという日もあり、母が窮状を訴えても耳をかさず、子供の目からみても父は冷酷な一面を持っていた。いま七十四歳の母は、その頃のことを思い出すのもいやと言うが、知り合いのつてでセーター編みや洗い張りの内職をして凌いだ日が少なからずあったようだ。

私は、野心満々だったり、要領よく立ち回り、口が達者で、上の者に追従を言って恥とも思わない人を好まない。こうした人々が世の中に多く、しかも意外にも脚光を浴びたりするのは実に不愉快なことだ。しかし、父のように生き方において不器用すぎるのも困るのだ。なにも、カネを稼ぐということだけではない。ひととの付き合いでも不用意なひと言で長年の友人から絶縁状をたたきつけられたり、主張すべき時に発言しないためにあらぬ誤解を招くということがいくたびかあったらしい。いま思うに、とても実社会の荒波をくぐって行ける人ではなかった。

父は若い頃、小説家を目指していた。芥川賞の最有力候補になりながら、あと一歩で及ばなかったそうである。自分の過去をくだくだと子供相手に喋るような父ではなかったから、小説の筆を擱いた理由はわからない。そして、もはや尋ねる機会もなくなってしまったが、私は、やはり父の不器用さが一因でないかと思う。父の作風は私小説であった。すでに時代遅れのもので、そうかといって時代の潮流に合ったものを書くだけの何かを身につけられなかったのだろう。それでも小説への未練はどこかに引きずっていた様子がある。死後、父の長年の友人が「石塚さんは最後まで小説に心をのこしていた。自分は作家なのだという意識を持ち続けていた。彼の中にあっては、俳句はあくまでも身過ぎ世過ぎでしかなかった」と語ったことがある。

父は横光利一氏を終生の師として敬っていた。病人の見舞いや葬式に行くのを異常なまでに嫌いながら、横光氏の墓参りはほとんど欠かさなかった。家でも、横光氏を話題にする時、「横光さんが、横光さんが」と、亡き人に敬称をつけ、呼び捨てにすることがなかった。また、中山義秀氏とは数少ない心をゆるせる友であったようだ。中山氏は私が就職の際の保証人になっていただいたほどで、父にもなにくれとなく世話を焼いてくれたらしい。師というべき人、兄と呼んでよい仲の良い人、この二人と接し、そこから様々な影響を受けたであろう父が、二人と同じ道を歩みたかったと思ったとしても不思議ではない。

家での父は、いつも万年床の上に腹ばいになり、原稿用紙に向かっていた。仕事ぶりをのぞくことは出来なかったから何を書いていたのか私は知らない。句集の序文書きだったか、随筆だったかもしれない。多分、俳句関係の書きものが大部分を占めていたことだろう。ただ、時折、創作らしきものを書いていた様子がある。数冊、本にまとまったものも残っているが、いま読むと、作風そのものが古く、時代との間でズレが生じている感が否めない。本人の意志とは関わりなく、やはり、小説家は向いていなかったようである。

家族にとって経済的に苦労の連続で、何の因果で俳人なぞを親に持ってしまったか、と嘆息することもしばしばであった。私以上に長年連れ添った母の労苦は並々ならぬものであったにちがいない。そうは思いつつも、やはり父には俳人がふさわしかったと私には思えるのである。

世渡りの極端に下手な男が、まがりなりにも斯界で名を留め、全国に多くの知人、友人を得ることが出来たのは、俳句をやってきたからに外ならない。そして七十九歳の生涯を終える日まで現役で活躍できたのも、俳句のおかげではなかったかと私は思う。

この世を去って幾星霜。父の若い頃、そしてわが家の苦しかった当時の思い出も次第に遠のき、孫に目を細め、孫の作った俳句まがいの十七文字に嬉々とした晩年の父の笑顔が浮かんでは消えるこのごろである。

（石塚友二長男）

泉 鏡花

花二つ／明星に◆

泉 名月

泉鏡花 ［いずみきょうか（本名／鏡太郎）］

小説家。明治六年（一八七三）十一月四日～昭和十四年（一九三九）九月七日。石川県金沢市生まれ。

彫金家の父・泉政光と、能楽の太鼓方の家から嫁いできた母・鈴の長男として生まれた。鈴は二十九歳で死去。鈴の死は強い母性憧憬となって、後年の鏡花の作品に大きな影響を与えた。

明治二十三年、小説家を志し、尾崎紅葉に弟子入りするため上京。翌年入門を許された。二十八年、『夜行巡査』『外科室』が評判を呼び、作家としての地歩を築いた。三十三年には『高野聖』を発表。幻想的でロマンにみちた鏡花独特の世界が花開いた。当時、同棲中だった芸妓・すずとの結婚を紅葉に反対され、悩み苦しんだ経験は、代表作のひとつ『婦系図』に生かされた。すずは紅葉の死後、正式な妻となる。

その後も『歌行燈』『天守物語』など、数々の小説・戯曲を発表。幽玄・耽美な作品は、文学、映画、演劇に今なお強い影響を与えている。

写真提供・泉名月

花二つ

撫子の根に寄る水や夕河原　　鏡花

「なでしこのねによるみずやゆうがわら」の、鏡花が詠んだ、なでしこの、この俳句は、鏡花が、よほど気に入っていたようすである。いろいろな色合いの短冊に書かれている。薄い透き通った絹の白い布地にも、毛筆でこの句が書かれている。

心地よい涼風の吹く、清い流れのある河原に、うす桃色の花弁の、優しい、大和なでしこが咲いている、日本の水辺の風景は、相当に、熱心に、清らかな水の源を、たずねて歩かなければ、もう見られないように思われる。

俳句を、短冊や色紙に書く時、硯石、墨、毛筆を、鏡花は使っている。文章を書く時、文机に向かって、毛筆で書いている。鏡花は大正頃から、万年筆も用いているが、墨と筆が主のようであった。もっとも、鏡花が生きていた時代は、明治、大正、昭和初期で、鏡花そのものは、書斎机に背のある椅子という生活様式ではなく、畳の座敷の、日本の家の住み方であった。

時々、おこがましくも、鏡花の文学の秘密は、どこにあるのか、などと、私なりに考えたりすることがある。もしかしたら、鏡花が特有にもつ、あの、日本の情感の、激しいほとばしりは、神聖な文机の前に、厳然と向かった、正しい静座から、作品が生まれた、などと、これは、未熟で至らぬ私が、推量をすることである。

鏡花の蔵書目録を見ると、蔵書は、江戸時代の草双紙をはじめ、むろん、古今東西の、小説が集まっているように思う。その、鏡花の、身辺に近く置かれていた愛蔵書の中で、私が意外に思う本がある。植物図鑑に関する本であるが、植物の本は、明治三十六年に発行をされた豪華本の「園芸文庫」や、外国の文字が付記してある「内外実用植物図説」、「雑草」の本もあるし、きのこに関しては、和綴本の版画の専門書もそろっている。

鏡花は、明治の中頃、逗子の桜山に住んでいた時期があった。

湘南の土地の、神社仏閣、名所旧跡の道筋や、鎌倉、逗子、葉山の山道、海岸、川辺りを、鏡花は散策して、山の花、野の花、海辺の花に親しんで、植物の図鑑を開いて、花の名をさがし、花の性質を知ったと思う。

同じように、私も、植物の本を、しらべて、花の名前を、覚えてゆくと、一人の知人、一人の美人と、知り初めてゆく感じがしてくる。

鏡花が書く、俳句の短冊には、白色は、もちろん、金銀箔がちらちらする短冊や、雲の

里見弴（左）と泉鏡花

模様、赤・黄・緑・すみれ色などの、虹の七色の短冊もあった。

濃緑色の短冊に、鏡花が詠み込んだ俳句に、

花二つ紫陽花青き月夜かな

「はなふたつあじさいあおきつきよかな」という句がある。私が鏡花の妻の、すず夫人の養女になって、鏡花の妻、すず夫人と一緒に過ごしていた、十歳代の頃は、濃緑色の短冊の、この句を眺めると、月夜に咲く、二つの紫陽花の花を思い浮かべていた。幾年も星霜を重ねて、年月が経った今日この頃、花二つの紫陽花の意味は、一つの花は詩情、一つの花は画情をさすのであろうかと、こう、思いめぐらすようになってきた。それとも、二つの花は、人と花、芸と人、恋人二人、現実と浪漫、それとも、そのほかの、さまざまな深い思いが、花二つの中に、込められているのかも知れないと思ったりする。

岩波書店から刊行された『鏡花全集』の、本の中表紙は、地の水色が鮮やかな色調で、紺るりの、紫陽花の花が二つ、向かい合わせに、くっきりと描き出されている『鏡花全集』の本の装丁は、鏑木清方画伯でいられる。

鏑木清方画伯は、昭和二十六年、「小説家と挿絵画家」の、絵をお描きになられた。

小説家と挿絵画家との風貌から、芸術の精神の真髄の力強さを感じ、この絵を拝見すると、いつも私は緊張する。

泉鏡花が、源氏香図の、紅葉賀の紋付きの黒の夏羽織を着ている。

若かりし泉鏡花が、鏑木清方画伯に、小説の挿絵と本の装丁を、おねがいしに、お住居にあがった、その日の、出会いの場面を、私は感動深く眺め、「小説家と挿絵画家」に、いいしれない敬慕の念をいだいている。

泉鏡花の十七回忌は、昭和三十年九月彼岸にあった。秋草を盛った花を、鏑木清方画伯から、鏡花の仏前におおくりをいただいた。薄明色の黄色い女郎花の生け花が、夜の座敷に、神秘・幽玄な光を放っていたことを思い出す。

鏡花没後三十年記念の会は、泉鏡花の生誕の地の石川県金沢市の、石川近代文学館の主催で行われた。

金沢のその時の様子を、鎌倉の雪の下にお住居の、鏑木清方先生に、お伝えをしに、私はおうかがいをした。先生は、お幾歳でいらっしゃったであろうか。鏑木清方先生には、めったに、おめにかかれない、大事な存在でいらっしゃったけれども、私は、幸運にも、おめにかかれて、お話を、承わることができた。

その時、鏑木清方先生は、新しく、こころみていられる絵のことを私にお話しくださった。

「いま、『高野聖』の絵を描いておりますが、ほら、化け物が、でてくるところがありますでしょう。あそこを絵にしようとしましたら、どうしても描けないのでございますよ。それで、白痴が、清らかな声で唄をうたいます場面がありますでしょう。そこを絵にいたしました。」

鏑木清方先生の、『高野聖』の、この絵が、鏡花の小説の絵をお描きになられた、ございごの絵でいられるのではないかと思う。

『高野聖』の絵を、私は展覧会で拝見をした。小説の人物の、美女と修行僧と白痴の夫の、構図に、私は感嘆をした。この『高野聖』の絵に、紫陽花の花が、ゆたかに、気高く咲いていたのも、鏑木清方先生から、直接に、おききすることができた『高野聖』の、絵への、ご工夫のお話と合わせて敬虔な思いになった。「小説家と挿絵画家」の、絵の中の、挿絵画家、鏑木清方先生が、持っていられる本には、「三枚続」の、鏡花の小説の題名が、読みとれる。鏡花が手にしているのは、鏡花の紫色の煙草入れで、煙草入れの根つけは、紅珊瑚の玉に思う。

明星に

鏡花の煙草入れの、根つけには、紅珊瑚の玉のほかに、緑玉の翡翠もあった。煙草入れの、きざみ煙草を入れる部分の、袋を開閉する箇所は、非常に繊細な細工の、止め金で飾ってある。きせるを入れる筒にも、凝ったもようや、細工がある。

こういう、煙草入れの、止め金や根つけやきせる筒の装飾の細工は、いわば、女の人の持ち物の、かんざしや、櫛、帯留めに、相当すると思う。

鏡花の父が、政光という、彫金師であっただけに、鏡花が身につける小物の細工物への好みは、おしゃれをたのしむ、というより、何か、いのちが通う、思いのようなものが、伴っているように思われる。

私も、鏡花が身につけた小物細工は、微妙な美術彫刻を鑑賞するような思いで、夢中になって眺めてしまうことがある。

とくに、根つけの細工で、煙草入れの形をした煙草入れの、入れ子の細工が面白い。筒の中から、さらに小さなきせるがでてくる。煙草入れの中から、世にも小さなサイコロがでてくる。鏡花の家の、おひな様は、きんり様のお顔が、たちばなの実、だいり様のお顔が桜の花の妖しいお顔で、お姿と背丈は、小指の寸法くらいだけれど、鏡花の家では、時々、人間が気づかないでいる時、小箱から、おひな様がでてきて、おひな様は、根つけ細工の、煙草入れの中から、朝顔の種子ほどのサイコロを取り出されて、ころがしたり、道中双六をなさったり、鏡花の好きな、餅つきうさぎや波うさぎたちと、遊ばれたのかしら……。鏡花の家では……夜になると……。

鏡花が身につけたこういう遺品の小物類を、鏡花の妻のすずは、まめまめしく、せっせと虫干しをなさっていた。夫の遺品を座敷で開いている時、子供の私を近寄らせないでいた。近寄らせないというよりは、遠慮した方がよいような世界があった。

鏡花の妻すずは、鏡花の小説に描かれている、桃太郎時代のことや、世帯の苦労の思い出を、遺品の一つ、一つから、懐かしんでいられたかも知れない。

鏡花の妻すずは、純粋な正直な人であったと私は思う。

戦争も焦り気味に、落ち込んできて、空襲もひんぱんとなり、食料も困難となった、昭和十九年頃だったと、記憶する。銅像も、鐘も、家々の宝刀も、宝石も、弾になる材料は、すべて、提出せよ、という、一方的な命令が、町内に、回ってきた時があった。

その時、鏡花の妻すずは、それらを、いわれるままに、提出をすれば、戦争に勝つと、本当に、そう思っていた。鏡花の妻すずは、煙草入れに付いていた、すてきな細工の止め金や、指輪の宝石や、金銀の吸い口の煙管を、お触れに従って差し出した。今でも、惜しい細工に思う。戦争の痛手は、こういう所にまで、こうむっている。止め金をとってしまった、止め金の細工の何もついていない、むなしい形の煙草入れをみると、私は、胸が痛んでくる。

鏡花の妻すずは、私に、女学校に行くことを反対した。せめて、女学校だけは、と、周囲の人たちが、すずを説得した。

鏡花の妻すずは、女の子には、黄八丈の着物を着せ、黒しゅすの縁どりの、麻の葉もようの、お七帯をしめさせ、赤いちりめんの前掛けをかけさせ、お裁縫のお稽古をしているような、娘に、仕立てあげたかった様子である。そして、「何が何匁」などと、そういって、お料理をすることはしないような娘に、したかったようである。

すずは、鏡花のことを、「あるじ」「あるじ」と、やわらかなやさしいものの言い方でいってみえた。「鏡花」といったことは一度もない。ましてや、すずの口から、「小説」とか「作品」とか「作家」ということを、話されたことはない。夫の仕事には、一切、口出しをしないで、夫の仕事を、ひたすら、尊んでいた女性であったと思う。そして、毎日毎夜の、家計には、几帳面すぎるくらいの、妻の姿であったと思う。

私は、よほど、たってから、大学に入学をした。大学を卒業するのには、卒業論文を書かねばならない。その、卒論をきっかけに、私は「鏡花」とか「小説」と、いわせていただくことにした。鏡花が、もし、私の卒論を読んだら、一行ごとに、さぞや、おかしがるか、あきれるか、じいっと、我慢をして読み続けるか、いや、逆に、案外、ここをこうすると、よくなると、助言と指摘で、しまいには、熱中してしまう、鏡花の気性かも知れないとも思う。私は、今でも、迷路に入ったり、脇道にそれたり、行き詰まったり、また、道が開けたりの、繰り返しの勉強でいる。

私にとっては、鏡花の妻すずとは、養母と養女の関係で、辛辣な人生のこと、人間と人間との間柄のことを深刻に考えさせられたりする人物だけれど、鏡花とその妻すずとの関係は、まさに、鏡花の小説の、若く、美しく、優しく、労り合う、理想の境地の、恋人同士の生活ではなかったかしら……と、思う。

それ故に、妓名、桃太郎こと、奇しくも、鏡花の母と同じ名の、すずとの出会いなくしては、鏡花の文学の成立は、ありえなかったのではないか……とは、これは、私が思っていることだけれども、事実、鏡花の自筆年譜をひもとくと、桃太郎を知り初めた鏡花は、「通夜物語」「湯島詣」「高野聖」「三枚続」「起誓文」「風流線」。逗子の岩殿寺様一帯が舞台となる、「春昼」「春昼後刻」。まさしく、お蔦そのものが、現実の、日常の、鏡花の妻すずの「婦系図」。手まり唄の行方を尋ねる「草迷宮」「白鷺」「歌行燈」「日本橋」と、小説を発表してゆく。

これは、私が、泉の家の養女になって、感じたことだけれど、鏡花は、現実の生活の中から、いつも、常に、寸分、心をゆるさず、何かの、輝きを、みつけようとしていたのかも知れない。感覚美と考えてもよいかも知れない。それとも、言葉の美であろうか。文調の美であろうか。鏡花の文章の語り口を読むと、私は、鏡花の妻すずの口調を思い出す。よいことにつけ、そして悲しいことにつけても、何かしら、あこがれの世界や、別世界へ、自ずと、誘い込んでゆくような音調の話し言葉が、鏡花の妻すずにはあった。それとも、恋愛美であろうか。人生の荒波や、難事難所にぶつかっても、いったん愛した人を、しかと抱いて手離さない、恋愛の強さからくる、美しさかも知れない。そして、さらに、いっそう、その上には、気高さを求めて生きてゆく、信仰の美があるのかも知れない。

うつくしや鶯あけの明星に

この鏡花の俳句を、鏡花出生の金沢の地の、句碑に選んでくださったのは、鎌倉扇ヶ谷にお住居の、里見弴先生でいられた。その句碑に刻まれている、泉鏡花出生の地、の、字を書いてくださったのは、鏑木清方先生でいられる。

今年、平成元年九月七日は、鏡花の、五十年の、命日になる。

鏡花没後五十年にちなんだ特集番組を、ＮＨＫ名古屋放送局が中心になって企画をされた。ＮＨＫのタイトルは、「水に描かれた物語」〜現代鏡花草紙〜。この番組の取材にあたっては、小説の「高野聖」の山奥や、「夜叉ヶ池」にも行かれた。

逗子の山の根の家にも、生前の鏡花の文机近く、安置をされていた、マヤ夫人像を撮影にみえた。その日、私は、マヤ夫人像のおそば近くに、「うつくしや鴬あけの明星に」の、鏡花の筆跡の軸物を掛けた。没後五十年忌には、この句が、一番、ふさわしい気がした。鏡花自身も、この句を、選びなさるような気もした。そして、その傍に、秋草、吾亦紅の花を、大空を群れ飛ぶ、濃紅色の、赤とんぼのような、幻想的な雰囲気で、お供えをした。

（泉鏡花姪・妻すず養女）

伊東深水

父の「宝物」／かわいい父◆

朝丘雪路

伊東深水［いとうしんすい（本名／一《はじめ》）］

日本画家。明治三十一年（一八九八）二月四日〜昭和四十七年（一九七二）五月八日。東京・深川生まれ。

家計が苦しく十一歳の頃、印刷工場で働きながら絵を描き始めた。その才能は、鏑木清方の認めるところとなり、明治四十四年にその門下に。清方のもとで学ぶかたわら、夜学にも通った。翌年、労働者の父と娘を描いた作品が、巽画会に初入選。好子夫人をモデルに描いた「指」、「湯気」で、江戸浮世絵絵画系の美人画家としての評価を決定づけた。昭和に入り、深川画塾を設立。帝展、日展を舞台に活躍し、近代美人画の一つの典型を創り上げた。

また、伝統的木版画においても新境地を開き、美人画「対鏡」、風景画「近江八景」など数多くの傑作を生んだ。昭和二十三年、「鏡」で芸術院賞を受賞。芸術院会員。

父の「宝物」

美人画を描いていたからなのか父は年齢を問わず女性には優しい人でした。私は父が亡くなるまでついに一度として叱られた記憶がありません。私には五人の兄、弟がおりますが娘は私一人。兄や弟たちからは、父親にこんなに甘やかされては、結婚する時に困ることになるぞとよく言われたものです。

私が宝塚に入るきっかけも、この父の「優しさ」にありました。当時の財界のリーダーの一人で東宝の小林一三先生が、私の将来を心配して、あまり可愛がりすぎてはろくな女性にはならないし、ひとつお嬢さんの手を放してちょっとよそでご飯を食べさせるのもいいんじゃありませんかと父にお話しになったのです。父は涙を流して私を宝塚へやることになるのですが、私にベッタリだった父は、僕も一緒に行くといって、周囲を困らせました。周りの人たちは、先生がついていったのではきっと帰ってこなくなるからおよしになった方がいいと父を引き止めました。私は十四歳。こちらも大好きな父の涙に悲しみのドン底につき落とされました。そして、泣く泣く、ばあやと二人、東海道を西へ向かったのです。

父のもとに戻りたい一心の私は、静岡で目にした美事な富士の姿に、どうか試験に失敗しますようにと手を合わせたのですが、驚いたことには裏から手が回っていて、すっと宝塚に合格したばかりか、朝丘雪路という名前までもう決まっていたのです。名付け親は小林一三先生。父の作品をヒントに、足跡ひとつない早朝の丘の上の雪の路をイメージしたのです。

昭和二十四年、父は北鎌倉へ移り、宝塚から松竹大船に進んだ私は、北鎌倉から大船へ通いました。四十七年に父は他界し北鎌倉の家も手放してしまい鎌倉との縁も切れましたが、銀座生まれの私にとって鎌倉は第二の故郷です。鶴岡八幡宮で奉納舞踊を何度かさせていただいたこともあります。

父は私のことを大切に育ててくれました。

鎌倉はいまでもちょっと路地を入ると道が狭くて夜は暗く、遅い時間は女性の一人歩きはよした方が無難だと耳にしますが、当時、撮影所から車で夜間に帰ると、タイヤが溝に落ちてよく難渋しました。そこで父は、横須賀線のグリーン車で帰っておいでといいます。その通りにしましたが、さあ大変です。北鎌倉駅で下りると、いまも駅前にありますが、交番のお巡りさんと父の内弟子が「伊東家」と黒々と書かれた提灯を持って出迎えてくれるのです。そして、私の前にお巡りさんが立ち、後ろと横を内弟子がガードして父の待つ

伊東深水と筆者（昭和30年頃　提供・朝丘雪路）

家へ向かうのです。

家は北鎌倉の駅から大船方面へ戻った材木屋の角を左に折れ、七十三段の石段を上った小高い所にありました。お巡りさんや内弟子に守られて帰ってくるとは知ってはいても、それでも父は一人娘が心配らしく、石段の途中にあった東屋まで付き人と一緒に下りて、まだかまだかと私を待ちうけているのです。いま考えてみると、どこか滑稽であり、大変な家でした。

私はいまだに低血圧気味ですが、それは大先生の責任ですよとばあやはよく決めつけました。どうしてとたずねると、幼いころ、好ききらいなく食事をさせようとするばあやに、私は、これキライ、あれイヤと泣き出すのだそうですが、すると父は、お願いだから女の子を泣かすようなことはしないでおくれ、いやだっていうものいいじゃないか、泣かすようないやな思いをさせたら顔が変になってしまう、目尻が下がってしまうよと、私に助け船を出すのだそうです。顔と肌の色は美人画の命ともいいますが、そう考えたうえで女性としての娘の行末を案じたのかどうかは知りません。いずれにしても、それが原因で食事に偏りができ血液が薄くなったのだというのがばあやの説明です。

「目尻」といえば、二十代前半の私は最も父によく似ていた年頃のようで、内弟子たちは、お嬢さんは判で押したように大先生に似ていますねとよくからかいました。それが耳に入れば父が喜ぶことを知ってのことですが、父は好きだったものの、若い娘の心はその言葉に少々、傷ついたものです。

私は、私の目尻が下がっているのは小さな時に泣いたからじゃなくてパパの目尻がそうだからでしょ、だから私もパパに似てそうなの、と口をとがらせました。でも父は、そう、パパに似たからか、とますます目尻を下げるのでした。

いずれにしても、大事に育てられたことはとても幸福なことだったのだと、いま父に感謝しています。

父は私のことを「宝物」だと言ってくれましたが、愛情だけではなく、形としても愛情を私に残してくれました。たとえば、昭和十年七月二十三日、私の誕生を祝い、父が京都の名の知られた作家に依頼してつくってくれた男の子と女の子の座り人形です。ほんものの赤ん坊と同じくらいの大きさのお人形でした。父は、お人形の体に合わせて友禅を染めさせて着せました。高価なお人形だったに違いありません。

このお人形に、ちょっと不思議な体験をさせられました。昭和四十九年、生まれて間もない私の娘の真由子が誘拐されたときのことです。三日後、幸いなことに娘は無事に戻りました。その後、女の子のお人形の顔にピシッと傷が入っているのに気づいたのです。父の残してくれた大切な「宝物」ですから、傷はもちろん出し入れや湿度などには十分注意を払っていたのです。それまでに、そんなことはありませんでした。

私はお人形が娘の身代わりになってくれたのだと思いました。そして、このお人形を私のために作ってくれた父の想いが私たち母子を見守ってくれたに違いないと思えてなりませんでした。女性に優しかった父の面影が脳裏をよぎりました。

かわいい父

女性には優しい父でしたが、お弟子さんはじめ男性にはなかなか怖い存在だったようです。殊にまだ若い時分はそのようで、父に師事し、挿絵画家として知られ、やはり美人画に打ちこんだ岩田専太郎先生は「私たちが内弟子の時代は厳しかったですよ」とお話しになっていました。私の記憶にもありますが、東京・築地の家においでになったときなど、岩田先生は勝手口からお入りになって、父が不在と知ると、台所の床に座ったまま「先生がお帰りになるまでこちらで待たせていただきます」といった具合いでした。さぞ厳しい師匠だったのでしょう。

そういえば、私の兄たちも父に対しては「はい、分かりました」「これでよろしゅうございますか」といった口調でした。私はといえば「いやだぁ、パパの馬鹿！」なんて調子でしたから、兄たちはなぜ父の前でああなのだろうと首をかしげたものです。ただ今になって思うと、兄弟のなかには絵の道を歩んでいる者もおりますし、兄たちにとって父は、父親としての存在以上に、日本画の大家であり仰ぎ見る存在だったのかもしれません。

厳しさの背景には、父自身、鏑木清方先生のお弟子だった体験が生きていたように思います。父は、鏑木先生を心から、まるで神様のように、尊敬しておりました。どんなに偉い方でも悪口のひとつもあって不思議ではありませんが、父の口からは一度としてそんな非難がましい言葉は耳にしませんでした。

九十歳をいくつか超えた鏑木先生のお体が衰弱してくると、当時、既にそれ以上に健康の勝れなかった父ですが、「先生より先には逝けない」という言葉を口ぐせに命《いのち》の灯をつないでいました。鏑木先生は昭和四十七年（一九七二）三月にお亡くなりになりました。四人のお弟子さんに両脇をかかえられ鏑木先生に永遠の別れを告げた父が、その後を追うように私のもとから去ったのは、それからわずか三カ月ののちのことです。

決して優しいばかりではなかった父の一面をご紹介しましたが、それでもやはり、私には「かわいい父」でした。

エネルギッシュに仕事をこなしていた昭和三十、四十年代、父に会いたいという絵の好きな友人を北鎌倉の仕事場に案内したりしましたが、当時は、全国から何人もの画商さんたちがやってきては泊まりこみで父が描き上げるのを待っているのです。父は三十畳ほどの画室で、幾枚もの制作途中の絵を前に絵筆をふるっていたのですが、いつ頃のことでしょう、「誇り高き男」という西部劇が上映されたころ、父はこの映画が気に入って、私に、「この〝ホコリの音楽〟買ってきておくれ」とせがみました。言われる通りにしますと、父はこの西部劇のテーマ・ミュージックを口ずさみながら美人画を描いたものです。ちなみに、この曲は、ライオネル・ニューマンの作でした。

松竹で時代考証を担当するなどした父は西部劇はじめ映画が好きで、絵筆を手にすることに疲れると、私の都合などおかまいなしに映画に誘います。そのくせスクリーンの前に座った父は途中でよく居眠りをはじめたものです。そして映画がはねると、今度は、あの主人公はいったいどうなったんだなどとうるさく尋ねるのです。それには閉口しました。

そんな「かわいい父」は、ありがたいことに、身に着けるもの、目にするもの、食べるもの、あらゆる最高のものを私に与え、育ててくれました。そしていろいろなことを私に教えてくれました。その結果、私は自然に、私にとっての「いいものを見る目」を養うことができたように思います。

たとえば、絵です。父は私にこう語りました。

「日本人は、東山魁夷だから、伊東深水だから、買っておけばいずれ金になるだろうと絵を手に入れようとするが、それではいい絵描きを育てることはできないよ。たとえ、露店に並んでいる絵でも君が立ち止まって心を動かされるなら、君にとってはそれが最高の作品なんだ。みんながそんなふうになれば、その絵描きさんを育てることができるんだよ。君にはそうなって欲しいね」

こう教えられて育った私は、ですから絵にかぎらず決してブランド志向ではありません。国産であろうと値の安いものであろうと、気に入った品なら縁日の店先に並んだものでも求めます。主人の津川（雅彦）は、以前、雪会（本名・加藤雪会）のパパは芸術家としては日本一、世界一かもしれないけど、君のことを生まれたまんま大人にしちゃったから父親としては〝ゼロ〟だねなどと口にしておりましたが、いまでは、それが雪会のいいところだろうけどねと笑います。それは、「目」を養って欲しいという父の「教育」を再認識してくれたうえでの言葉かもしれません。

父の死についてはすでに触れましたが、亡くなったのは母の七回忌の年に当たります。母が亡くなったときの父の憔悴ぶりは傍目にもひどいものでした。体調を崩し、病院に入りましたが、絵筆を握れなくなることを恐れた父は、きょうはねぇ、十六行書けたよ、きょうはねえ、三行しか書けなかったよと、ときに誇らし気な、ときに寂し気な表情を私に向けながら、巻き紙に筆で文字をつづりました。

私の花嫁衣裳のデザインを描いてくれたのも病院でのことです。何人ものお弟子さんたちに支えられながら、父の絵筆は、紅梅や白梅、雌雄の蝶にいのちを吹きこんでいきました。この花嫁衣裳はもちろんのこと、父の愛情のこもった数々の品は、いまも手放すことなく大切に仕舞ってあります。

父が、私を「宝物」だと語ってくれたように、私にとっても、父は――そしてもちろん母も――「宝物」なのです。

（談・伊東深水長女）

井上光晴

声・酒・嘘／父のリズム◆井上荒野

井上光晴〔いのうえみつはる〕

小説家。大正十五年（一九二六）五月十五日～平成四年（一九九二）五月三十日。福岡県久留米市生まれ。

自筆年譜に生地は「中華人民共和国、旅順」と記したが、幼年期における経歴の多くは井上自らが作り上げた虚構であったことが、死後、研究者の調べで判明した。

国家主義思想の持ち主だったが、敗戦をきっかけに天皇制否定へと転換。日本共産党に入党するものの、運動の矛盾を追及した『書かれざる一章』が反党的作品であると批判を浴び、離党。昭和三十一年に結婚し、上京した後は精力的に作品を生み出した。四十五年に季刊誌「辺境」を創刊、個人編集に取り組んだ。

代表作に、国家主義思想にとりつかれた勤皇少年たちが抱えた矛盾や苦悩を描いた『ガダルカナル戦詩集』、原爆被爆者に焦点をあてた『地の群れ』、朝鮮戦争をテーマにした『荒廃の夏』『他国の死』などがある。生涯にわたり、犯罪としての戦争の本質、社会の底辺にある差別といった、現代日本の暗部をえぐりだす作品を書いた。

声・酒・嘘

父の声はとてつもなく大きかった。丸谷才一氏、開高健氏とともに、「文壇三大音声」にも並べられていたと思う。調布の家は角から二軒目にあるのだが、その角を曲がる前から、父の声は聞こえた。また、自宅三階の書斎に引いた電話でこそこそ喋っているのが部屋の外に易々と洩れて、浮気らしきものがばれたこともある。

そのことがあったからか？　ある日「俺はこれから声を小さくする」と宣言した。しかし一日も経たないうちに、「息が苦しい」と言ってやめてしまった。

父はたいした酒飲みでもあった。これもまた「文壇云々」のランキングで横綱、大関が定位置だった。「日中文壇友好囲碁大会」みたいなのがあって中国へ行ったとき、歓迎パーティーであちらの習いでわんこそばのように注がれる強い酒をぐいぐい飲んで顔色も変えず、外国人客の新記録を樹立してしまい、「碁は弱いが酒は強い」と書かれた記事を持って帰ってきた。

家では朝からウイスキーのロックを飲んでいた。アル中ふうではなくごく自然にお茶でも飲むようにそうしていたし、母もそれに準じて飲んでいたので、私はずいぶん最近まで、大人というのはみんなそうするのだと信じていたのである。

父はまた、すごい嘘吐きであった。母が「元ミス長崎」だったと吹聴していたらしい。実際は、若いころ、郷土紹介のグラビアページに写真が載ったというだけだ。妹がインテリア・デザインの学校に通っていたときは、「うちの娘は家具職人を目指している」と吹いていた。インテリアという概念がよくわからなくて、自分なりに消化した末そういうことにしてしまったらしい。

わからなければ謙虚な方向に創作すればいいのに、父はかならずドラマチックにしてしまう。母のことも妹のことも、ずいぶんあちこちに触れ回っていたようで、父が死んだ今もって「ミス長崎だった奥さん……」などと呼ばわる人がいて本人たちはいたく赤面している。

声、酒、嘘。私にとっての「父の肖像」は集約すればこの三つの要素で成り立っている。人に言わせれば私にはファザ・コンの気があるらしいが、もしそうだとするなら、やっぱりこの三要素が綯い交ぜになったある強力なイメージが、未だ私の中に傲岸にのさばっているせいだろう。

とくに嘘は、大声で自信たっぷりに喚かれるために、あるいは刷り込みのごとく小さな頃から馴染まされたために、「嘘」とわかっていながらも「ほんとう」と感じるしかない

東京・桜上水の団地にて。井上光晴と筆者（昭和41年頃　提供・井上荒野）

按配にもなっている。とすれば、父こそ生まれついての小説家だ。

「チチ（と家族は父のことを呼んでいた）はすごい！」と思っていたというか、思わされていたことがいくつかある。筆頭に上げるべきは腹筋だろう。仰向けに寝て、足を床から十センチくらい上げた姿勢で耐える、というのを、父は永遠にできた。筋力がない私や母など顔を歪めて、お腹をぷるぷるさせて頑張っても一分と保たないのに、父はもう十分でも二十分でも、鼻歌かなんか歌いながら、本人が飽きるまでいつまでもやっている。

みんなが驚くと、足の上に重りをのせても平気だと言う。それで最初は座布団（客用の厚いもの）にはじまって、その上に本、電話帳……とエスカレートしていき、最後には重厚な将棋台まで持ち上げてみせた。

そうしながらあいかわらずヘラヘラと涼しい顔をしている。ここにいたって、「なんかへんだ」と家族は思いはじめた。「ずるしてるんでしょう！」と騒がれて、父いわく、「いや俺は昔からこうだったんだ」。

何でも小学校の体操の時間に懸垂をやらされたとき、父だけいつまでも平気な顔で続けているので「井上、真面目にやらんか！」と教師に怒鳴られたそうだ。そのエピソードが、「ずるしてない」根拠になるとも思えない。しかし私たちが必死に調べてみても父のずるを見つけだすことはできなかった。

もう一つ、すごかったのはトランプや花札。父の友人など交えて賭けたりすると、たいてい父が勝った。

まず心理戦がうまいのだ。とくにポーカー、ブラックジャックの類は、父のときならぬ奇声や野次やまたは〝アリラン〟の熱唱に誰もが撹乱される。しかし父が強かった最たる理由はインチキをしたからである。

7並べをすれば、なぜか父の持ち札に〈7〉のカードが集中する。花札では〈小野道風〉をいつも持っている。そして一人勝ちして「悪イワネエ、ミナサン」とかシナを作ってトイレに立った隙に、父が座っていた座布団をめくってみると、カードや札が二、三枚ぱらぱらと出てきた。

一時期手品に凝っていたくらいだからインチキの手際も際立っていた。「俺は自分の思い通りにカードを配れるんだ」と自慢していた。「見なくても手で触っただけで何のカードかわかる」とも言っていた。テレビで超能力が流行ったとき「あれくらい簡単だ」と、トランプの束のなかから私たちが引き抜いたカードを、ほんとうに触っただけで、かなりの確率で当てた。どういう仕組みだったのか、それともほんとうのほんとうに超能力を持っていたのか、死ぬ前に聞いておけばよかったと思う。

トランプ占いも得意で、これは昔、日刊紙上で別名を使い〈各界の有名人の今後を占う〉コーナーを持っていたくらいだからプロ並みの腕前だ。占いの技術とは煎じ詰めれば話術なのだと、父の占いぶりを見ているとよくわかった。また占いは人生相談の役割を持つ。父は友人、伝習所（文学学校）の生徒さんたちの占いは引き受けても、私たち家族のことはなかなか占ってくれなかった。とくに年頃の娘たちの生々しそうな悩みなど聞きたくなかったのだと思う。

父のリズム

作家の生原稿というのは古本屋などに持っていくと高く売れるそうだ。しかし父のものはまず市場に出回っていないだろう。家の中を探してもたぶん出てこないと思う。というのは、父は小説を大学ノートに書きつけるのが通常で、それを母が原稿用紙に清書して、編集者に渡していたからだ。

このシステムだと単純に計算しても普通の作家の二倍の労力がかかる。父の小さな読みづらい字を判読する手間を入れると、三倍はかかっていたのではないだろうか。

しかし父は原稿用紙の升目に縦に字を入れていくというのが、どうしてもだめだったのだ。締切がぎりぎりになって、やむなく自ら原稿用紙に向かったら、腱鞘炎になってしまった。ワープロの導入を試みたこともあるけれど、新し物好きで道具好きの父の意欲は機械を購入しただけで燃焼してしまい、結局大げさでなく指一本触らなかった。

ある人が、地方の古本屋でたいしたお金を払って父の生原稿を手に入れたと言い、見せてくれたが、やっぱり母が書いたものだった。

私も高校生の頃から清書を手伝っていた。連載を抱えていたりすると、月末はほんとうに忙しくなるので、足元を見て一枚三百円とか五百円とかけっこう暴利をむさぼっていた。しかしそれで私がまとまったお金を手にすると、決まって父はブラックジャックの賭場を開く。そして例のごとく声と技（？）とで煙にまかれて、大半を巻き上げられるということになる。

父は母に「あんたの字で読むと俺の小説はへたに見える」と言っていた。そして「アーチャン（私のこと）の字で読んだほうが上手に見えるなあ」とも言った。まあリップサービスに違いない。清書によって私が父の小説を読むことになるのが嬉しかったのかもしれない。

私がある雑誌で、小説の新人賞をもらったとき、多くの人が「文体がお父さんにそっくりですね」と言った。「えーそうですかぁ？」と当時は空とぼけていたが、今だからこそ言うが、自分でもその自覚があった。

長年父のノートを清書していたから染みついたということがたしかにある。それに母などに言わせると、私はやっぱり娘として父の性質（とくに悪いところ）を多分に受け継いでいるらしいから、その作用も少なからずあるだろう。

でも、じつは私は、真似してもいたのだ。この責任は父にある。父の自己顕示欲といったらたいしたもので、何しろ私は、まだドストエフスキイがどこの誰なのかも知らない頃から、「世界中でドストエフスキイの次に上等な小説家は俺なのだ」と繰り返し聞かされて育ったわけなのだから、小説とは父のように書くのが正しいのだとかたく信じていたとしても仕方がないだろう。

父の文体には独特のリズムがある。具体的に言うと「体言止め」と「倒置法」の多用である。これを覚えると、すぐ真似できるし、つまらないことを書いても何となくカッコよく見える。父が主宰していた文学学校の人たちの、同人誌などめくってみると、「あ、やってる、やってる」というのがよくある。結末も特徴的で、話の途中でスパッと切って余韻を残すというのが父のやり方だ。話に行き詰まったときそこで終わりにすればいいので便利である。ただやりすぎると編集者から怒られる。

私が父の文体から卒業したのは、父が死んでからだと思う。ただ、今でも、書いている途中でうっかり父の小説を読んでしまうと、てきめんにうつる。ほかの作家の本でも多かれ少なかれ影響されるものだが、父の場合は元に戻すのにかなり時間がかかってしまう。

ところで、作品によって父を知った人が、実物の父に会うと、たいてい驚く。それこそドストエフスキイだってフォークナーだってそうだった可能性はあるが、父はわりと馬鹿をやるからだ。自己顕示欲はあらゆる方向に発揮されていたのだ。

知る人ぞ知るストリップ・ショー。文学学校の宴会などで、かつら、着物、化粧のフル装備で踊るのである。「私の前でやったら離婚します」と母は怒っていたが、懲りずにやっていた。ファミリー向けとしては「人間ひらがな」というのがあった。

これは全身を用いて、リクエストされたひらがなを表現するのである。たとえば「ち」なら、両手を水平に上げ、腰をちょっとくねらす。「み」とか「ぬ」になるともう瞬間芸だ。この芸がヒットしたのは、父の手足が短かかったせいだろうと思う。ひらがなではないが、両手、両足を縮めてぴょんと飛び上がる「北」も秀逸だった。

作家の娘が小説を書くようになったので「お父さんから文学について教わりましたか」という質問をよく受けた。でもそのようなことはまずなかった。星飛雄馬の父じゃあるまいし、娘に小説作法を伝授する父親など現実にいるのだろうか。

ただ、夕食を家族全員でゆっくり食べるのが何となく我が家の不文律になっていて、そのとき、父とよく喋った。たいていはその日見たこと、聞いたこと、面白い事件などを、私や妹が順番に話して、父がコメントする、そして、父のほうでも散歩の途中で見た光景などを話したりするのだったが、父が何を笑い、何を面白がるかによって、私は、この世界には文学的なものと、文学ふうなものがあることを、知ったような気がしている。

父は家族を占うことを避けていたと、前回に書いたが、例外的に一度だけ占ってもらったことがある。先程の新人賞をもらったときだ。トランプをバーッと並べて「おお、すごい、すごい、縦も横も斜めも、どこを足しても九だぞ、これは、幸先いいぞ」と騒いだ。

「ええ話や……」と人は言う。

（井上光晴長女）

太田水穂

水穂と鎌倉／水穂の交友、嗜好、人柄◆

太田青丘

太田水穂【おおたみずほ（本名／貞一）】

歌人。明治九年（一八七六）十二月九日～昭和三十年（一九五五）一月一日。長野県原新田村（現塩尻市）生まれ。

長野師範学校卒業。在学中から「万葉集」「古今集」などの古典に親しみ、「文學界」に詩歌を投稿した。卒業後は松本で教職につき、窪田空穂らと和歌同好会「この花」を結成。明治三十五年に処女歌集『つゆ艸』、三十八年に『山上湖上』を刊行、注目された。『山上湖上』は「山上」と「湖上」の二部からなり、「山上」は島崎藤村の序詩を、「湖上」では、師範学校で同級の島木赤彦の序歌を掲げている。

大正四年、歌誌「潮音」を創刊し、没年まで主宰。『雲鳥』『螺鈿』『老蘇の森』などの歌集をのこした。また『短歌立言』『芭蕉俳句研究』（共著）『日本和歌史論』をはじめ、多くの評論や研究書を著した。

上京後の昭和九年、鎌倉に山荘を建て、その後、移り住んだ。作品には鎌倉に材をとったものも多い。芸術院会員。夫人の四賀光子も歌人として知られる。

水穂と鎌倉

「かまくら春秋」からのご依頼なので、父太田水穂と鎌倉のことから始めることとしよう。因みに水穂は私の実父の弟で、小学入学時から引きとられ養育されて来た。
水穂と鎌倉との直接的つながりは、昭和九年五月、現在の家を静養のために手に入れてからのことである。家は亀ヶ谷坂の取ッつけ、以前の風雅な香風園旅館の洞門の向い真前の石段を上った所にあり、源氏山のなだりと泉ヶ谷の丘の相寄る間に、一ひら帯のように材木座海岸の見える眺望のよい場所に位置している。
東南に開けた方角に、末広に遠くはるかに町屋の向うに海が見渡せることを喜んだ水穂は、早速この家を杳々山荘と名づけて、
ふたならび寄りあふ山の間よりみえて小さしひとひらの海
晴れくもり時ぞともなく色かはるうみをこころにおきてわが住む
手をうてば杳《はる》けき方に山彦のこたふる声をよすがにし住む
山黒く暮れて涼しく灯を入るる谷なほ隈の木がくれの家
うす墨の源氏山よりみんなみへ夜海の沖へ銀河ながるる

などと次々に歌を作っている。

前の香風園は明治の中期に田中智学が日蓮宗宣揚のために獅子王文庫を作り、高山樗牛、姉崎正治（嘲風）、吉井勇などが道を聞きに来た所で、香風園と名づけた庭園には葉山御用邸からまだ東宮であられた大正天皇が乗馬の道すがら立寄られた記念の「皇太子殿下御野立跡」という石碑もあった名園であるが、大正中期に旅館業者の手に渡った。幽邃で風光勝れた所柄から、文人墨客はもとより、浜口、若槻等の総理も来泊する有名な旅館であった。（しかし現在は東鉄コーポに身売りし、一郭に小規模な形で営業している。）

昭和十年ころのことであったか、たまたま宿泊していた川端康成が、杳々山荘の石段を若い水穂の女弟子たちが袂をひるがえし登ってゆくのを見かけて「向いはいったい誰の家か」と羨ましそうに旅館のものに尋ねていたと、あとから聞かされた。そのころの香風園は裏庭の洞門をくぐって高みに登れば、三原山も遠く望めた。

香風園のすぐ下には、質素な同じ鉱泉宿の米新《こめしん》という家があって、ここの水穂の歌の弟子の娘が「いま大岡昇平さんが滞在して小説を書いているんです」とはずんで報告に来たこともあった。

そのころの鎌倉はすべてゆったりとしていて、水穂はステッキを友に方々散策しては、

東京・田端二田荘にて。太田水穂（右）、妻・光子（左）と筆者（大正８年初秋　提供・鎌倉文学館）

歌を作った。

このあたり丘も町屋も観音も野外撮影のセットめきてみゆ
夕日赤しガラスに照りて撮影所しんかんとして正月七日
洋装の爪先かろきハイヒール白き門口より楚々といでくる
またひとり銀のきつねの襟まきのすらりと顔もみおぼえのある

これらは大船の松竹撮影所を見に行った時のもの。映画は好きで、鎌倉に来る以前の東京の田端時代は、浅草へ活動写真といっていた映画を時々見に連れて行ってもらった。昭和初年、水穂は映画の芭蕉連句に通ずる大胆な舞台転換とテンポ、そして印象を際立たせるクローズアップの手法を、短歌にとり入れなければならないと言っていた。水穂のごひいきは、女優では田中絹代であった。

田端時代はエノケンの抬頭期で、作歌において直観・気先をことさら重んじた水穂は、「エノケンのあの気先は馬鹿にできないぞ」と門下に注意を促していた。

この杳々山荘は心から気に入っていて、昭和十四年三月、私が結婚するや、田端の家

（潮音社）を私どもに譲って、母四賀光子とともに、ここに住みつき、四季折々の風物を愛して、次々に美しい歌を生みついだ。

菜の花のひと畝《うね》金をゆらめかす背戸の小畠もちるさくらなり
秋はまた秋とてわたる雲霧にわが山廂《びさし》濡れぬ日ぞなき
老松の葉ごめに澄みて音たつる夕山あらし灯を消してきく
ひる寝よりさめしわが眼を涼します海すべりゆくひとつのヨット
戸をあけて驚く顔にしろ妙のただ光りなるいちめんの雪

終戦後、田端を焼け出され、この杳々山荘で一緒に暮らすようになって、ずっとここで暮らしている私には、まことになつかしく身に沁みる歌のかずかずである。

実朝の去年《こぞ》のみ祭り仕へたる若き祝部《はふり》も軍立《いくさだ》ちせる

これは大東亜戦争もいよいよ深まり、鶴岡八幡宮の若い神官まで召集された時の作で、この対象の若い祝部（神官）こそ今の鶴岡八幡宮の宮司白井永二氏そのひとであった。この歌は、戦争中も地道に続いていた実朝祭の席上での作であって、当日出席の久米正雄は、「いくさだちとは巧いことをいうね」と膝をたたいていたと、あとで聞いた。

久米氏は俳句の方が専門であるが、戦後のカーニバル祭の出演を待つまでもなく、こういうふうに短歌の会にも出席して、鎌倉文化人の潤滑油的役割を果された。

昭和十年代の水穂は作歌につとめる外は、古事記、ついで和歌史論の研究に没頭した。古事記は日本精神の権化、国家成立の由来書というふうな視野からではなく、日本詩歌の曙、誕生として見ていたので、『神々の夜明』という書物となって結集された本は、随所に詩人としての閃きが見られる。一例をあげれば、神《かみ》は牙なり、葦芽、発生、生命なりと見る如き、素佐之男命の八俣のおろち退治伝説の足名椎《あしなずち》は足薙刀打、手名椎は手薙刀打、櫛名田媛は奇薙刀《くしなだ》媛、やまたのおろちは同地方の外蕃帰化民族の頭目と見る如くで詩人的直観を以て天上世界のものを地上に引きおろし、時局をおもんぱかって鄭重な言葉で装いたてたものである。水穂はこの書を成すに当って、参考書は吉田東伍の『大日本地名辞書』の外は、殆んど参考にせず、古事記そのものを読書百遍式にくり返し翻読して、新しい説が成ると、来客や門下に語って興の尽きるところを知らぬありさまであった。

また古事記のあとをうけての『日本和歌史論』の中世篇は、早くから新古今集に着目していた水穂の最も得意とするところ、若い時からの習慣で墨書し続け、空襲警報下でも筆を擱かなかった。

戦局に対する認識は浅く、不敗を信じた祖国が無条件降伏に終るという不幸はあったが、日本芸道の未来を信じ、したいこともやり遂げて昭和三十年元旦、数え年八十で閉じた生涯はほぼ悔はなかったであろう。

　何事を待つべきならし何事もかつがつ（まあまあ）思ふ程は遂げしに

という東慶寺墓地の歌碑は、詩人の一生にふさわしいものであった。

水穂の交友、嗜好、人柄

水穂は明治四十一年、数え年三十三の四月、さしたるあてもなく郷里の松本高女の教職を辞して上京、若い頃からの郷里の友人吉江喬松（孤雁、佛文学者、のち早大教授）、窪田空穂両人自炊の西大久保の家に同居、評論家としての生活に入って、東京の諸新聞、諸雑誌に執筆した。明治四十三年、牧水の第一次「創作」の評論面を受けもつ形で協力し「比翼詩人」の題下で牧水と前田夕暮を歌壇の新しい星として推称したりした。

翌四十四年、水穂が松本時代に信濃毎日新聞歌壇で指導した太田喜志子が水穂を頼ってしばし水穂宅に身を寄せ、ここで牧水と知りあい水穂夫妻の勧めもあって両人が結ばれるや、水穂と若山家との関係は更に親密さを増した。次いで大正二年度の第二次創作を経て、大正四年、水穂が主幹となり牧水が協力する形で「潮音」が出るに至って、牧水は一層頻繁に小石川三軒町の水穂宅を訪れた。不如意な牧水の淋しそうな顔を見ては、好物のお酒をもてなすと、みるみる顔が輝き、所望に応じてよくしぶい美声の牧水調で短歌を朗詠してくれたという。

水穂は奈良漬に酔って人力車から落ちたという伝説の持ち主であったが、酒の雰囲気を愛し、牧水のような酒豪と談笑のうちに十分相手ができたようだ。牧水は酒のあと上機嫌で短冊などを書きちらしてくれたが、門下たちに乞われたのであろう、現在家には「いと遠きひとの世になく蜩のこゑかも雨と降りてきこゆる」の一葉があるばかりである。

牧水にやや遅れて「潮音」の初期には、個人誌をもっていなかった白秋は「潮音」に作品や散文を大量に寄せてくれ、小石川三軒町の潮音社にもしばしば訪れ、酒席になると上機嫌で、いくらでも即詠で歌を作りそれを短冊に書いてくれた。たくさんあった短冊も今は二葉残っているばかりである。それを見ると、尻つまりになると余った分を平気で上段のあきへ持って行って白秋と署名したり、作品の下にトンカンジョン然たる自画像を描いたものであって、濶達自在、才気縦横という感じである。それは即興で直ぐ枕詞を作って一首を成すというところにも窺うことができるので、例えば水穂は「しかつめの太田水穂」、白秋自身は「うらびと北原白秋」、四賀光子は「うやうやし四賀の光子のおん前に北原白秋物も言へなく」といった調子であったと、四賀光子が書き残している。

牧水とは大正六年度から、結局芸術家が自己を強く自覚した結果であろう、袂を分っているが、牧水の喪送には即刻馳せつけ、「若山牧水の史上位置」等の追悼評論を草し、晩年（昭和二十七年）「病床夢幻」と題して、

牧水がのこしてゆきしうす藍の毛糸帽子をかむりてねむる
口笛をふきふき街の郊外をあひつれゆきし彼の日思ほゆ
牧水ゆき白秋ゆきてこの道の酒仙乏しくなりしをおもふ
酒のめぬわれを好みてこの二人旅にもゆきぬはたくるわにも

などと懐旧の情を披瀝している。

ここでは酒を主とするので、長野師範の同級の親友で第二歌集『山上湖上』を共著で出し遂には烈しい芸敵となった島木赤彦、若い日に同じ松本郊外和田小学校で教卓を並べ、

初め新体詩を作っていたのを短歌に勧誘した窪田空穂との交友は省略して、次に幸田露伴、沼波瓊音《ぬなみけいおん》、阿部次郎、安倍能成、小宮豊隆、和辻哲郎等との「芭蕉研究会」のことに触れる。

これらの人々とは、郷党、学閥等一切の関係はなかったが、芭蕉の魅力と、主唱者水穂の熱意によって、この会は大正九年十一月から同十四年十一月まで、田端の潮音社で足かけ六年間続き、合評形式の先蹤と思われる研究会のその筆記は潮音誌上に連載され、のち岩波書店から『芭蕉俳句研究』『続芭蕉俳句研究』『続々芭蕉俳句研究』の三冊として出版された。

この芭蕉研究会は、露伴、瓊音は別として、他はむしろ外国文学、学術に詳しい教養豊かな学者、もしくは歌人であったが、それだけ却って自由で大胆に芭蕉を論じ鑑賞したので、わが国の芭蕉研究に画期的役割を果し、文学界に大きな影響を及ぼした。

これは後日譚であるが、戦後すぐの幣原内閣の際、幣原首相は「君たちのあの芭蕉俳句研究は面白くて、毎晩ベッドに持参して愛読した」と文相をつとめた安倍氏に語った由を伝聞した。

この会合は田端の潮音社（興楽寺や田端脳病院の近く）で行ったので、四賀光子苦心の手料理を賞味したあとは、俳句なども作って興じた模様である。現在家蔵の短冊に、阿部次郎の「灯を消せば木々に音ある時雨哉」「答能成　かき上げよ鬚に露おく鼻の先」などいうものがある。あとのものは能成が鼻水か何か垂らしていたのをからかったものか、「能成に答ふ」とあるからには、能成が何か言ったのに対するしっぺ返しであろう。能成のものには「痩蛙出山の釈迦を氣取けり」「風呂吹くうて菜根主義を領しけり」などあるので、寛いだ一座の雰囲気がうかがわれる。「風呂吹くうて」は多分、膳に出された料理への挨拶であったであろう。その席で酒のあとはとろろ芋汁もよく出たらしく、能成は何杯でもお代りをして、「われ性めしを好む」と澄ましていたのに対し、和辻哲郎は飯にかけて食べず、椀のとろろ汁を少しずつ行儀よくすすっていたとは、四賀光子の直話である。

芭蕉俳句研究は連句熱をも誘ったので、メンバー、もしくはその周辺で巻いた連句が数回その当時の「潮音」に掲載されている。

当時の田端は、田端の高台に登れば、荒川をゆく白帆も望まれたが、戦災に遭った。史蹟にもふさわしい芭蕉研究会の催された潮音社（二田荘と称し、水穂単独の芭蕉関係の著書の多くも成された）のあたりは現在、マンションと化して全く面影もとどめない。

酒は全く駄目であった水穂も、たばこには眼の無いふうで、戦後の作ながら、

あと口をすすぐ否やにまたも吸ふかなしよわれのたばこといふもの
もの書きさてひと口ふかく吸ふ息のとてもかくても煙草といふもの
恋かはたをとめかさても抓みとる指にもつれてたばこといふもの
わがつひの命はてなむ枕辺にそひてかあらむ煙草といふもの

という肩の入れようである。

文人にあり勝な感興に任せた不規則奔放な生活とは遠く、常に整然として規則正しいものであった。論敵茂吉をして「信州人の勉強の美徳をもって、よくもよくもアララギの悪口を言って来た」と言わしめる勉強家で、短歌、研究のいずれも一所に停滞することをいさぎよしとせず、前進また前進してやまなかった。

一面、遠慮というようなもののない一匹狼的野人そのものであった。晩年杳々山荘で長く家事を手伝ってくれた若い娘が、「きびしくて寛大で、短気で涙もろい」というように矛盾的両面をもっていたと言えよう。

門弟に対する態度は、人を絶対的に評価せず「VP＝定数（コンスタント）」で、人は出る所があれば引込む所があること、物理学の圧力と容積の積は不変の定理と同じだといって、それぞれに長所を認め、力づけるというふうであった。

（太田水穂嗣子）

岡本太郎

川端家の居候／お腹に入る前から、と魯山人◆

岡本敏子

岡本太郎【おかもとたろう】

洋画家、彫刻家。明治四十四年（一九一一）二月二十六日～平成八年（一九九六）一月七日。神奈川県川崎市生まれ。

漫画家・岡本一平、歌人・岡本かの子の長男。昭和四年、東京美術学校（現東京芸大）に入学したが、半年で中退し、パリへ。国際的に抽象芸術運動を展開するアプストラクシオン・クレアシオン協会に参加し、多くの芸術家と交遊した。シュールレアリスム運動にも加わり、「傷ましき腕」を制作。パリ大学民族学科を卒業後、昭和十五年に帰国。戦後は前衛芸術運動を開始し、「夜明」「森の掟」などの作品を発表。絵画にとどまらず、彫刻、版画、椅子やインテリアなどの各種デザイン、評論など多方面で活躍した。

四十五年に大阪で開催された日本万国博覧会では、人類の進歩と調和の象徴として「太陽の塔」を制作。テレビCMの台詞「芸術は爆発だ！」は、流行語になった。毎日出版文化賞を受けた『忘れられた日本――沖縄文化論』をはじめ日本の伝統の再発見をテーマにした著書が多い。

川端家の居候

養女になって久しいが、私にとって岡本太郎という人は五十年もの間、仕事をお手伝いして来た師。凄い人だと心から尊敬する芸術家であり、共に闘って来た戦友であり、同志であり、そしてまた目を離すことの出来ないヤンチャ坊主。素直な優しい男の子。どうも、父という感じは持てない。

一九九七年はじめ、一周忌にあたり、『岡本太郎に乾杯』という本を書いた（新潮社）。戦後日本の美術・文化界で挑みつづけたこの人の、実際の行動や考え方は意外に知られていない。名前は超有名で、皆さんイメージは持っておられるのだが、それが一人歩きして、実態はかえって霧に隠され、無視されてしまっている。本が出てから、いろいろなところで「全然知らないことばかり書いてあった。」と言われた。きっとそうだろうと思う。知られていないことがあまりに多すぎるのだ。

しかしこの本はいわば表の岡本太郎、身近で見た戦後美術史にしぼっている。もっと人間的なさまざまな面、人や、風土や、事件との遭遇、付きあい方。まったくユニークで面白い。これはいずれ、おいおいにと思っている。

ここでは鎌倉にかかわる岡本太郎のエピソードを綴ってみよう。今年のはじめ、鎌倉商工会議所から創立五十周年の記念展に岡本太郎の絵を出品したいという申し出があった。鶴岡八幡宮のぼんぼり祭に、昭和二十一年に飾られた絵だという。添えられたコピーを見ると、岡本太郎にしては珍しい、南瓜や茄子など野菜を描いた雅趣のある写実。こんな絵があるなんて聞いたこともなかった。

既に作家は亡くなっているので確かめようもないのだが、昭和二十一年といえば、その年の六月に中国から復員している。奥地での激戦と一年間の収容所生活でほとんど栄養失調のような状態。写真を見ても、よくこれで立っていられると思うほど、ヒョロヒョロにやせ細って骨と皮だ。

こんな絵を描くゆとりがあったのだろうか。

問い合わせてみると、ぼんぼり祭は夏に行われるという。それならば……思い当ることがあった。

復員して来たものの、ようやくたどり着いた青山の家は戦災で焼失、父・一平は岐阜の山奥に疎開してしまっていた。ほとんど無一文。それで川端康成さんのお宅にしばらく居候していた。昭和二十一年、鎌倉との接点はそれだ。この絵はほんものに違いない。しかも岡本太郎がアヴァンギャルドとして戦闘を開始する前の、極めて珍しい作品だ。勿論出

茶会にて太郎流懐石を披露する岡本太郎（左から３人目）。右隣りは北大路魯山人。中央が筆者（昭和30年　提供・岡本敏子）

品を承諾し、展覧会を見に行くのが楽しみになって来た。

川端康成先生は岡本一家とはまことに深い、親身なお付きあいを頂いた方だ。岡本かの子が作家として世に出る最初の頃から、かの子文学を認め、支持し、何かと力になって下さった。岡本夫妻もこの年若の畏友を心から尊敬し、大切に思い、何かと頼りにしていたようだ。プライベートにも睦み親しんだ。

復員直後、彼は偶然会った横山隆一さんや永井龍男さんから、川端さんはいま鎌倉文庫という出版社が当って、とても景気がいいから行ってお金を借りなさい、とそそのかされて日本橋の事務所に訪ねて行った。川端さんは快く即座に百円貸してくれたそうだ。当時の百円はいまなら何十万円に当るのだろうか。その日、「浅草に一軒ビールの飲める家がある。無事に帰って来たんだからお祝いをしましょう。」と連れて行ってご馳走してくれた。川端さんは飲まないのだが、身内のようにこまやかにこの復員兵の窮状を聞き、やがて連れ立って地下鉄で帰った。その車中に並んで坐ってゆられているうちに、川端さんは突然ぽつんと、

「太郎さん、住むところがないんなら、鎌倉の私の家にいらっしゃい。いつまで泊まっていても構いませんよ。」

そのさりげない、あたたかい口調は忘れられない、と岡本太郎は後年まで折にふれて思

い出して懐かしんでいた。

こうして彼は二階堂の、まださささやかなお住居だった川端家にころがり込んだのだ。この頃のことは貴重な思い出として、幾つかのエッセイに書いている。

もう少しひろい家がほしい、と川端さん御夫妻と三人つれだってよく鎌倉の町を散歩しながらあちこち見て歩いたんだよ、と言っていた。その後かなりたってから、後の長谷の大きな家に移られたのだ。

だから岡本太郎は鎌倉には土地勘もあり、特別な親しみも抱いていたようだ。自分で車を運転して、横浜市内のガタガタ道を走り、弘明寺を越えて、あの北鎌倉に入る細い道を何度通ったことだろう。

切り通しの手前で、思いがけずお散歩している川喜多長政、かしこ夫妻に会って、道の真中に車を止めてしばらくにこにことお喋りしたこともある。あの頃はまだそんなに渋滞してもいず、のどかだったものだ。

岡本一平の遺した四人の子供を連れて、毎年、鎌倉に海水浴に行くのも楽しみにしていた。川端さんのお家や横山隆一さんの所を根拠地にして、大威張りで、親戚に帰るように親しんでいたものだ。

絵の話に戻ろう。商工会議所五十周年記念展は思いがけない多彩な名士たちの絵や書がずらりと並んで、見事だった。鎌倉という町の文化の厚みを実感させる、ここだけで終わるのは勿体ないような芳醇な作品群。

中で岡本太郎の野菜図は、五十年間、傍らであらゆる仕事に立ち会って来た私も初めて見る素直なスケッチだ。淡彩の、気負いのない静かな画面だが、何か透った品格と雅趣があっていい絵だった。

川端家での日常の、澄明な空気がそこに流れているように感じられた。川端先生はゆかりを大切になさる優しい方だ。鶴岡八幡宮に御自分も揮毫されたのだろう。そして「太郎さん、あなたも何か描いてあげて下さい。」とおっしゃったのではないだろうか。

お腹に入る前から、と魯山人

鎌倉をしばしば訪れたのは北大路魯山人氏の招きにもよる。

岡本太郎と魯山人。皆さん意外に思われるかもしれないが、魯山人さんは若い頃、京都から出て来て、すぐ太郎の祖父、岡本可亭の内弟子に入ったのだ。可亭は京橋、南鞘町に居を構えた書家で、当時かなり知られた、人気のある人だったらしい。日本橋・京橋界隈の大店の看板などもかなり書いている。「上から読んでも山本山、下から読んでも山本山」

と、よくテレビのＣＭにも出てくるあの文字は可亭の書だそうだ。

その縁で魯山人さんは太郎には特別な親しみを感じるらしく、パーティなどで会うと必ず、

「もうここはいいでしょう。一緒に行きましょう。」

と誘う。「久兵衛」などにつれて行って、自分は何も食べないのだが、嬉しそうにあれこれ注文してくれて、太郎の食べっぷり飲みっぷりを楽しみ、

「わたしは親子三代に仕えてるんだから。」

と吹聴するのだ。

戦後、岡本太郎は時代を象徴する人気者で、颯爽と権威に挑み、当たるべからざる勢い、全身からオーラを発して、威勢が良かった。それがちょっと口惜しく、妬ましいのか、気がひけるのか、酔うと、

「あんたがいくら威張ったって、僕はあんたがかの子さんのお腹に入る前から知ってるんだからね。」

それが彼の得意の文句。何度も聞かされた。

というのは、彼が可亭の弟子だった頃、長男の岡本一平がかの子と結婚したいと言いだして、岡本家は大騒動になった。

「そんな大地主のお嬢さんを、この下町の小さな家に貰って来たって、勤まるもんじゃない。」

と殊に可亭の御内儀の正さんは猛反対で、魯山人にもさんざんかき口説いたそうだ。すったもんだした挙句、一平の意志は固く、そのうち太郎をみごもってしまったので、やむなく結婚を認めることになった。そのいきさつを魯山人さんはつぶさに知っているので、太郎が大きな顔をすると、「お腹に入る前から」が始まるのだ。

岡本太郎は相手がどんな偉い人だろうと、また逆に子供だろうと、まったく変わらない接し方をする人だから、親子ほども歳の違う魯山人にも平気でズバズバ好き勝手なことを言う。傲岸不遜、みんなに怖がられ煙たがられて、敬遠されがちの魯山人にはそれが嬉しいらしく、お互い遠慮のない口のききようで、傍目には喧嘩しているかと見えるほどぽんぽんやりあって親しんだ。

北鎌倉の家にもしょっちゅう招びたがる。

「そんなところまで行けないよ。」

と太郎さんはあっさり言うのだが、相客を誘ったり、何とかかんとかうまい口実を設けて引っ張り出すのがうまいのだ。勅使河原蒼風や中村光夫、川喜多長政夫妻など、そうそうたるメンバーが十何人もの会もあったし、太郎と私と二人だけをもてなしてくれることもあったし、いろいろだが、心をこめたお料理はさすがにおいしかった。

そんなに大したものが出たとは思えないのだが、彼の作品に盛られたお野菜にしても魚にしても、それぞれの味がほんとうに素直に、紛れもなく取り出され、際だつものは際だち、何気ないものは何気なくしっとりと、これは絶妙だった。

岡本太郎も食いしん坊だから、

「あんたみたいな頑固爺さんが、どうしてこんなデリケートな、ほんとの味が解るのかねえ。」

と遠慮のないほめ方をして喜んだ。

魯山人さんは面白い。尖鋭な前衛である岡本太郎に自分の作品を見せたいらしいのだが、「どうですか、これは。」などと言うのは沽券にかかわるのか、

「窯を見に行きましょう。」

とさり気なく裏手の方に案内する。切り通しになった狭い所を通って窯に行くのだが、無雑作に、焼きあがった作品が幾つも転がしてある。魯山人さんは何か言ってくれるかと、ひそかに息をこらしているのだが、岡本太郎はわざと知らん顔して、気づかぬように通り過ぎてしまう。魯山人さんががっかりしているのが、お気の毒でもあり、おかしかった。

岡本太郎には優しく、親切だったが、彼が世の中では肩をそびやかし、陶芸家たちなど

にはひどく横柄で、高圧的に出るという噂も聞いていたから、親しみながらもわざとはぐらかし、茶化しているようなところがあったのだろう。そういう茶目っ気、反権威のいたずら心はたっぷり持っている人だったから。

魯山人さんが「どうですか。」と言えば、ズバリ寸鉄をもって答えただろうに。

一時、裏手の百姓家にイサム・ノグチと山口淑子夫妻が新居を構えていた。魯山人さんのところで御馳走になって、お腹いっぱいになると、

「イサムのところに行ってみよう。」

とヒョイと飲みに出かける。夫妻は大喜びで歓待してくれる。イサムさんとはお互い、境遇やポジションも似たところがあるし、フランス語で、デリケートな議論も出来る。大いに話がはずむ。しかも淑子さんのような美女がかしづいてくれるのだ。夜の更けるのも忘れてもりあがる。

魯山人さんは一緒に来ればいいのに、何故か来ないのだ。あとで聞くと、

「太郎はまだか。まだ出て来ないのか。」

とじりじりして門口を出たり入ったり、待っていたそうだ。

（岡本太郎養女）

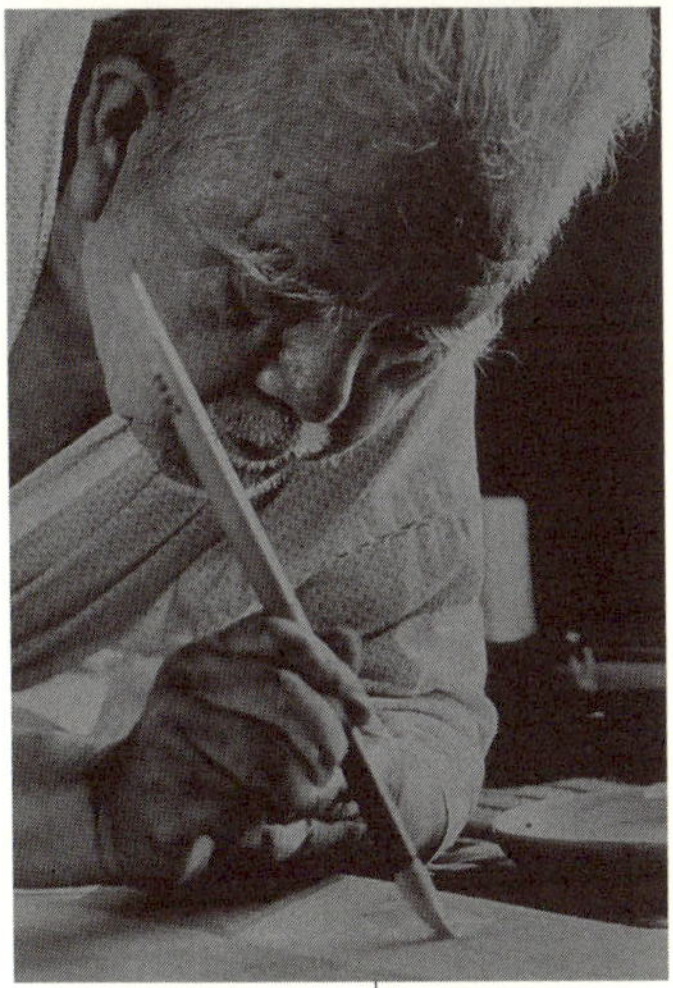

奥村土牛

人間・奥村土牛／
鎌倉で描いた作品『室内』◆奥村勝之

奥村土牛［おくむらとぎゅう（本名／義三）］

日本画家。明治二十二年（一八八九）二月十八日～平成二年（一九九〇）九月二十五日。東京・京橋生まれ。

明治三十八年、梶田半古に入門。逓信省に勤務しながら、ポスターなどを描いた。梶田の没後、兄弟子の小林古径に師事。昭和二年、『胡瓜畑』で院展に初入選。十一年、帝展に出品した『鴨』は推奨第一位となり、政府の買い上げとなった。その後も動植物、風景を誠実な自然観察のもとに描き、清澄な生気ただよう数々の作品を生み出した。戦後は『踊子』など、人物画も手がけた。

創作活動のかたわら、東京芸術大学、武蔵野美術大などで教鞭をとり、後進の指導にもあたった。百一歳で天寿をまっとうするまで、絵筆を握り続けた。芸術院会員、文化勲章、日本美術院理事長。

写真撮影、提供・奥村勝之

人間・奥村土牛

画号にふさわしい生涯

平成二年九月二十五日、父・奥村土牛は百一歳で他界した。土牛は明治二十二年、東京・京橋鞘町に生まれた。本名を義三という。祖父・金次郎は絵が好きで画家を志していたが果たせず、息子に一念を託していた。金次郎は父の幼い頃から様々な流派の絵を見せたり、歴史や文学の話を聞かせた。父が十七歳になると本格的に絵を学ばせようと梶田半古塾に入門させた。そして、二十八歳の画集発表を機会に、中国・寒山詩の一節から「土牛、石田を耕す」を引用して画号に『土牛』（とぎゅう）と名づけた。「牛が荒れ地を根気よく耕し美田に変えるという諺のように弛まず精進しなさい」との思いが込められていた。

初入選は昭和二年、第十四回院展出品の「胡瓜畑」。戦中戦後は長野県南佐久に疎開、東京芸大の日本画科講師を勤めた。昭和三十二年、平泉・中尊寺で、梶田半古塾の先輩で師と仰いでいた小林古径氏の訃報に出会い「浄心」と題して古径を偲ぶ作品を発表した。先達の死によって自由な心境になったのか「那智」「鳴門」と従来の日本画手法にない表現の変化が際立つようになった。古径の新古典主義と呼ばれる伝統から脱皮し、個性が一気に開花したのである。「目標は自分にあり」と自覚したのか「芸術には完成はない。だから画道に精進するのみ」という言葉を頻繁に使うようになった。昭和三十七年秋、文化勲章受章。土牛の制作は「蓮」「茶室」「室内」「門」「朝市の女」「醍醐」「吉野」と八十歳代後半まで精力的に続いた。

制作は想像以上の重労働だ。乗り板を渡して絵の具を塗る作業は自己表現の一環なので代役はきかない。九十二歳を迎えた第六十六回院展出品作「海」が、乗り板を使って制作した最後の作品となった。その頃から、丈夫だった父が心臓が苦しいと薬を飲み始めるようになった。盲腸炎で手術を受け命びろいもした。家に戻ると今度は白内障との戦い。全盛期の土牛復活には程遠かったが、描くことは決して忘れなかった。体調の悪い日は耳が一層遠くなり言葉も不明瞭になる。付き添っている母と姉だけが父の言葉を理解した。それでもスケッチブックと鉛筆だけは膝の上から離さなかった。だが、入退院を繰り返しながら挑んできた父にも天命の日がやって来た。父は病院で兄姉たちに見守られながら画号に相応しい「石田を耕し続けた生涯」を終えた。

土牛の人となり

旅行に出かける時は勿論のこと、家で寛いだり病気で入院していても絵画への執念は

奥村土牛と筆者（昭和30年　提供・奥村勝之、撮影・奥村昭）

変わらなかった。芸術家としては尊敬出来たが、家族への我儘には手をやいた。父は気弱で他人に文句を言えない性格だから、その分、妻や子供に負担をかけた。父の要望を拒否しようものなら、すぐに不機嫌になって皆を困らせた。僕は大学に入ると反抗するようになった。友人と遊んだり自由で拘束されない時間が欲しくなったからだ。家で絵を描くことしか知らない父を、僕は社会音痴も甚だしいと軽蔑した。

一部の誠実な店主を除いて、父にハイエナのように群がる画商にも嫌悪感を抱いた。きれい事を利用して悪どい商売をする現場を眺めてきた僕は、いつしか反面教師で芸術の裏側に見え隠れする醜悪さに失望した。だから、僕は現実的な報道カメラマンを目ざそうと試みた。ところが、僕の写真が新聞や雑誌に発表されると、周囲の人々は「七光り」と論評した。そこには奥村勝之の存在はなかった。

僕は父の旅行に随行するのが嫌で、写真のアルバイトをしては無銭旅行をしていた。勝手気ままな行動ではあったが、父に負目を感じる必要はなかった。しかし、貯めた預金でカメラを買ったり女友達と遊んだりすると「真面目なサラリーマンになれ。平凡が一番だぞ」と説教をした。

写真家も画家と似て、明日をも分からぬ不安定な職業であることを父は痛感していたからだろう。

そんな僕に恋人ができた。若気の至りで生活力もないのに結婚の約束までしてしまった。僕は写真大学卒業後、彼女をおいて写真の勉強を兼ねて渡仏した。二年後に帰国して再会したが、外国に住んで価値観が変わったために「彼女と一生暮らせない」と悟った。僕は彼女に別れを告げた。僕の突然の変貌に、彼女は母親と共に「家の娘をどうしてくれる」と激しい剣幕で両親に抗議の電話をよこした。父と母は「息子が無責任な約束をして申し訳ありません」と彼女の家を訪れ、だんまりを決めた僕を脇に座らせて、ひたすら謝り続けた。その時、初めて画家・土牛ではなく、父・義三の姿を見た気がした。

その後、僕はサラリーマンとなって、父を安心させた。だが、九十歳を超えて父の体調が悪化した頃「父のために何か出来ないか」と考えるようになった。その時、僕の家族が戦後間もなく疎開していた長野県南佐久郡八千穂村から「地元財閥の黒沢家から屋敷を村に文化事業の施設として提供するから、土牛作品を寄付してもらえないか。奥村土牛記念美術館を創設したいのだが」との相談を受けた。僕は絶好の父への恩返しが出来ると会社を退職して創設準備に専念した。母や兄弟とも話し合った末、平成二年五月二十日に、奥村土牛記念美術館は完成した。身体の弱っていた父は一度も訪れることは出来なかったが、創設を知ってとても喜んでくれた。

鎌倉で描いた作品『室内』

疎開先から東京へ

昭和二十六年、疎開先の長野県八千穂村から東京都杉並区永福町に引越してきた。両親と七人の子供、そして、叔母（母の姉）も加えた大移動だ。叔母は生涯独身をとおして、父の収入が少なかった時代に出版社に勤めたり、薬剤師の資格を取って薬局を経営したりして我が家の家計を助けてくれた恩人でもあった。永福町の土地は約二百坪程あったが、築二十年は経ったと思われる建物だったから、二階建とはいえ十人が住むには窮屈な住まいだった。

二階は父が画室にしていたので生活スペースとしては使えない。一階には八畳の応接間、六畳の居間兼食堂、三畳、四畳半、襖で仕切られた六畳と八畳間、そして狭い台所があった。二階の画室には、小学生で分別のない僕は入室を禁じられていた。応接間は絶え間なく訪れる客に占領されていたので寛ぐこともできない。四畳半には叔母が住み、三畳間には半身不随になった叔父（父の弟）が長逗留するので、いつでも使えるように空室にしておかねばならなかった。だから、僕達の居場所は限られており、一人で勉強したり考えたりする環境は許されなかった。その上、父が「おーい」と叫んだ時は、近くにいる者は即座に駆けつけないと機嫌が悪くなるので、特に母や姉達はびくびくしながら暮らしていたように記憶している。夜眠るときは、もっと凄まじい。六畳と八畳の襖を開けて、父が頭を東側にしてゆったりと床につき、叔母を除く八人が南側を頭にして川の字になって眠るのである。布団が八枚しか敷けないために、十歳まで母に寄添って寝ていた。だから、兄姉たちは「あまったれ」と僕をからかったが、僕は内心傷ついていた。

『奥村土牛』は家族全員の作品

父は時折、仲間と俳句会を開いていた。

俳優の花柳章太郎氏や画家の酒井三良子氏などそうそうたる方達であった。だが、僕にとっては深刻な問題だった。何故なら、僕らの寝場所が会場として使われ、夜中の三時頃まで床に就けないからだ。父は一滴も飲めないのに人に酒を振舞うから、僕らは給仕として追い立て捲られる。「どうして他人に優しく家族に冷たいのだろう」と恨んだりもした。「そんな余裕があるのなら家族に別荘でも建ててくれても良いのに」と思っていた。そんなある日、鎌倉の雪ノ下に土地を所有していることを知った。戦後間もなく生活に困った人がいて、なけなしの金をはたいて買った物件らしい。そこに家を建てるというのだ。「別荘ならカナダやスウェーデンにあるような日常の生活感を忘れられるような建物が欲しい」と願ったのだが、資金が足りなかったのか、あるいは質素倹約をよしとする父の考えからか、安ぶしんの住宅を建ててしまった。鎌倉の家が完成した頃、僕は大学の写真学科に入学していた。「透明なガラス器を撮影せよ」との課題が出された。永福町では陶器は沢山あったが、被写体に相応しいガラス器は見当たらなかった。酒を飲まない父が鎌倉の応接室の棚に人から貰った高級船来ウィスキーを飾っているのを思いだした。その頃、外国製ウィスキーは高級品で容易に手に入らない時代だった。

「よし、あれを撮ろう」ライトとカメラを背負って鎌倉を訪れた。初めての撮影は見事失敗に終わった。ガラス器はライティングが特殊で透過光で撮らねばならない。なのに真正面から光を当ててしまったのだ。瓶にライトの光は反射するし壁に影は出来る、見るに耐えない写真となってしまった。ふて腐れた僕は居間の机に写真を放り出して憮然としていた。すると父が写真を眺めて「おい、これどこで撮ったんだ」「鎌倉の家だよ」「おい、すぐ鎌倉へ行こう」と急き立てる。こうなったら父は言うことを聞かない。早速、鎌倉に向かった。着くや否や「おい、光を同じように当てておくれ」と急がせ、直ちにスケッチを開始する。父の目にはウィスキー瓶に反射した光と影が新鮮に写ったに違いない。そして、その年第四十九回院展作品に『室内』と題して出品したのである。モチーフには身の回りのものが多い。「父の生活そのもの」と言っても過言ではない。何時も院展に出品する前には、描いた絵の評価を家族に求める。母も兄も姉も僕も遠慮なく素人なりの意見を述べる。そういう時の父は意外に素直で、納得した意見に関しては本気になって手直しをする。思い込んだら誰の言うことも聞かない父としては不思議な現象だった。

父には親友の画家・酒井三良子氏がいた。父はズングリムックリ、酒井さんは長身でハンサム、二人で東海道を旅すると弥次喜多そのものだった。絵の話に夢中になると、全てを忘れてしまい東京に帰宅するまで宿泊先京都の旅館スリッパを履いたまま、家に帰るまで気づかないというエピソードも残っている。一方、珍客も大切にしていた。ある日、突然やって来て「おい、腹が減った。寿司でも取ってくれ」と言うなり「小僧じゃまだ、寿司があたった」とトイレに駆込む輩もいた。父の生涯を見ていると「人間にとって一番大切なのは、知識や要領ではなく、好きな人、好きな事のためには真摯に取組む」姿勢を教えられた。家族に囲まれるのが好きだった父、好奇心旺盛な父、作品評価に謙虚な父、それらが百一歳まで現役の画家として存在し続けた秘訣だと確信する。母や兄姉が『画道・奥村土牛』に貢献したことは言うまでもないが、僕も一役を担えたことを誇らしく思っている。

（奥村土牛四男）

大佛次郎

金の鎖をたぐるように／花をくぐりて◆

野尻政子

大佛次郎［おさらぎじろう（本名／野尻清彦）］

小説家。明治三十年（一八九七）十月九日～昭和四十八年（一九七三）四月三十日。神奈川県横浜市生まれ。東京帝国大学卒業。在学中は劇団を結成し、自らも出演した。女優の吾妻光と結婚、鎌倉に移り住んだ。劇作家への夢を育みつつ鎌倉女学校で教鞭をとり、外務省に嘱託として勤務したが、関東大震災後、文筆業に専念。のちに、鎌倉の風致保存に力を注いだ。

大正十三年からの『鞍馬天狗』の連作が認められ、一躍人気作家に。新聞に連載した『赤穂浪士』では、知的で斬新な作風を展開し、大衆文学のイメージを一新。知識人の読み物へとその質を高めた。また、昭和二十五年に芸術院賞を受賞した『帰郷』や『霧笛』『白い姉』などの現代小説を手がけたほか、『ブウランジェ将軍の悲劇』『パリ燃ゆ』など、フランスの歴史に材を史伝物も執筆した。新聞連載『天皇の世紀』はライフワークとなった。芸術院会員、文化勲章。

金の鎖をたぐるように

国立がんセンターに入院していた父の病室は、「書斎」になっていた。入退院を繰り返しながら書きつづけた『天皇の世紀』の資料となる書籍はもちろん、病の床のなぐさめに家から運ばせた本で、病室はまるで書庫のようになっていたのである。

昭和四十八年の四月末に亡くなるまでの数カ月、病室で寝起きをともにしたが、本にまつわる思い出は多い。

「きょうは何曜日だい」と尋ねる父に、「土曜日ですよ」と答えたことがある。すると、「じゃあ、政子はいいね、あすは日曜日で」とつづけた。父は鎮痛剤の影響で、曜日の判別がうまくできなくなっていた。

当時の私は、子供を育てながら新聞社に勤務していた。そのうえ、看病が重なり疲れもたまっていたので父の言葉をそのまま素直に受け取ったのだが、夜、床につく段になって睡魔に身をゆだねようとすると、不思議そうに言った。「君は本も読まないで寝ちまうのかい？」。

父の「あすは日曜日で」という言葉には、単に休日でいいねというほかに、本も読めるしねという意味が込められていたのである。父には、本も開かずに眠りにつくことなど考えられなかったのだ。

病気休載することになった『天皇の世紀』の最後の原稿を手渡した翌日の父の一言も記憶に残る。つらい病床にあっても涙を見せなかった父が、このときばかりは、はらはらと涙を落としながら編集者に原稿を渡した。その日の夜は、お見舞いにおいでになった武原はんさんらと、これも最後の酒となったボージョレーで乾杯。再びペンを執ることはできないと覚悟していたとは思うものの、原稿を渡しおえた解放感からか、翌朝、明るい表情でこう言ったのだ。「さあ、きょうから、何を読もうか」。本棚から取り出させたのは、デュマの小説集だった。

本好きは若い時分からだ。東京帝国大学法科政治学科の学生時代には、父政助から届けられる学費は丸善などですぐ本代となって消えてしまった。手元の本を質に入れ、また新しい本を手に入れるようなこともした。父親は、息子は外交官になるものとばかり思っていた。

学費を本に変えてしまった父は、一回り年上で当時、研究社の編集長だった兄野尻抱影に頼み込んで原稿を書かせてもらい学費を稼いだ。英文・天文学者の兄のところにはたくさんの洋書があった。父がメリメやレニエなど愛読するようになったのは抱影の影響であ

大佛次郎。枝垂れ桜の咲く鎌倉の自宅庭にて（昭和37年頃　提供・野尻政子）

り、小説を書き始めるうえでもその存在は大きなものだったとよく話していた。

父には、同じ本を二冊ずつ買い求める「性癖」があった。それは、自分のものとした本をなくすことを恐れたためであり、また、天井まで届こうかという蔵書の山のなかから必要とする本を探し出すことが出来ないケースを配慮してのことだった。

そんな父が、僕の最も印象に残っている本で七、八冊も買ってしまったよと微笑んでいたのが『出家とその弟子』(大正六年刊)だった。倉田百三のこの作品は、親鸞と唯円の愛と信仰、苦悩を描いた戯曲だが、当時の青年たちのこころをとらえロング・ベストセラーとなった。

大佛次郎と『出家とその弟子』。その組み合わせに、おやっと思われる読者もおいでかもしれないが、この本を「僕の体の中に入っちまった」と表現するほど影響を受けたという。聖書もよく読み、宗教上の話まで聞けなかったことが今は悔やまれるが、買い求めた『出家とその弟子』は人に貸したり、手放したりしたようで、いま私の手元に残されているのは一冊だ。

父はその生涯に、時代小説、現代小説はもちろんノンフィクション、戯曲など幅広い仕事をしている。死の前年、昭和四十七年に出版されたエッセイ集「都そだち」のあとがきに長い執筆生活をふり返ってこう語っている。

「私は、生まれた時からの町育ちであった。それ故、軽薄でオッチョコチョイの気性が常につきまとい、物を浅く見て飛び移る蝶の気まぐれが一代去らなかった。その為に、私は小説らしい重い小説を遂に書き得なかったのだと思う」

小説家は「毒」があった方が魅力のある作品が書けるとはよく言われることだ。たとえば、女に溺れるとか吝嗇だとか。そういう経験や資質が小説の下地となるというのだが、幸か不幸か父はそのような「毒」は持ち合わせていなかった。その辺りのことは自分がもっともよく知っていたと思う。子供のころから歴史が好きだった父は、『パリ燃ゆ』等ノンフィクションに仕事の力点を移し始めたころ「自分は小説に興味を失ってしまった」と兄・抱影に語っていたのが深く印象に残っている。

フランスの作家サン＝テグジュペリの童話「星の王子さま」を父は大好きだった。入院中も本棚から取り出して読んで聞かせたことがあった。

父は「スイッチョ猫」などの童話も書いているが、「仕事が全て終わったら、本格的に童話を書きたい。僕の『星の王子さま』を書くんだ」という言葉がいまも鮮明だが、残念ながらその夢を果たすことなく自ら〝星〟になった。

亡くなる二日ほど前のことだったと思う。鎮痛剤で朦朧としながら、父は指先を動かし空に文字をつづっていた。『天皇の世紀』だろうか。「帳面を持っておいで」という声にノートとフェルトペンを持たせた。しっかりと大きな文字で「金の鎖をたぐるように」と記した。父の最後の文字だった。

金の鎖をたぐって天に行ったのかしらと、私はその死を諦めきれずに思った。早いもので、あれから二十年の歳月が流れた。

花をくぐりて

父は横浜、英町の生まれである。昭和の初期から約十年余、山下公園を望むニューグランドホテルの一室を書斎がわりに、「赤穂浪士」や「鞍馬天狗」「霧笛」など、さまざまな小説を書いた。今でもこの部屋〝天狗の間〟の窓辺に立つと、「対岸の鶴見のあたりをアメリカかと思った」という少年時代の微笑ましい話を思い出す。

海に向って開かれた港町で、汐風を胸いっぱいに吸い込んで育った父は、おおらかなヒューマンな性格に加えて、ハマッ子らしい旺盛な好奇心を最後まで失わなかった。芝居、能をはじめ、外国からアーチストが来ると、演奏会、オペラ、バレエ……と、古稀を過ぎても精力的に足を運んだ。なかでも歌舞伎は、先代団十郎のために何篇かの戯曲を書き、演出を手がけるなど縁が深かった。築地がんセンターと歌舞伎座の間を、ゆっくりと大股で往復する姿が印象に残っている。

「芝居は団十郎、舞いは武原はん、野球は王」とふざけてよく口にしたが、亡くなる前日まで、枕もとのテレビは野球放送が流れていた。

猫好きなことでも知られ、猫の随筆も多いが「スイッチョ猫」というお気に入りの童話は、お腹の中で、スイッチョ！と鳴くようになった仔猫のシロに、お医者さんが「秋になれば声もやむでしょう」と答えるお話である。

座敷や庭、塀の上にまで、十数匹もの猫がいつも傍若無人にふるまっていた。結婚式の招待が断り切れずに、当日旅行に出てしまうような、心弱い面もあった父は、膝の上の猫が眠ってしまうと、起こすのがかわいそうで目を覚ますまでじっと待った。

「猫の風呂番」という随筆。「『おい、どけよ』と私は云った。それでも動かないから、蓋をあけるわけに行かない。うろたえたら熱い湯の中に落ちないとも限らぬ。こちらが寒くなったので私は小桶で湯を汲んで軀に浴び始めた。湯がはねれば驚いて逃げてくれると思った。／それでも動かないで、まるい目でひとの顔を見ている。『どけよ、おい』／私は小桶の湯ばかり続けて浴びた。」

湯舟の蓋を〝占拠〟した猫に気兼ねして、結局湯舟に身を沈めることが出来なかった、という心優しい話である。しかし、好きは好きでも、自分のふとんの中に入れて夜を過ごすような猫かわいがりはせず、また家人が猫にぜいたくさせることを、よく怒っていたことも思い出す。

仕事の合い間、なにより心が和んだのは、庭の花を眺める時だったろう。都忘れ、鉄線、藤、牡丹、木犀…なかでもご自慢は、茶室の庭の枝垂れ桜だった。昭和三十二年に市役所前の植木市で二円三十銭で買った、という桜である。若木が年毎に丈を伸ばし、枝が地面すれすれまで垂れるようになると、お客様を呼んではにぎやかに花見の宴を開いた。当時のアルバムを見ると、茶席や香席も出て、里見弴、小林秀雄、川端康成……といった今は亡き鎌倉文士、先代市川団十郎、武原はんといった方々の顔も見える。花のもとでにぎやかなお囃子に乗って、里見弴さんが軽妙な踊りをひろうされた話も、遠い昔に父から聞いたことである。

今は老木となった桜だが冬の眠りから覚めると、毎年愛らしい紅の花を見せてくれる。今年は、「どうしても桜に会いたい」と武原はんさんが訪ねて見えた。満開にしだれる花を仰いで手を合わせ、「せんせ、来ましたよ」と、語りかけるおはんさんは九十歳。老いた桜も嬉しかろう、と思った。

もう一本、わが家の庭には染井吉野の古木がある。私の生まれる前からあった、という話だから、もう何歳になるのだろうか。太い幹はとうにうろになっているが、これも今のところ健在で、春ごとにみごとな花をつけてあるじを安心させてくれる。この花についても忘れられない思い出がある。

昭和二十五年、今NHK大河ドラマの舞台となっている、平泉中尊寺で、奥州藤原三代、清衡、基衡、秀衡、四代泰衡の遺体——ミイラの調査のために柩が開かれた。父はこの調査団に加えていただいて、終始を見届けた。

このおりの写真の中に、しんしんと雪が舞うみちのくを父が新聞紙にくるんだ桜の大枝を胸に抱いて金色堂に向う一枚がある。調査が終わって、いよいよ柩の蓋が閉じられる日のことを「雪の金色堂の前に進まれて、花を御遺体に捧げて深々と、長く本当に丁重に頭を下げていらしたのを、私は子供でしたが印象に残っています」と、中尊寺円乗院住職の佐々木邦夫さんが当時を思い出して話してくれた。父はこの日のために一度鎌倉に戻り、庭の染井吉野を手折って手向けたのだった。

父は「不通」という俳号でよく俳句を詠んだ。執筆の合い間、病院でも見まいに訪れたおはんさんを相手に俳句を作っては楽しんだものだった。「不通」とは、大佛のフツと、しろうとでこの道は通じない、の意味の「不通」である。

「建長寺暮春」

とめの鐘
　花をくぐりてきえゆくを

これは本人が遺した春の句のひとつである。新暦でいえば、〝西行の日〟に遅れること約二週間の四月三十日。先にしるしたとおり、その父は、最期まで意識乱れず逝去した。墓は扇ヶ谷の寿福寺にある。遺言どおり戒名はない。

（大佛次郎養女）

川口松太郎

吐られ手紙／想父恋◆

小出一女

川口松太郎［かわぐちまつたろう（本名／松田松一）］

小説家、劇作家。明治三十二年（一八九九）十月一日～昭和六十年（一九八五年）六月九日。東京・浅草生まれ。

十六歳で久保田万太郎に師事、二十歳で深川の講釈師悟道軒円玉のもとで口述筆記をしながら江戸文芸と漢詩を学んだ。のちに小山内薫門下となり、大正十二年、「劇と評論」に戯曲『足袋』を発表。関東大震災の後、大阪へ移り、プラトン社に入社。直木三十五らと女性誌「苦楽」を編集。執筆に携わっていた谷崎潤一郎や、新派俳優・花柳章太郎を知った。

大正十五年に東京へ戻り小説や戯曲を書き始め、昭和十年、『風流深川唄』『鶴八鶴次郎』『明治一代女』で第一回直木賞受賞。その後、『新吾十番勝負』『しぐれ茶屋おりく』などの数々の時代小説を発表。「婦人倶楽部」に連載された『愛染かつら』がベストセラーになった。川口作品の多くが新派演劇の古典となっている。

昭和十五年、新生新派旗揚げに参画。二十二年、大映映画の専務となり、三十八年には新派育成の功績により菊池寛賞を受賞。文化功労者。芸術院会員。

叱られ手紙

明治三十二年十月一日、浅草に生まれた父川口松太郎が八十六歳で生涯を終えたのは昭和六十年六月九日未明であった。

二十歳《はたち》を過ぎた頃から離れて暮らしながらお父さん子を抜け出せなかった私は、その日から世の中の色あいが幕を切って落したように褪せてみえた。体調を崩して翌年に大病をした私は、心痛を押しかくして舞台を勤めている夫に申し訳がなく、「女房とは元気でいるか死ぬかしかなく、病気などと半端ではいるに価しない」と友人に書き送ったりした。私の手術執刀をして下さった旧知の先生は回診にみえるとまず、「東京公演の御主人は大丈夫ですか。お電話ありますか」と尋ねて下さった。夫への申し訳なさが募って苛立っていたとき、ふっと父の手紙をおもい出した。亡くなる二年程前、風邪をこじらせて肺炎になった私を見舞いにきてくれたあとに、私の大好きな回信堂のクッキーの缶に短い手紙が添えておかれている。

「貝原益軒の教えに『人間の罪悪は病気だ。他人に迷惑をかける』といい切っている。よく覚えておきなさい、芸人の妻は特に注意せねばならぬ。良人の芸を低下させるよ。と

く と 叱り置く。クッキーは見舞いに非《あら》ず、叱り賃なり。父」とあった。短時間の外出を許された日、マンションの自宅に戻るとほかのことには手をつけず、父の手紙だけを病院に持ち帰り、枕もとの脇の小引出しにおさめた。読みかえし読みかえして、文面を噛みしめた。「お前さんは体力以上の無理をギリギリまでやるクセがある。大様《おおよう》だとおもってみていると背負込み症候群でバタンとなる。見極めをつけるっていうのは大事《だいじ》なこった」といわれたこともある。手紙をお守りがわりに、夫の無事をたのみ、自分の恢復をねがった。仰せは重々ごもっともなのだけれど、患ってしまったものはもはやいたしかたなく、またぞろくり返さぬよう自分に深くいいきかせた。この大患が父の死後であったのがせめてもの小幸だった。毎朝手をあわせる遺影は、昨今の私の暮らしぶりを見ていて「おいおい、ちょっとズボラすぎやしないかい」とわらっている。

貧しい暮らしのなかに育った父は、小学校を卒業するとすぐ養父母の手許を離れ、奉公に出て自活している。先頃見た松山善三監督の映画「虹の橋」で、冒頭「子供達は十歳になると働きに出た」と字幕があり、そこいらにあるものを手当り次第遊び道具にして騒ぐ元気で健気な子供たちの映像に、父の幼い頃を想像してしまった。きっとこんなふうだったろうなと、子役さんたちの芝居の間中だぶって、泪が出そうになった。父が質屋へ奉公に出た年、義務教育の年数が変り、もう一年通学しなければ小学校を終業したと認められ

筆者の婚礼にて。中央が川口松太郎、右は筆者（昭和49年10月　提供・小出一女）

なかったらしく、奉公先の店の主人宛に「長男川口松太郎儀云々……」、折角雇っていただいたがもう一年就学するにつき、家に帰してくださいましといった文面に、養父川口竹次郎の署名と長屋の大家さんか町内の世話役さんかもう一人の署名がある。一通ずつ取り交されたものであろう。気はしの利きそうな子だったが又新しい小僧を探さねばならないと質屋の旦那はぼやいたろうし、祖父はどうやら一人は口減らしができてほっとしたろうところへお上のお達しで、晩酌一、二本は増やせそうだったのが元の木阿弥になってしまったが薄情な人ではなかったらしく、「松が帰《けえ》ってきてまた家んなかが賑やかになっていいや」といったらしい。父は少し気兼ねをしたろうが有頂天だったと察しがつく。大好きな学校へもう一年ゆけることになり、裕福な家の友達から本を借りて読むこともできる。観音様の境内を友達と走りまわって遊べる。「虹の橋」のなかの子供たちと比べて、江戸時代と明治と風俗の差はあっても、貧しい家に育つ子供たちの気風、気構えはきっと同じだったろう。再び奉公に出て大人たちの世界に踏みこんでも苦労や辛抱を当然のこととして一所懸命働いていたが、向学心だけは押え切れなかったらしい。〝本を読みたい〟一心から、転々と職を替えながら雑文を書き投稿を始めている。食事をつめてまで、雨が降ればお終いの夜店に古本を並べる露天商を選んだのも、売れる本と売れない本の選別ができたことと、自分が読みたい本を一緒に仕入れられたからであろう。

子供の頃から文筆を志していたのを直接聞いた覚えはないが、今を去ること五十年余の前、私が入学した目黒区立田道《でんどう》小学校の校長米山先生は、偶然にも父の通った山谷堀小学校の教頭でいらした方だった。一日お訪ね下さった校長先生は一通りの挨拶が済むと「あなたの作文は低学年の頃から教員室の評判でした。文体が整っていて子供の文章には思えなかった。確か二年か三年生のとき『長男として早く両親や幼い弟妹を助け、一所懸命勉強してものを書くことによって生きてゆく所存だ。筆をとって世のため人のために役立つ人間になりたい』と書いた作文はいつまでもこころに残った。川口少年の念願どおり沢山の読者をたのしませよろこばせる作家になってほんとうによかった。本名で書いていられるから直ぐにあなたと判り、蔭ながら本を読み、お芝居もみました。しかし大変な努力と苦労をしたとおもいます」と物静かに語られ、父は旧師の前で照れに照れて恥かしがっていた。

〝苦労人〟と呼ばれた父の、苦労は自分一人で沢山、子供たちには絶対苦労させまいとする愛情の注ぎかたは並外れていた。私は怒られた記憶がない。女子が怒られるような事を仕出かす時代ではなかったせいもあるが、悉くにやさしかった。父のもつ厳しさは机に向っている時の気魄と、芝居の舞台稽古だった。

病気をして、もらった手紙も口頭でいわず文字に託す。叱り切れないのだ。一人身の時と違う娘の、夫に対して相済まない気持ちからであろう。片仮名で書かれた四、五歳の私に宛てた旅先からの消息に始まり、リボンで結んだ幾つかの父の手紙の束には母のことを頼むというもの、詫び状もあるが、いま一番大切におもうのは唯一の〝叱られ手紙〟である。

想父恋

父が逝って九年になる。

「花はどうだ？　まだ間にあうかな、久しぶりで都をどりみようや。その子や小花はまだ出ているのか、みんないいばあさまになったろうなあ」

昭和五十八年春。電話の父の声が弾んでいて元気そうだった。三益愛子さんに先立たれた衝撃から漸く起《た》ちあがろうとしていた。「生きられるだけ生きる。書くために生き抜く」と力強く語って半年も過ぎた頃だろうか。

「いま京都の博物館で弘法大師入定千百五十年に因む密教美術展をやっています。出品目録をみたけれど凄いの」

「いく、それは是非いく。ほとんどみているがなつかしい。それからうんと旨いもの食べさせてくれ、京都でないと食べられないものをな」

四月、父は周囲の心配をよそにひとり旅を楽しみながら京都へきた。老いてやもめになった父が誰を憚ることもなく、先妻の娘夫婦の住居へ大手を振ってやってきた——子供同士は以前から自然な形で出会っていて、なにがどうということもない。

父に用意したマンションの一室は私達夫婦の住居と隣あっているので便利この上もなく、書斎と寝室を兼ねた部屋からは正面に東山をのぞみ、北側の窓には御所の森や北山の山脈《やまなみ》がみわたせる。八月の精霊送りには二つの窓から五山の送り火がみえるので父は京都の棲家がすっかり気にいっていた。

仕事は午前中だけときめている父の生活だが、京都への来客はまれで電話も少なく、仕事に関わる方達の父の京都暮らしをそうっとしておいて楽しませようとして下さる気配も感じられた。天候が悪くて外出をとりやめた時は夕方まで机に向っている日もあり、目が疲れたといって横になったかと思うと、ねいる間もなく本を読んでいた。贈呈本は忙しい時でも熱心に読み、読み終ると直《ただ》ちにペンを執って本を頂いたお礼と卒直な感想をはがきに認めている。

変らない——と思った。背中が丸くなり小さな好々爺になってしまった父だが、原稿用紙にペンを走らせる時の目の光は変っていない。推敲に推敲を重ねる努力も昔のままで、むしろ高齢になって作業は一層入念になっていた。

「おい、こんなに仕事が出来ちゃったよ。東京へ帰るまですることなくなっちゃった」

机の上は下書きを書きつくしてしまった「歌舞伎役者」のノート、「一休さんの道」の原稿三十枚くらいが重ねてある。

曇天続きが影響し、出かけるつもりだった堅田の祥瑞寺も、堺ゆきも延期して仕事三昧だった。気分の昂揚と体調のバランスがとり難く、元気に行動してはいても、食道癌に罹った事実と高齢に一抹の不安があった。過去に幾度か訪れて知りつくしているところでも、起稿の段階でさらに足を運んで、今日《こんにち》の変りざまをも確認しないと気の済まぬ性質で、自分でたてた予定が思いどおりに消化できずに苛立っていることもあったが、周囲の目には年相応、体力以上の行動にみえた。「川口さんは、からだのどこかに、しゃきしゃきした発条《ばね》を仕組んでいて、はずみをつけて生きているような人だった」とお書きになったのは故和田芳恵さんで、昔、東京新聞に連載された「ひとつの文壇史」のなかで、父を活写していらしたのを覚えている。原稿用紙の前を離れ行動している父のなかで、長年川口松太郎をより川口松太郎らしく生きさせてきた発条は消耗していた。

もともと好きな京都暮らしがすっかり落ち着くと、毎月、月のうちを東京中心に、京都、鵠沼の仕事場を十日ずつ居を移し、忙しそうにみえながらも結構楽しんでいた。五十八年の春頃から亡くなるまでのおよそ二年が、最晩年の仕事にも体調にも充実した気力を発揮したのではないだろうか。「一休さんの道」（読売新聞に死後連載される）、「歌舞伎役者」（講談社）、「地震」（すばる戯曲）、「三人オバン」「港町オバン」「オバンは京都先斗町」（文藝春秋社）を携えて東京、京都、鵠沼を移動していたが何処で会っても機嫌のよい日が多かった。

六十年の二月に入って「一休さんの道」の終章、一休禅師終焉で筆がすすまず苦労していた頃から体調不振がめだち、鬱々として電話で話してみても元気がなかった。自分の身体の状態をある程度自覚していたと思われ、病院で検査を受けるようすすめてみても一向に腰があがらず、入院も最後まで拒んだ。四月四日には京都へくる予定で新幹線の時間を聞くばかりになっていたが、急激に容子が悪くなり、家族が説得して入院させた時（四月八日）には両肺に水が溜り、あと一ケ月の生命と宣告されてしまった。

父の生命は辛うじて二ヶ月を保ったが五月に入ると急速に意識が薄れ、時折右手を突き出すとペンを持った形をつくり、渾身の力をこめて原稿を書く仕草《しぐさ》をする。空《くう》の原稿用紙、空のペンだ。最期（六月九日）には私は京都に帰っていて死目に会わなかったが、燃焼しつくしたかのようにみえた父の、執念ともいうべき姿はしっかりと胸に灼きつき、私のみた臨終の父だと思うことにしている。

死後「別冊文藝春秋」に掲載された「オバンは京都先斗町」は前の二作と共に一周忌に「三人オバン」として文藝春秋から上梓された。

「オバン」シリーズのパートⅡを、神戸と長崎、新潟を舞台に書くのだと話していた。

「あと三つ、三つ書きたいものがある」

長編だという、如意ケ嶽が吹雪にみえかくれするさまに見入っていた父が窓辺を離れて私に言った。良寛、西行、小町……と考えながら私は黙って次の言葉を待っていると、深々とソファーに腰を降した父はじっと目を瞑り、やがて
「だめかなァ」

と声を落した。六十年の一月、最後に京都に滞在したときの父の寂し気な一瞬だった。

（川口松太郎長女）

今日出海

父と過した日々◆

吉田粲子

今日出海〔こんひでみ〕

小説家、評論家。明治三十六年（一九〇三）十一月六日～昭和五十九年（一九八四）七月三十日。北海道・函館市生まれ。

東京帝国大学在学中、舟橋聖一らと河原崎長十郎を中心とする劇団心座を興すなど、演劇活動に参加。一方、「行動」「文學界」などに評論、随筆を書き、ジッドの翻訳も手掛けた。

戦時中、陸軍報道班員として二度フィリピンに渡り、この経験をもとに、昭和二十四年、フィリピン戦線の従軍記録『山中放浪』を発表。翌年『天皇の帽子』で直木賞を受賞した。『三木清における人間の研究』『吉田茂』など辛口の人物論も著した。

文化庁初代長官、国際交流基金初代理事長を務め、伝統文化の保存や文化芸術の国際交流に力を尽くした。文化功労者。

四年前のロサンゼルス・オリンピックの頃も異常気象で人に会って挨拶の後必ず天気が話題になった。今年と違う点は、同じ異常でも晴天が続きすぎるので雨乞いをしたいような毎日だったことだ。

そのころ扇ヶ谷の道躰病院に入院している父の所へ毎日母と着替えなど持って通っていた。冷房もない軽自動車の扉を開けるとサウナのようで体中の汗がチリチリと引いてしまう。しばらくドアを開けて中の空気をさます間、空を見上げると一片の雲もない。カーラジオをつけると「ウワーッ」という歓声が流れてくる。オリンピックもたけなわの七月末のことだった。

「この歓声は、おじい様が亡くなる時と同じだわ。当時はベルリン（昭和十一年）のオリンピックだったと思うわ」と母が言う。父がもっとも敬愛していた祖父が亡くなったオリンピックの時期に、父も亡くなるのかもしれないという予感が、長年連れ添った母には、すでにあったのだろう。

父の祖父に対する思いは特別なものがあるようだった。私は祖父が亡くなってから生まれたので全く知らないのだが、祖母も引き立て役の一人となって周囲の祖父に対する尊敬は高いものであった。日本郵船外国航路の船長をしていたころの祖父は、むずかしいスエズ運河の航行が実に巧みだったと後に父は自慢気に話していた。祖父は四十代に入って船長をぷっつり辞めてしまい霊智学の研究に没頭する。

父の兄弟を見ても祖父の血を受け継いだ人はいないようだ。顔立ちも祖父は彫りが深く、高い鼻と立派な口ひげをたくわえており物静かな人だったという。父も伯父も顔立ちは祖母に似ているし、お互いを制し合って我先にとおしゃべりをするし、話に聞く祖父とは共通点が見出せない。

ただ同じオリンピックの時期に祖父の元へ旅立とうとしている父を見送ることになり、父子の絆を改めて感じたようなわけだ。

父は男三人兄弟の末っ子で案外母親にとっては気に入りの息子だったのではないかと思う。東大を出て外交官にでもなることを祖母は望んでいたのではないかと思われる。父は仏文を終えてから法律の勉強もしたと言っていた。が、仏文時代、一生の友達となる小林秀雄さんや佐藤正彰さんとの出会いがあり文学や演劇の魅力にとりつかれていったようだ。

私達は当時の思い出話を聞くのが大好きだった。佐藤さんと、当時は珍しかった本郷青木堂のシュークリームの食べ比べをしたことや、小林さんが答案用紙に「かかる愚問には答えられない」と書いたとか、エピソードは際限なくあるのだが、学生時代の出来事と思って聞いていると、つい数年前のことだったりして、父も友達も長い一生基本的にはちっとも変わっていないのだなと思ってしまう。

左から小林秀雄、今日出海（昭和40年頃　提供・吉田梨子）

私が物心ついたのは戦争直後の食糧難のころで、その時父は雪ノ下の家の床の間の前に、その部屋とは不似合な立派な角巻をかけて寝ていた。肺炎を患っていたらしい。幼い私は病床の父を気づかうどころかいい遊び場があるとばかり角巻の袖口からもぐり込んでふとんの中に入ると真っ暗闇の世界。そこを防空壕に見たてて「防空壕ハレジヨリテ」と訳のわからないことをわめいては袖口から顔をのぞかせて遊んでいたそうだ。父はそんな私を面白がって遊び場に甘んじてくれていた。

やがて散歩が出来るまでに回復すると父は必ず私の手を引いて出かけた。その頃はまだ町中にも下肥の入った桶を荷車にのせて牛が引いていた。大きな動物があまり好きではない私は牛を見つけると顔を真っ赤にしてつないでいる手に力が入る。それが面白いと言ってわざと牛を捜しながら歩く。家に帰って父は母や姉達にそのことを愉快そうに話しているので大いに憤慨した覚えがある。

父についてゆくといつも子供にとっては、みじめな思いばかりするはめになるのだが必ず一緒に行くことになる。「イヤダ」などと自己主張すると父の機嫌をそこねるから、母は子供が犠牲になっても父に機嫌よく出かけてもらいたいらしい。父も「どこへ行こうか」などと今どきの親のように子供に意見を求めたことなど一切なく一方的に連れ歩くのだからたまらない。今の東急の前あたりにパチンコ屋があった時期があり、まずそこへ寄る。あっという間に出てくるのでそこではあまり退屈せずにすむ。次は新生書房という古本屋でかなり長話になる。このあたりでついてきたことを後悔しはじめるのだが、そんな気持にお構いなくとどめをさすかのように友人の家に寄ることになる。そこでお酒などでるといつ帰れるかわからなくなる。

このころよくお訪ねしたのは画家の鳥海青児さんのところだった。鳥海さんの家は薄暗く中は荷物が一杯で昼でも夕暮れのようだった。お菓子や玩具など何一つない薄暗がりの中でひたすら帰る時を待っていた。「いつ帰るの」と聞くと、鳥海さんと父は必ず泊まっていくんだよという。私は絶望的な気分になってしまう。ようやく姉の声がして、夕食が出来ましたからと父を迎えに来たので苦難から解放されるのだった。鳥海さんと父は、その頃あり余る時間をこうして共有して過していたのであろう。

雪ノ下の家は母の弟の家族と一緒に住んでいたので何かと手狭で、父にしてみるとゆっくり仕事の出来る部屋が欲しかったのだろう。東御門の奥に相馬さんという大きな家がありその中の二部屋を永井龍男さんと二人で借りていた。お昼のお弁当を届けに母と二人で行き私一人残って相馬さんの子供達と遊ばせてもらった。大勢の兄弟があれこれ面白い遊びを思いつくので楽しくて真っ暗になるまで遊んでいたのだが、なぜかそこから父と帰った記憶がないのは不思議だ。

昭和二十五年、父が直木賞をいただいたりして家も少しは余裕が出来てきたのだろう。引越しの話がもち上がった。父と母とで目当ての家を訪ねるという時私もついていった。何と相馬さんに通う時いつも前を通っていて、こういう家に住んでいる人に会ってみたいものだと密かに憧れていた家だった。レースのカーテン越しに聞こえるグランドピアノの音。和洋がうまくマッチした大きな家である。

玄関に出迎えた夫人はしゃれた洋服に靴をはいたままである。中はセントラルヒーティングで天井には大きな扇風機が取りつけられていた。

結局翌年の四月一日、その家に引越すことになり、私は父の自転車の後に乗って行った。家財道具は馬が引く荷車一つで済んでしまった。中に入って驚いたのは、作りつけの戸棚に至るまで取りはずされガラン洞だったことだ。未だにヒーターや天井の扇風機をはずした穴がぽっかりとあいたままで、父の好きなルンペンストーブが応接間の主役となり雪ノ下の頃と変わらない生活振りになってしまった。

父はいつも自分サイズを守っている人で気取ったり見栄を張ったりするのは大嫌いだった。父のするぜい沢というのは良き友人と楽しい会話に花を咲かせながら飲んだり、ゴルフをしたりすることくらいだった。私は二階堂に越すと同時に小学校に入った。この頃から世間並みに夏休みと冬休みには小林さんの御家族と旅行に行った。行き先の奥湯河原、加満田旅館には何十年と続けて通った。今では身内のような女将さんから、生まれて初めてお年玉に十円札をもらったのが忘れられない思い出だ。父は子供に現金をくれることに抵抗があったのかどうか、一度もお年玉や小遣いをもらったことがない。

年末からお正月の三ヶ日ごろまで小林家の三人と家《うち》の五人は八人家族となって、父がハワイで覚えてきたキャナスターというカードゲームをしたり町へパチンコをしに出たりした。小林さん方の明子ちゃんの記憶では、小林夫人と父がパチンコに興じたりキャナスターをするのが好きで、小林秀雄さんと母はそうしたことが苦手のようだった。夕食後、一升びんをかたわらにじっくり腰を据えると小林さんのお話が面白くなり夜が白むまで講演会となる。子供だから早く寝なさいなどと言われたことは一度もなかった。

私の家には特別の教育方針のようなものは何もなかった。ただあったのは父や父の友達のあびる程の「話題」であって、私はその中で育ってきたように思う。

*

父は外出から戻ると玄関のベルを必ず三回鳴らす。一瞬心臓にギュッとひびくような大きな音がするので家の者は皆はっとしてその場から玄関へ走る。父を先頭にして母や姉達とゾロゾロ部屋へ入り父の周囲をぐるりと囲んで座る。

父はその日にあった出来事をすべて話し始める。電車の中で出会った人のことからその日どんな仕事をしたのかなど家族もその日の父と一緒に過ごしたかのように克明に一日が浮き彫りにされてゆく。すっかり話し終るまで私たちは席を立つということはなかった。それがたとえ午前二時頃になろうとも。明日に試験が控えていてもお構いなしにこの集いは続けられた。

父は人物描写が巧みで友達のタバコに火をつける仕種に至るまで面白おかしく話してくれる。実際お会いしたことがなくても我家の話題の中でのおなじみが何人もいらした。そうした方々と父とのかかわりを聞きながら無意識のうちに私もその中で意見を言ったり考えたりして参加しているような気になっている自分に気付くことがあった。

父は偏見とかこだわりの無い人だったので様々な分野の垣根を気軽に越えてゆく。文筆活動の為書斎にこもっていることもあれば、芝居の演出の為、舞台を上がったり下りたりの肉体的活動も好きだった。その他映画祭の審査員という役をかなり長いこと引き受けていた。一日何本もの映画を見ながら善し悪しを決定してゆくのは余程映画が好きでなければ引き受けないだろう。一九五〇年代の映画全盛期の頃、ヴェニスやカンヌ・ベルリンでの華やかな話題は、金箔を張った絵巻物でも見ているような夢の世界の出来事としか思えなかった。父も当然そうした絵巻にふさわしく振る舞っているものと想像しながらうっとりとして聞いていた。

当時映画祭の他に父が興奮して話していた話題にエリザベス女王の戴冠式があった。小林秀雄さんとの半年間全くプライベートなヨーロッパへの旅行の途中、ある新聞社に頼まれて戴冠式の取材をする為、列席することになった。ロンドンで貸衣裳屋へ行ったが小柄な父に合う服が無く舞台衣裳に思い至ったというのはさすが父らしい。舞台衣裳屋で装束を整え早朝小林さんに見送られてホテルを出発し、その一部始終を鮮明に記憶してきた父は、例のごとく臨場感たっぷりに戴冠式の様子を何度もくり返し話していた。

戦争によって奪い取られていた自由を一気に取り戻すかのような勢いで活発に動いていた父の中で突然急ブレーキがかかることになる。

ある日我家のルンペンストーブの脇に立っていた私に向かって父が「お前の輪郭はわかるんだけど中が黒く見えるんだ」と言う。冗談かと思って聞いていたがどうも様子がおかしい。父はとても不安な時このように冗談めかして母に言う前にふっと私に言ったりすることがある。「いつからそうなったの」「この間『007サンダーボール作戦』を見た時からなんだ」病名は網膜剥離だった。それから十ヶ月間の闘病生活が始まった。

当時の手術は旧式で網膜の破れているところを焼いて、くっつけるというもので、手術後も体の両側に砂のうをおき三週間目をふさがれたまま微動だに許されなかった。この手術を結局五回も受けなくてはならない程網膜はボロボロになっていたらしい。日頃我ままな父が両眼を覆われ身じろぎもせず横たわっている姿には、何としても回復したいという気迫が感じられた。父は、そうした状況を嘆いたり、恨んだりすることは一切無かったが、あきらめて投げ出すことも決してしなかった。このころの父は非常に聴覚が敏感になっていて、何でも見える私達が見逃すようなことまで解っていて驚かされたものだ。

網膜剥離は、電気で焼き付ける方法ではまだ不安の残る状態だった。そんな時京都大学の先生がレーザー光線による新しい治療法をドイツからもたらしたという情報が入り、運好く直ぐにその先生と連絡をとることが出来て京都大学病院へ移り手術を受け失明は免れたのだった。家族の緊張も次第にやわらぎ父も病院の屋上を散歩するようになった。六十歳を過ぎて数ヶ月間寝たきりであったにもかかわらず父の身体は柔軟で関節もなめらかに動くのには驚いた。

しかし物を書く人間にとって目が不自由なのは致命的であった。ベッドから起きられるようになると仕事のことが気になるのか「アンマの勉強でもするかママ」と冗談とも本気ともとれるような話が出たものだ。そんな矢先、病院に程近い京都産業大学の総長がひょっこり訪ねておいでになりフランス語の教授として迎えて下さるということであった。我家にとって一年振りの明るい話題となった。

めでたく退院することが出来鎌倉の家に戻った父は何年振りかの休暇をとったかのようにリラックスしていた。昔父に手を引かれて鎌倉の中を歩き回った時と同じように、今度は私の運転で父の友達の家へ退院報告に回った。どこのお宅でも決して紋切型の挨拶などなさらないし、目のことや体のことなどほとんど口にされずいつものように散歩の途中で立ち寄った時同様、自然に迎えて下さった。

里見弴さんのお宅へ伺った時も、里見さんは、突然「お父さんはね、ケンカが強かったんですよ」と父の前に正座され、父の着ているカーディガンを両手でつかみながら「ただつかんだのではスポッと着物が抜けてしまう。拳をギュッと内側へ向けるともう大丈夫というわけだ」と解説して下さった。なるほどと感心している私を見て父はニヤニヤ照れくさそうにしていた。昔野球をしていた頃の思い出話になり、又突然御自分の仕事のことになったり一言一言が明快で物を知らない私にもわかるようなお話の仕方で時間のたつのも忘れて聞き入っていた。

半年程してこの浪人生活ともお別れして文化庁務めが始まることになる。最初お引き受けするか否かを母に相談している時、母と私は何故か猛反対をした。上役も部下もいない生活、盆暮の挨拶もなければお正月の飾りまで形式ばったことは一切しない母にとっては、不安もあったろうし何よりもあれだけの入院生活の後父の体力への不安もあったろう。

結局今思えば、世間知らずの私が心配することなど全く無く今まで通りの自由気ままな生活がそのまま続いた。先日ある集まりに出席した際、偶然にも父が文化庁へ初登庁の日に出迎えて下さったという方にお会いした。その方は当日ものもらいが出来たとかでサングラスをしていらした。新橋の駅で改札を出てくる父を見るとやはりサングラスをかけている。父は手術の為眼球を何度も移動させたので位置がずれ、とてもそのことを気にして長いことサングラスをしていた。その時の様子を、まるで二人組のヤクザのようだったと楽しそうに話していらした。その後も父と役所を用事で出ている時、四時ごろ仕事が終ると本来なら役所へ一度戻って決められた時間までいてから帰るところを、「じゃ銀座へ出ようか」ということになり帰っても役所に一時間位しかいないのだから電話しておけばいいじゃないかと、当然のように父が言うので周囲の方達の手前さぞ苦労されたことと思った。

晩年まで忙しく働き通しだった父だが、仕事を生活の手段とは考えず毎日を楽しみながら生きていたように思う。

たとえ疲れて帰っても孫達とワイワイ遊んでいるうちに元気をとり戻してしまう。仕事中だからとか疲れているからといって子供達を遠ざけるようなこともせず常に家族がそろってにぎやかにしていると御機嫌だったので年一度の命日はいつも家族でなごやかに過ごしている。

（今日出海三女）

西條八十

パパとお母さん／アルチュール・ランボオと東京音頭◆

西條八束

西條八十〔さいじょうやそ〕

詩人、仏文学者。明治二十五年（一八九二）一月十五日～昭和四十五年（一九七〇）八月十二日。東京・牛込生まれ。

明治三十七年、早稲田中学に入学。蒲原有明、野口雨情の詩に出合い詩作を始めた。四十二年、早稲田大学英文科入学。二ヶ月で退学したが四十四年に再入学し、同時に東京帝国大学国文科選科生に。四十五年「早稲田文学」に『石階』を発表。大正七年に鈴木三重吉の主宰する児童文芸雑誌「赤い鳥」に加わり、童謡『かなりあ』（作曲・成田為三）を発表。わが国初の芸術童謡として好評を得た。

大正八年に第一詩集『砂金』、翌年には訳詩集『白孔雀』を刊行。マラルメやイエーツなど象徴詩に心酔し、豊かな幻想表現と都会的感性を特徴とする清新な詩体を確立した。大正十三年から二年間、パリ大学に留学。帰国後、早大仏文科教授に。昭和二十二年、第四詩集『一握の玻璃』を刊行。晩年、『アルチュール・ランボオ研究』を発表。長年にわたるランボオへの傾倒は、詩作に大きな影響を与えた。

パパとお母さん

父のことをすべて引き受けていた姉が、五年ちかく前突然他界した。父の子といえば、私しか残っていない。詩のわからない不肖の息子も、父の世界と無縁でいるわけにはいかなくなった。

進行中の父の全集のことを藤田圭雄先生に全面的にお願いしたのを始め、何人かの方々のご厚意に甘えて、何とかやっているというのが実情である。

私の家では、父のことは「パパ」、母は「お母さん」と生涯、いや二人とも亡き後も呼んでいる。これはわが家の雰囲気をよく示している。父は毎朝パンとコーヒーですまし、母や子供はみそ汁とご飯を食べていた。現在でこそパンとコーヒーの朝食が普及しているが、戦前、とくに昭和初期には珍しかった。父のそのような生活は二年間のパリ留学で身についたものである。

一九六四年、私ははじめてパリを訪れる機会を得た。まず例の観光バスで市内を一周した。エトワール、モンパルナス、カルチエラタン、モンマルトルなど、知っている地名ばかりではないか。父が過ごした若き日をしのび、涙がでるのをとどめがたかった。

父の書いた「パリの屋根の下」（この歌は原作の直訳ではない）を思い出し、その歌詞が、パリ留学当時のある女流画家との有名なロマンスの回想そのものであることに気づいた。さらに、当時日本で、父の留守中に生まれたばかりの私や幼い姉、さらに目の不自由な姑をかかえ、精神的にも経済的にも苦労していた母を思い、その母が後にどんな気持ちで、この歌を聞いたであろうかと、はじめて察することができるように思えた。

幼いころの父の思い出を振り返ってみる。中学くらいまで、私は朝早く学校へでかけ、父は遅く起きて外出、私が就寝した後で家に帰る。したがって、父に会うことは日曜ぐらいであった。心に強く残っているのは、深夜、父がよく母に怒鳴っていたことである。父は外づらはよかったが、帰宅後、一日の精神的疲れを母にぶつけていたのであろう。

それだけに、父がたまに私をどこかへ連れていってくれたことは、強く心に残っている。上野の科学博物館へ連れていってくれたことがある。巨大な鯨の骨の展示と博物館独特の匂いを覚えている。そのときも帰りはタクシーに乗せられて、私一人先に帰宅した。

しかし、高校への受験準備中のことだが、入試も迫った一九四二年一月ころ、父は私の英語が弱いのを心配し、何回か面倒をみてくれた。私は、当時父が文学部の教授をしていた早稲田大学の理工系の高等学院を受けて失敗したが、幸いに、松本高校（旧制）の一次試験に合格した。私が面接などの二次試験を受けに松本へ行くとき、父は珍しくも一緒に

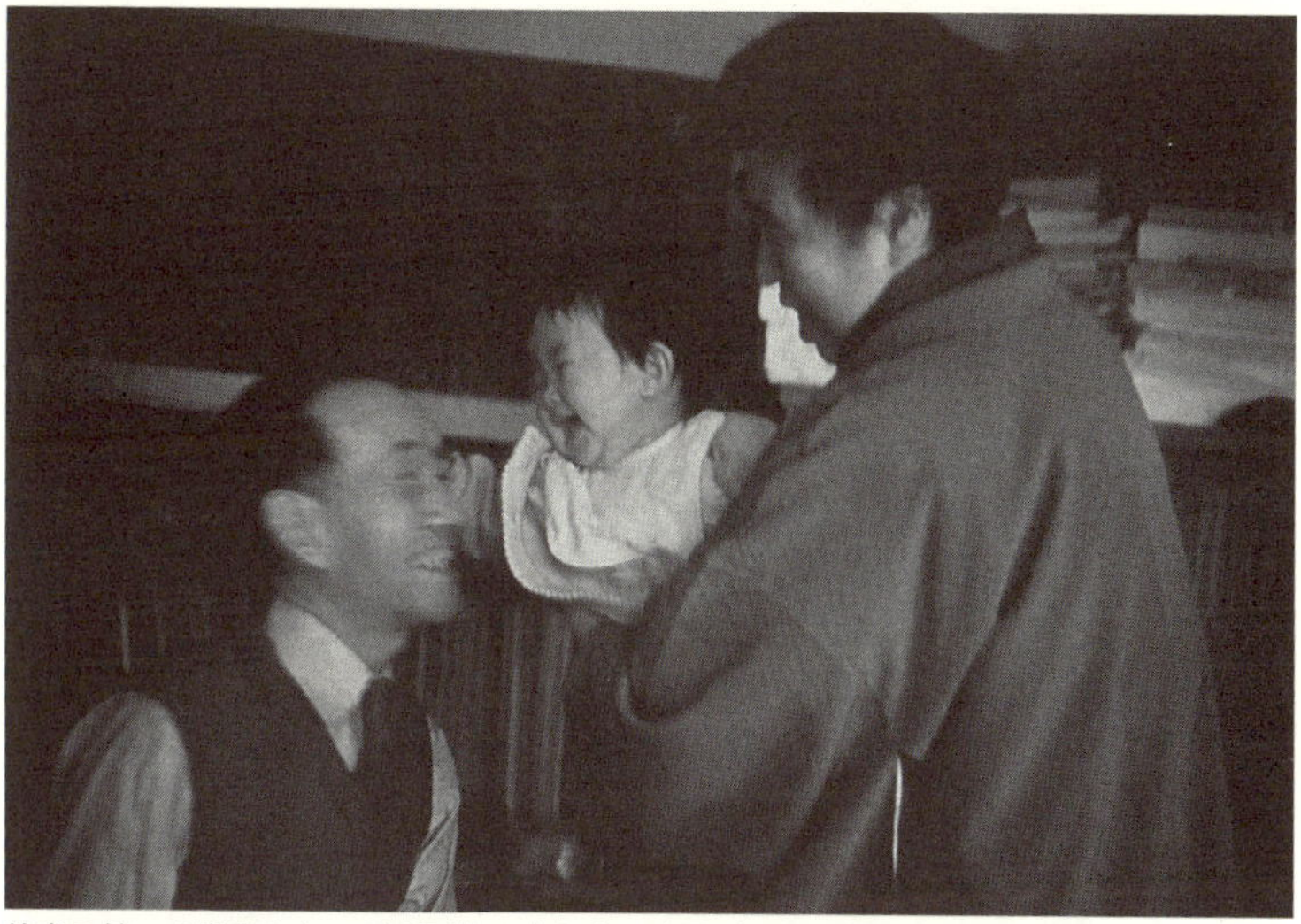

筆者の娘、八峯をかわいがる西條八十と妻・晴子（昭和30年秋　提供・西條八束）

ついてきてくれた。一次試験に通ったうれしさもあったかもしれないが、後で考えると、松本の遠い親戚に挨拶に行き、はじめて家を離れる十七歳の私の面倒を依頼するための心づかいであったと思われる。

翌年、父母は茨城の下館に疎開し、私は時おり下館の家に帰った。

当時の父が書いた詩に、

信濃の空ゆいとし子の　帰りくるてふ便あれば
明日は汝を啖《くら》ふべし　夕日の庭の貞九郎

貞九郎とは、父がその頃庭で飼っていたシャモにつけた愛称である。下館に行ってから、父は仕事でときどき上京したが、空襲の危険が迫るにつれ、家にいることが多くなった。私は終戦の年の四月から東大に通うようになり、北京に赴任していた姉たちの牛込の家を使っていた。その家も四月十三日の空襲で焼け、研究室に泊まることもあったが、下館の家にいる時間も増えた。お手伝いもいなくなり、親子三人水入らずの生活になった。この頃は、母にとって、生涯で最も幸福な時期ではなかったかと思う。父のその頃の作品として、

老妻《おいづま》が　二十三年振りに弾く　三味の音澄みて　月赤む。
ものいわぬ人なれば　そのこころ問ふよしもなし　高らかに弾きに弾く。

母が風邪をこじらせて寝込み、私が食事の支度をしていたときもある。下館では、父は好んで町の周辺の田園を散歩することが多く、一方で、暇があれば読書で時間をすごした。ドストイェフスキー全集や膨大な国訳漢文大成などを、片端から読んでいたようである。

終戦後の一九五一年六月、私は結婚した。私たちは結婚の一切の形式をやめ、ホテルで両親兄弟で食事をすることだけにした。父は私の結婚に好意的でなく、前々日までその食事に出席することを渋っていた。義兄が私に免じてと言って父を説得してくれた一幕もあったらしい。

しかし当日になると、父は何も言わずに出席し、食事がすんだ後、私の妻になった紀子に握手を求めた。以後この世を去るまで、父は家内に不愉快な思いをさせたことは一度もなかったと思う。

結婚後しばらく、父の家から離れて暮らしていた私たちも、一九五七年に母の配慮で父母のすぐ近くに住むようになった。まだ幼い二人の子供たちはよく父母の家に出入りしていた。しかし、わずか二年たらずで、私はそれまでの都立大学から名古屋大学に家族を伴って転勤した。まもなく、父から次のような葉書がとどいた。

空家　　　　五月一九日

この低く小さき金網に　遠き幼子《おさなご》の歌は絡《から》む、
　この砂場のかぐろき砂に　返らぬ日の記憶は光る、
祖父はこのごろ　この角《かど》を過ぎるに　胸いたくなりぬ。

アルチュール・ランボオと東京音頭

この頃よく思うことだが、もし父が三〇代で亡くなっていたら、文壇での社会的評価は現在よりもずっと高かったのではなかろうか。処女詩集「砂金」から、初期の童謡と純粋詩、あるいは訳詩だけでこの世を去り、東京行進曲あたりから書き始めた流行歌、後の歌謡曲、あるいは軍歌など書いていなかったら、である。器用すぎたというか、多才だったというか、父は早稲田大学の仏文科で教鞭を執りながら、東京行進曲に始まり、東京音頭、サーカスの歌からトンコ節にいたるまで、さらに各地の民謡、校歌、社歌の類、多くの少女小説まで書きまくった。

私自身も若いころは、そのような父に批判的だった。しかし現在の私は、父のそのすべてを愛し、幅広い活動をした父を愉快とさえ思う。歌謡曲作家と大学教授のどちらでもあった父。後者の立場で生きてきた私は、自分自身への反省も含め、大学教授というものが、必ずしも歌謡曲作家より世間的に高く評価されるような存在とは限らない、と強く感じているためでもある。

しかし、父は、一般に作家というイメージで想像されるより、はるかに勤勉で、規則正しい生活をしていた。父は中学のころから英語を学び、訳詩さえあり、英文学科を卒業したが、早大にフランス文学科を創設するためにフランスに留学した。そのためフランス語の授業をするときなど、暁星出身の学生に発音の誤りを指摘されたりして、大学からの帰途、戸山ヶ原を横切るとき、その辛さに木の柵に寄りかかって泣いたことさえあると述懐していた。

夏に軽井沢で一緒に生活している時など、私たちが起きたときには、「もう、一仕事終わったよ」と言いながら、依頼されていた歌謡曲を、早朝に四曲も仕上げている、というようなことが多かった。また、私が約束した原稿が締め切りに間に合わなかったりすると、

「お前の年でそんなことではいけない」などと、きびしかった。

タバコは晩年に喉頭ガンをやるまでは、なかなかやめられなかったが、酒はつきあいを除けば、眠りにつくために当時は貴重品だったホワイトホースを少量飲むだけであった。机の上や引き出しの中など、父の書斎はいつも整然としており、書籍、文献、ワープロの紙などが雑然と積み重なっている中で、年中何かを探すことに時間を取られている私とは対照的であった。

外出の際、父はいつもおしゃれで、帽子、背広ばかりか、とくに靴の細さは異常で、そのために足の小指が変形しているほどだった。戦時中も国民服など着ることなく、瀟洒な背広で通した。

思想的には、父はやはり明治に生まれ育ってきた日本の男、そのものであったと思う。教え子が戦場に行っているのを案ずる、その一方で、若鷲の歌に代表される軍歌を書き、戦争に協力したことに疑問はなかったようだ。それがやむを得なかったものとして、父はよく「馬のションベン、渡し舟」という言葉を引用した。

一九六〇年三月二六日、父が下田に「唐人お吉」歌碑の除幕式に行っている間に母が脳軟化症で倒れ、六月一日、奇しくも四四回目の結婚記念日に六四歳で他界した。父は六八歳であった。

それまで仕事以外のことは、すべて母にまかせていた父は、しばらくぼうぜんとしていたようである。家にどれだけの預金があり、どれだけの借金があるかもわからないと大いに困惑していた。それまで原稿料のことまで、一切父が関与したことがなかったからである。

母という存在が、家族、あるいは社会とのつきあいまで、すべてを大きく支えており、仕事に専念できた時代と異なり、母亡き後、一九七〇年八月に七八歳で他界するまでの一〇年間は、父にとって苦難の日々であったと思う。父は「おれが、晴子にしてやれた最大のことは、おれが後に残ったことだろう」と言っていた。実際、母がもっと長く生きていたら、父ももっと長寿であったと思う。それでも、この間に、王将、絶唱などのヒット曲を書いた。一方で、この世を去る三年前、一生取り組んできた「アルチュール・ランボオ研究」の大著を書き上げ、中央公論社から刊行された。私に文学的評価はできないが、そのような作品に晩年まで取り組んだ父はさすがだったと思う。とくに、きちんとした生活を好んだ父が、漂泊の詩人ランボオをテーマにしたのが面白い。

しかしその後、以前にやった喉頭ガンのため声がでなくなった。つきることのない豊かな会話によって人を楽しませ、惹きつけていた父にとって、どんなに辛いものであったろうか。電話にも出られず、書斎にこもりがちだった。これが父の死を早めたと思う。そんな状態が一年半ほど続いたあと、一九七〇年八月一二日の朝、静かに永遠の眠りについている父が見いだされた。私は仕事で出張していたが、前々日には姉や私の息子と玉川の高島屋へ行くほど元気だった。

現在でも、歌を忘れたカナリア、毬と殿様、蘇州夜曲、青い山脈、王将など、父の多くの作品が広く歌われている。しかし、歌っている方は誰の作品であるか、たいてい知らない。歌がひとり歩きしているのである。姉は父が世の中から忘れ去られることを心配していたが、父としては自分の歌が作者と関係なくても、人々に愛され、歌い続けられていけば満足であろう。一九五八年、四回続いたNHKの特別番組「金の椅子」で、父が最後に朗読した「おわりの詩」に、そんなことにかかわる、晩年の父の気持ちがよく現れている。

わたしの足の　可愛い小指も　その小指のさきの　ゆがんだ爪も
みんな私のもの　わたしのからだの一部
かりそめに書いた小唄にも　そのかけらにも　こもるわたしの生命
わたしは生きている　わたしの唄をうたう人の赤い唇に
唄を聴く人々の静かな耳たぶに　またその唄をはこぶ
街中《まちなか》の青い微風《そよかぜ》の中に

大ぜいの人の中に　温かくいだかれて　生きているわたしはしあわせだ
わたしは風　わたしは光　わたしはこだま　姿は消えても永遠に生きる
うたってくださる　聴いてくださる　みなさん　ありがとう

（西條八十長男）

神西　清

遠い日々への回想◆

神西敦子

神西清［じんざいきよし］

小説家、翻訳家。明治三十六年（一九〇三）十一月十五日～昭和三十二年（一九五七）三月十一日。東京・牛込生まれ。

昭和九年、旧制第一高等学校理科甲類入学。建築家を志望していたが、フランス象徴詩に傾倒。一高理科で知った堀辰雄とともに文学を志した。十五年、東京外国語学校（現東京外語大学）露語部文科在学中、竹山道雄、堀らと「箒」を創刊。戯曲『負けた人』、小説『鎌倉の女』ほか、詩や翻訳を発表した。卒業後、北海道大学図書館、東京電気日報、ソ連通商部に勤務、その後、文筆生活に。

プーシキン、チェーホフ等のロシア文学をはじめ、ジッド、プルーストらのフランス文学の紹介・翻訳により昭和十三年、池谷賞を受賞。小説では『垂水』『灰色の眼の女』『少年』などを発表。言葉に対する鋭い感性は評論、新劇においても発揮された。二十三年に「批評」の同人となり、太宰治の文学を論じた『斜陽の問題』や『詩と小説のあひだ』などを発表。また岸田國士、福田恆存らとともに「雲の会」で活動した。

二十七年、『ワーニャ伯父さん』の翻訳により文部大臣賞を受賞。

写真提供・神奈川近代文学館

この三月十一日は、父が逝って丁度三十二年、三十三回忌に当る。父の眠る北鎌倉の東慶寺は、梅の名所として有名だが、告別式の日にも、遅咲きの木が花をつけ、馥郁たる香が境内いっぱいに漂っていた。

父の思い出を、という依頼を受け考えてみると、意外にも父について書くのは、全く初めてだと気がついた。不肖の娘であることは自認していても、父に関する色々な事を、もっと記憶の確かなうちに書いておくべきではなかったか、と少々父にすまない気持ちになった。

自分に厳しかった父は、他人にも当然それを要求し、特に家族に対しては情容赦もなかった。この文章を読んだら、又父の皮肉っぽいお小言が始まるに違いない、それとも今度お墓参りに行ったら、「いらぬ事を書くな!」と、五輪の墓石がグラグラと揺れるのではないか、等と愚にもつかぬ事を考え乍ら原稿用紙に向かっている。

父は一人っ子であった。十歳の時父親を亡くし、母親が再婚したため、しばらくの間伯母の許にあずけられた。大変な秀才で、今も残っている麴町番町小学校の成績簿はすべて全甲、母親自慢の息子であった。後に母親の再婚先に引き取られてゆくのだが、そこで義兄弟から受けた陰湿ないじめは相当のものであったらしく、このことは小説「母たち」に詳しく書かれている。母によると、父は泣き乍らこれを書いていたという。父にしてみれば、義兄弟に大切な母親を奪われた想いがあったのであろうし、「母を困らせないでおくれ……」と母止《しづか》から清宛の手紙にあるように、随分依怙地にもなっていたようだ。

建築家志望であった父は、幸か不幸か「文学」という毒の実を食し、一高は全うせずに、外語の露文科を卒業する。やがて母と結婚し、渋谷の永住に新居を構えた。鎌倉へ越してきたのは昭和九年である。

住まいは大塔宮を右へ入った谷戸にあり、近くには久米正雄邸もあった。先年亡くなられた御子息昭二さんが、俳優の佐田啓二さんと、キャッチボールに興じておられたのをよく見かけたものである。

大家の当主は代々教職につき、かつ農業も営んでいた。黒い板塀を巡らせた茅葺き屋根の家は、他を圧して大きく立派であった。父はその離れの、いわば隠居所のような家が気に入って借りたらしい。

家の後ろには孟宗の竹林があり、その奥に、防空壕として我々も一緒に使わせてもらった、炭の貯蔵洞穴がある。隣は小さな赤い鳥居のお稲荷さんで、よく油揚げが供えてあった。甘い実をたわわにつける柿の木も何本か並び、秋の収穫時が楽しみであった。春先になると水仙が咲き乱れ、土手にはフキノトウがあちこちに顔を出す。畑には、太陽の匂い

鎌倉・二階堂の自宅で。右から神西清、妻・百合、筆者（昭和30年　提供・神西敦子）

のする巨大で真赤に熟れたトマト、ツンツンしたトゲに朝露が光るキュウリ、ゴマの木にたかるとてつもなく大きいイモ虫等々、豊かな自然に囲まれ、静かに創作に没頭するには、理想的な環境であった。何しろ、畑や藪、林や森に抱かれるように建てられた家なので、雨戸を引くと青大将がどさりと落ち、夜寝床から見上げる天井や壁には、ゲジゲジやムカデが張りついているといった具合である。

虫といえば父の虫嫌いは病的で、書斎にムカデが出没すると、自分では手を出さずに、必ず「オーイ」と母を呼びつけ、始末させるのが常であった。

父は本の虫、そして仕事の虫であった。文筆生活に入る前、勤め人の頃の給料は、殆ど全部本の購入費に充てられていたらしい。このことは生涯変わらなかったから、増え続ける本は、場所を選ばず積み上げられ、廊下はどこもかしこも半分以上は本で埋まっていた。床が足の踏み場もないようになると、次は吊り棚で、これも廊下の天井にびっしりと作られた。大地震でもあれば、我々は哀れ本の下敷きとなっていたかもしれない。後年増築の際、書斎は完成したのだが、それもすぐ満杯になり、本達は至るところに進出して、山と積まれるのであった。

この書庫のどこかに父の隠し金庫があった。本のケースを一つ空にして、外からはそれと分からぬように紙幣を入れていたらしい。母や私が父からお金を渡される時、父は「ついてくるな」と言いおいて書庫に入る。確かにあれだけ膨大な数の本の中から「父の金庫」を探し出すのは殆ど不可能に近く、まずは確実に安全な場所であっただろう。泥棒もこれではお手上げである。

父にとって最大の関心事は、いつでも、どこでも仕事であったから、我々姉妹は、いわゆる家庭の暖かさを味わうことなしに育った。家族揃っての写真はたった一枚で、私の七五三の時のもの。家族旅行に至っては唯の一度もない。外での食事は、私の大学入試発表の時、「紅花」に出かけたのが、後にも先にもこの一回だけという具合だった。仕事が捗らないと苦虫を噛みつぶしたような顔になり、機嫌が悪く、家の中は暗くなる。「ドーン」と書斎のドアが開く音で、それまで一緒にお喋りをしていた母、私、妹はパッと離ればなれに散る。三人が一緒にいると、父がやきもちを焼くのである。父にその気持ちはあっても、家族と付き合うのが大変不器用で下手な人であった。当時、妹や私には、身を削るような父の仕事の大変さ等、理解できる筈もなく、父が仕事の上でのイライラを母にぶつける度に、それは唯、母をいじめている、としか映らなかったのである。「ああ又か」と思いつつ、母や妹の手前、つとめて何でもないように明るく振舞い、自らを欺いている自分が嫌だった。

勿論父にも機嫌のよい時はあったし、子供達と散歩に行ったことも、日記に残されている。中でも、不思議な光景として覚えているのは、材木座へ海水浴に行き、泳げないので海の中に立っている父の姿である。黒い海水パンツをつけ、頭には白い海水帽のようなものをのせていた。海中の案山子よろしく、泳ぐ子供達を監視していたのだろう。

父は父で子供達と結構楽しく付き合っていたのかもしれない。しかし我々にしてみれば、今の今まで上機嫌だった父が突然御機嫌斜めになるのだから、いつも心穏やかではなく、心から甘えた記憶もない。父は気むずかしく、怖い人であり、そして遠い人であった。

父の思い出は、辛く、苦いものの方が多いが、それも父との別れが、私の二十歳の時だったことを考えると、もし今父が生きていたら、それなりに大人の付き合いが可能であったと思うのである。

物心ついてから、父とよく一緒に出かけたのは、元旦早暁の初詣でであった。二階堂の家は、ガラス窓や障子がやたらと多く、暮になると窓拭きや障子張りが大変で、寒くて縮かむ手に息を吹きかけ乍ら、大晦日の夕方になっても終らない仕事に、恨めしい想いをしたものである。母は台所でお節料理の支度にかかり、父はと言えば、書斎で何やらゴソゴソと整理をしたり、庭で反古を燃やしたり、忙しく立ち働く家族のところへ出てきては、お酒を所望し、「忙しいのに!」と迷惑がられ乍らも、目的のものを手にし、又書斎へこもるのであった。

やがて十二時近くなると、あちこちで除夜の鐘が鳴り始める。鐘の音も静かになり、夜も更けてゆくのに、父は一向に書斎から出てくる気配はない。寒いし、眠くはなるしで、いい加減しびれを切らしていると、「出かけるぞ」と一声。父は着物の上にトンビを羽織り、凍てつくような寒気の中、私と連れ立って大塔宮へと向う。

あの頃、冬の寒さは今よりずっと厳しかったように思う。

*

鉢の木ときけば、能の曲名を思い浮かべるが、大岡昇平、中村光夫、吉田健一、福田恆存、三島由紀夫、美術畑から吉川逸治の諸氏に、父を加えた「鉢の木会」と称する会があった。会の命名と成立の由来は知らないが、要するに、持ち廻りで月に一回、飲み乍ら大いに文学論をたたかわせよう、という趣旨で始まったらしい。福田、吉川両氏を除いて、あとは皆故人で、各々に個性のあるお酒振りが、今も懐かしく思い出される。

大岡さんは、大変辛辣で、よく相手の弱点をついては、「おまえさん……」とジワジワ攻めたてておられた。近年、おじさまの作曲されたものを、私がピアノで弾きレコードにする、という計画もあったのだが、これも今は叶わぬ夢となってしまった。

中村さんは、恰幅がよく、上背もおありで、座布団からはみだすように、胡座をかかれた姿は、まるで大佛さまのようであった。そしてその巨体からでるとはとても思えない程、独特のかん高い、やさしい笑い声をたてられる。酔いが廻る程に、この笑いはいっそう高く、より長くなっていったように思う。

吉田さんは、約束の時間を一分と違えずにお見えになり、まだ仕度が整わない時など、私達は大慌てをしたものだ。この英国仕込みのジェントルマンは、丁寧に膝を折り挨拶をされる。ある時、おじさまの靴下に小さな穴を発見した。完璧なお作法と靴下の綻の奇妙な取り合せが、子供心にはとても不思議に思えたものである。お酒はまことにユニークで、「ハ、ハ、ハ、」とよく通る声で大笑され、次の瞬間、目をギョロリとむき、歌舞伎役者が見得を切る時のような表情をされる。又すぐに、顔はクシャクシャと笑顔になり、上体はユラユラと揺れたまま、腕は宙を舞い、おぼつかない手つきで、杯を口に運ばれる。まるで手品師の演技さながらに、おじさまの酔いっ振りは見飽きることがなかった。

三島さんは、絶えず豪快な笑いを振りまき、議論が沸騰し面倒になると、ゴロリと横になり高鼾である。お酒は節度をもって過ごされ、お目覚めの後は、さっぱりした顔で、早めに引き揚げられる。いかにも三島さんらしい、隙のない退出振りであった。

福田、吉川両氏は、いつも穏やかで、静かなお酒をたしなまれていた。

父は酔うと、大声で「ステンカラージン」を唄い、奥様方の側へにじり寄っては、「神西の人妻趣味！」と皆さんにからかわれていたようである。

若い頃は、一滴のお酒も飲めなかった父が、晩年それに溺れるようになったのは、仕事の行き詰りから逃れるために手をそめ、段々と深入りしていったのであろう。

何しろ一字一句毎に、呻吟し反芻する、という具合に凝り性で鳴らした父のこと、たとえ二百字程度の短い文章でも、締切り日に完成したものは、まず皆無といっても過言ではない。机の上には、原稿用紙、必要な本、辞書、ペン、インク壺等が整然と並べられる。一日経ち、二日経ち、一週間、二週間過ぎても、原稿用紙には題名がポツンと書かれたまま、うっすらと埃が積る。こんな風に、肝心の仕事は一歩も進まない間、父は突如、猛烈な手紙魔と化す。それもハガキに、1、2、3と番号をつけ、何枚も続きもののようにして、同時発信するのである。勿論封書もあった。こちらの方は、宛名だけ書き放置する癖《へき》があり、父の亡くなった後、宛先のみ書かれて、中身のない封筒がたくさん残されていた。ともかく手紙書きは、父の楽しみの一つであり、息抜きでもあったようで、編集者の中にも、この連作ハガキで、苦言、提言を受けた人が大勢いた、ときいている。何はともあれ、編集者にとり、原稿が取れなくては一大事、あの手この手で父を攻めるが、こちらは難攻不落の城の如く、容易に落城しない。加えて、催促を嫌った父は、長い間電話の取り付けを拒んでいた。

私が、大学に通い始めた頃、「娘が朝〇時〇分の横須賀線に乗りますので、東京駅十三番線ホームの、神田寄り階段付近でお待ち下さい。原稿は必ず持たせます。」という手を使った。しかしこの約束は、唯の一度も守られたことはなかった。私は、いつも手ぶらだったのである。泣き出しそうな女性編集者の顔は、今も忘れられない。

丁度チェーホフの全訳に取りかかっていた頃、遅々として進まない仕事に業を煮やした出版社は、父をかんづめにするようになった。この編集者見張り付きの仕事場には、御茶ノ水の山の上ホテルや、五葉館（現在廃業）がよく使われた。

恐らくこの時期に、チェーホフの桜の園、ワーニャ伯父さん、かもめ等が訳出されたものと思う。

文学座公演の為に、ゴーリキーの「どん底」を訳していた時の事である。あの有名な劇中歌、「昼でも夜でも、暗いよ牢屋」の訳に付き合う破目になった。私に何度も、メロディーをピアノで弾かせ、訳しては一緒に唄ってみる。ところが、牢屋の屋と上る音程が父にはどうしても摑めない。「違うってば！この音！」とキイを叩いても駄目。あまりの調子はずれに、しまいには二人で吹きだしてしまった。

父がどんなきっかけから、芝居に興味を持ち、のめり込んでいったかは不明である。自分の訳したチェーホフの戯曲が上演される時は、いつも練習に立ち合い、演出家と意見を交し、俳優達に囲まれ、とても楽しそうであった。父のお気に入りの女優は、荒木道子さん。彼女のことは、何故か「ミヂコ」とチに濁点をつけて呼んでいた。三十年以上経った今でも、我が家ではテレビに現れる荒木さんは、「ミヂコ」である。

もう一人の御贔屓は、丹阿弥谷津子さんで、彼女の為には、文学座アトリエ公演用に、一人芝居「月の沈むまで」を書いている。


父にとって、生涯の友であった堀辰雄氏抜きには、父のことは語れないと思う。おじさまは、ずっと追分にこもっていられたから、私はそう何回もお目にかかってはいない。ある時、追分の堀家で、庭から縁側へ近づいた私に「子供は移るから、近寄ってはいけない」とおっしゃった。眼鏡の奥の目が、とてもやさしそうだった。

二十八年に堀さんが亡くなると、父は自分の仕事を、殆ど投げうつようにして、出版社との交渉、全集出版の段取り、編集会議等の為、頻繁に鎌倉と追分を往復するようになる。「お父様は難しい方だったから」、とは今でもよく堀夫人の口からきく言葉だが、あの扱いにくい父が度々現れたのでは、夫人もさぞ気づまりな思いをなさったことであろう。そして堀全集編集委員の一人であった中村眞一郎さんは、今でも時々こぼされる。「編集の仕事をやりすぎては叱られ、それでは、と何もしないと御機嫌が悪いし、全く困りましたよ」と。

堀さんを送ってから四年後に、自分も又死を迎えようとは、父自身予想もしなかったに違いない。確かにこの頃から、心身ともに調子を崩し、疲労の激しさは、傍目にもはっきり見てとれた。病魔は既に忍び寄っていたのかもしれない。

昭和三十年十二月、だいぶ前から、舌に異常を感じていた父に、舌癌との診断が下された。当時、抗癌剤はまだ殆どなく、放射線治療に頼るより他に治療方法はなかった。病名は父に告げられていなかったが、大塚の癌研に入院、通院していた父は、すべてを知っていた、と私は確信している。

決して弱音を吐かなかった父が「雨露を凌げる家があるのは、ありがたいことだ」とか「病気が治ったら、家族旅行をしよう」等と口にするようになった時、その言葉のやさしさ故に、私は、もう絶対逃れられないあるものが、父の後に見え隠れするのを、感じないわけにはいかなかった。

昭和三十二年三月十一日、父は五十三歳でこの世を去った。

昨年暮に物置を改築した折、行李の中から、父の創作ノート、メモ、下調べをした資料等が、未整理のまま多数発見された。もし父が長命であったなら、父のこの夢が、想いが様々な形で、世に羽ばたいていったにちがいない。私はそれらを手に取り、あまりにも短く、未完成であった父の人生に、しばし想いを馳せた。

（神西清長女）

高田博厚

異国からの手紙／二十八年ぶりの帰国◆

田村和子

高田博厚【たかたひろあつ】

彫刻家。明治三十三年（一九〇〇）八月十九日～昭和六十二年（一九八七）六月十七日。石川県七尾市生まれ。東京外国語学校（現東京外語大学）中退。絵画を志したが、高村光太郎の勧めにより彫刻や翻訳を手掛けるようになった。

昭和六年、フランスに渡り、パリ日本美術家協会を設立。第二次大戦中もパリに滞在し、マイヨールをはじめロダン、ロマン＝ロランら、多くの文学者、美術家と交遊を重ねるとともに、同時に彼らの彫像も制作。近代彫刻の流れを吸収し、西洋的な人体造形を会得した。

三十二年の帰国後は、新制作協会に所属。東京芸術大学講師などを務めた。

著作に『思い出と人々』『フランスから』『分水嶺』、訳書に『ミケランジェロの生涯』など。

写真提供・田村和子

異国からの手紙

戦中戦後の食料不足で、我々日本人一億総栄養不良のなかで、私は育った。昭和一桁は骨がもろいとか、短命であるとか、そうでなければ三、四割は軽重を問わず結核を患った。私も御多分にもれず旧制高等女学校を修了しないまま、突然喀血した。水道橋の結核研究所の副所長、井上泰代さんは母の女学校時代の親友だったから、蒼い顔をした母に連れられ、その日のうちに水道橋へ行った。

泰代小母さんは二時間ぐらい私を診て、「ねェ、庚子《カネ》ちゃん、昔あなたも自分でやったくせに何故もっと早く気が付いてやらなかったの？　一年前からこの子発病してるじゃないの」と母を責めた。母は大いに恐縮し、次第に成績が落ちて来て、勉強もせず、だるがってずる休みする私を叱責したことを謝った。

はじめは自宅療養で週に一っぺん気胸療法を受けてはいたものの、一向にはかばかしくなく、とうとう昭和二十四年丹沢山麓の国立神奈川療養所に入った。それからながいながい療養生活が始まった。ちょうどその頃から義父に若い愛人が出来て、先夫高田博厚の慢性恋愛病患者との十数年、若い母は悩み続けたのに又もやである。義父は担当の伊藤先生に金に糸目をつけずに治療を頼むとわざわざ面会に来てくれていながら、送金は数カ月もしないうちに途絶えてしまった。

昭和六年、私がやっと這い出した頃、二年という約束でフランスに行った父から母にまめまめしく便りはあるものの、必ず女性と腕を組んだり、抱き合った写真が同封されていて、わざわざ写真の裏に〝モナミ・シュザンヌ〟、二年もすると〝モナミ・ジュヌヴィエーヴ〟とか注釈つきで、母はいまいましくなり、人にくれてやったという。昭和十年遂に母は怒り狂って、勝手に離婚、貧しい我家を大学出たての薄給からけんめいに給料をわけてくれた香山登一と結婚してしまった。自分から離婚を宣言した手前、先夫高田にたとえ父の娘のこととはいえ今更泣きつくなど決して潔しとはしなかったろうに、又もや愛人のもとに去って行った義父への憤懣もあったろう、重い筆を持って二十数年ぶりに高田へ嘆願の手紙を書いた。母もずいぶん疲れていたし、生来の、心臓病が徐々に悪化しつつあったのだ。父から折り返し返事が来て、先ず私を高田の籍に戻すこと、また私自身の手紙がほしいとの希望であった。戦前は毎日新聞の特派員、戦後は読売新聞のそれと、日本に頼って生活の糧を得ていた父、療養所で時たま見かける父親の記事は、新聞社員の匂いのしないなかなかの名文であった。

私は十九歳、相当緊張して長い手紙を綴ったように思うが、内容は全く記憶にない。父

高田博厚（左）と矢内原伊作。自宅アトリエにて。（昭和57年）

からは又もや折返し便りが療養所宛に送られて来た。父の手紙は長文で、私を感動させた。今手許の便りの極く一部を書きうつしてみる。

「——私も日本の未知の若い人達から沢山手紙をもらいます。二十代の少女達からもしきりに手紙が来ます。それに一応私も誠意を以って答えていますが、あなたのように、落着いたしっかりした、心で書く人は珍しい。和子さん。これから全く新しく、私達は『父と娘』であると共に、それ以上『友達』になりましょう。——和子さん、限りないこの最初の手紙を今日はこれで止します。あなたからもは、いつも書いて下さい。私もパリで大変に多忙なので規則正しく返事は出せないかも知れないが、いつもあなたの上に愛情と願いを持っていることを知り勇気を持って下さい。あなたの病気は恢復します。あなたはこのように頑健な父を持っているのですから。——パリも秋になり寒くなって来ました。私の郊外の高台のアトリエからは開けた風景の先にパリが展がっています。元気なように、そしてまたお書きなさい。私も必ずあなた達に会えます。何時とはまだ判らないが、来年の秋頃一年くらいの予定でも帰りたいと思っていますが、それから先のことは全く運命で判りません。だが結局は私はフランスの土になるような予感がします。父より」

父の手紙を全体の二十分の一ほど引用したが、十九歳の私はこのような父を持ったことを誇りにも思ったものだが、四十年経ったいま読み返してみれば、多少恰好よすぎるじゃないかと思われるふしもある。二年という約束がなぜ守られなかったか。その頃、父は、子供を産ませたクリスティーヌを捨て、シュザンヌとの恋にのぼせあがっていた最中だ。父は帰って来たくなかったのではないか……。

更に現在、私自身が還暦をすぎ、母より十年も長生きし、更に父も逝った今、つくづく思うに、父も母も義父も三人三様に一所懸命に生きて来たのだ。誰が善い悪いの問題ではない。やはり私たちの運命だったのだと知った。

療養生活も三年すぎると、ほとほと飽きて来る。当初は到底庶民の手の届かない高値なストレプトマイシンもずいぶん安くなり、どんどん使うのに一向に排菌量は減らず、担当医の伊藤先生と一時不和になっても私は外科療治を強く希望した。十六歳からのつき合いでずっと忠実に日曜毎に来てくれるM・Tも待っててくれる。当時、胸郭手術では日本一といわれる赤倉一郎先生の診療を乞うた。即刻手術と決定、昭和二十八年の三月私は手術を受け大成功した。最後迄外科療法に反対だった伊藤先生も、私の切除した肺を分析し、手術を受け大成功した。

「高田君、きみ手術してよかったね」と喜んでくれた。二十九年彼岸花の咲く頃、実に五年ぶりに退院した。

母も亡く、私には帰る家がなかった。退院すなわち結婚であった。同じく二十九年の十一月三日、M・Tの上司国方秀男夫妻の媒酌で沢山の人の祝福を受け、お互いに誓約書を読み合ったが、花婿殿は純情で、途中で声がつまり読めなくなってしまったのに、花嫁の私は一体何だろう、朗々とよどみなく読みあげてしまった。式に出た父の妹の松子叔母は、ややあってあきれたと言い、少しは純情ぶってほしかったと叱られた。

二十八年ぶりの帰国

私が結婚して三年目、突然父は日本に帰ると言って来た。「フランスの土」になると言い続けた人なのに、フランスで五人目の愛人、マリー・モニック・バーラントと生木《なまき》をさかれる思いで帰るというその理由は、読んでいて、さすがに私も同情すべきものだった。彼女には夫が居て妊娠し、女性の直感で確実に夫の子だから夫のもとへかえるというのだ。そして又戦後ずっと読売新聞の特派員として生活の糧を得ていた父にも停年があり、今帰るならその費用はすべて面倒みるという条件だった。父もすでに五十八歳であり最愛の女性に去られるとあって、実に二十八年ぶりに日本を恋うる思いにかられたようだった。

帰るに就いての父の要求は、どんな馬小舎のようなものでもよいからアトリエがほしいというのであった。私の夫M・Tは新聞広告、友人、知人に頼み込み、奔走してくれた。

幸いにも父の古い友人で東長崎に住む詩人宮崎丈二さんの家の近くにそれこそ馬小舎同

然のアトリエがあるとの報があり、私は即座に借りることにした。建築家の夫は本職の腕を発揮、見事に改装してくれ、その費用は夫が全部支払ってくれた。

昭和三十三年に帰国した父は、浦島太郎のような自分は心細いから、当座私達と共に暮らしたいとのことだった。そこで人の好い夫は私以上に快く父の願いを聞き入れ、三十畳ほどのアトリエを洋服ダンスとピアノで仕切り、こうしてその秋から我々三人の暮らしが始まった。

はじめの数ヶ月は父もしおらしく、「M君すまないね、ありがとう」の連発であったのに、ものの半年もしないうち、夫が出勤したあとぼつぼつ悪口を言い出すのだった。「ありゃ、なんだね、ああいうのを蛍光灯と言うんじゃ」。当時まだ蛍光灯は今ほど普及していなかったから、私がその意味をたずねると、銀座あたりのバーのホステスから教えられたと得意そうに言うのだ。「しばらく経ってからぼーッとあかりがともるんじゃ」。「つまりトロイと言いたいの?」とやや気色ばんで聞き返すと「そうじゃろが」とジロリと意地悪気に私を見返すのだった。

父は都内の友人宅、故郷の福井へ行くのにも殆ど私を連れ歩いた。当時週刊朝日で徳川夢声対談の「問答有用」があり、早速父はそれに呼ばれた。対談中「ぼくのフランス語は、女の腹の上で覚えたんだ」というくだりがあったのだが、それを読んだ謹厳なる独文学者片山敏彦氏は激怒した。数日後、父のお伴をして片山家へ行ったのだが、少し遅れて同家へ出向いた私の耳に百米手前の角から、怒鳴り合う二人の声が入ってきた。私がおろおろした息子の治彦さんに伴われて、二人のいる部屋に着いたとたん、真赤な顔をした敏彦氏が「絶交だ!!」と叫び、席を蹴って立ちあがった父とぶつかった。

当時、高村光太郎全集の編集を手伝って居た草野心平氏は父の青春時代のなつかしい友人だった。私を伴って筑摩書房を訪れた時、父と草野さんは、抱き合い、肩をたたき合って殆ど涙ぐんでなつかしがった。早速草野さんのゆきつけの新宿の「道草」その他五、六軒はしごしてるうち、突然草野さんが立ち上がりカウンターを叩き、真赤な顔をして叫んだ。「高田！　貴様は日本人の癖しゃあがってフランス人みてェな口ききやがる。さっさと帰れ、絶交だ！」。父は、日本は文明度も低く、知識階級なんてものも不勉強でなっとらんと草野さんにしつっこく力説していたのだった。この頃には漸く私も父という男に相当幻滅していたから、つい草野さんの尻馬にのって「フランスへ帰れ」と叫んだ。父はその場で顔をおおい、号泣した。

父との生活は悲喜こもごもであったが、ただ一つ感心させられたのは、父の制作意欲だった。朝八時から夕方五時まで粘土をひねり続ける。この習慣はいつまでも変わらなかった。そして早めに夕食を終えるとさっさと身じたくして「活動」を見に行く。幸か不幸か歩いて十五分で映画館が二軒ある。片方はチャンバラ、他は洋画、父はチャンバラが大好きで、しかも三本ぶっ続け週に二ケ所で六本見ることになる。映画館の中ではサイダー、煎餅、ポップコーンをポリポリバリバリ、煙草は父娘でばかばか吸う。まことに行儀の悪い観客だった。映画が終ると必ずラーメンを食べる。ある日入った中華料理店で、父が「和子〝サメコ〟とはなんじゃ」と訊く。みれば餃子《ギョウザ》のことだ。「お父さんサメは魚偏でしょうが。よく見て」と促せば「なんじゃ、キャビアなら食ったろうと思うた」とケロリと言う。

フランスでは、どんなボロ靴でもピカピカに磨いてあれば決して馬鹿にしないのだと、おしゃれな父は沢山靴を持ち帰った。磨くのは私であるが、最後の仕上げは「ツバ」でやれというのだ。私が不潔がると「お前、ツバほど凄いものはないんだ」。父は骨董を磨くにもテーブルを拭くにもツバをペッペッと吹きかけて磨くのだ。ある時ふっと父の靴の重さに不審を抱き、ちょっと中の敷物をはがしてみると、全部女性のハイヒールのような仕掛けが施してあるのだ。父がいい年をして背の低いことを悩んでいたのを知っていたから、私は黙っていてやった。

二十八年も白人女性と暮らして来た父はある日、つくづく私を眺めていて唐突にこう嘆いた。

「お前の皮膚は、タクアン色ではないか。母さんはあんなに色白だったのに」と。私は思い切り父の腕を引っぱって私の腕と並べ、「同じ色でしょ、残念ながら父さん似なのヨ」と言ってやった。

若い母を嘆かせたように、父の女性遍歴は変らず、銀座のバーのマダムに惚れると、毎夜のように通いつめ、その人にはすでに彼氏がいたと失恋、又他の女性に入れあげ、マンションの手付金といわれ百万円を渡し、お礼を言いに来たのがその人の亭主だったとか。私は何時も女性に騙される父が憐れだった。

父の身のまわりの面倒をみながら暮らしたのは八年余だった。わがままで強情な人だったが、ユーモアもたっぷりある面白い父でもあった。亡くなって間もなく満四年になる。

(高田博厚長女)

高橋新吉

父のこと／続・父のこと◆

松橋新子

高橋新吉［たかはししんきち］

詩人。明治三十四年（一九〇一）一月二十八日〜昭和六十二年（一九八七）六月五日。愛媛県伊方村生まれ。

大正九年、福士幸次郎の「展望」を読み詩作に関心を抱き、「万朝報」の懸賞短篇小説に入選。同紙に掲載されたトリスタン・ツァラのダダイズム宣言の紹介記事に影響を受け、自らダダイストをもって任じた。翌十年に上京、ニヒリストの辻潤はじめ草野心平らと交遊。十二年、辻の編集で詩集『ダダイスト新吉の詩』を刊行。第一次大戦以後、ヨーロッパの前衛運動がさまざまな形で日本へ入ってくるなかで、東洋思想を根底とするダダイストとしての地位を確立した。

戦後は仏教的生命観を追究し、時間と空間の概念を取り去り、生と死を同等に見る独自の世界を展開。生命の生存と悲哀をみつめた詩集『胴体』『鯛』、美術論集『すずめ』のほか、『参禅随筆』『臨済録』『道元』など多くの仏教関係の著作を発表。

昭和四十七年、『高橋新吉全詩集』により芸術選奨。

写真・『ダダイスト新吉の詩』より

父のこと

父が他界してから、丸十三年が経った。

私は、その間に、父の故郷に四度足を運んだ。父が生存中に一度も訪れたことのなかった地を、父の法要や回顧展への出席の為に、母と一緒に訪ねる中で、初めて父を育んだ故郷の風土に触れることができた。

私が生まれたのは、父が五十四才の時であった。母は、最初の出産の為、陣痛らしきものを感じては、入院の準備をして、幾度か渋谷の日赤病院へ、タクシーをとばした様である。

その日は、よく晴れた夏至の日であった。無事出産の知らせを聞いて、病院にかけつけた父の手には、何と、黒の雨傘が一本。喜び慌てた父の姿が目に浮ぶようなこの話を、私は、母から何度となく聞かされている。その上、父の私の可愛いがり様といったら、まるで、孫（父の年齢からいえば、仕方ないが）をあやす様であったらしい。私の我儘な性格は、この時に形成されたものと父親ゆずりに違いないと、私は確信している。

蜆

夜中に私の小さな娘が／蜆のような声を出して何かつぶやいている
彼女はまだ生れて百日にしかならない／私は娘の声を聞いて
うれしさが体中に充満する／どんな音楽を聞くよりも
私にはよろこばしい／彼女は目を覚ましたのであろうか
娘が生きていることは私が生きていることである／私はそのうち死ぬであろう
娘は生きつづける／そして誰かの子供を産むのであろう
その子供達が　無限に将来生きつづけることを思うと／私は楽しくなるのだ
人間が生れて生きることはよいことである／これ以上よいことはあるまい
私は娘のために出来るだけのことをしなければならぬ／父親として義務をつくさねばならぬ
夜は深々と更けている／氷が溶けて、あたたかい春の水が流れる
娘よ　おとなしく眠れ／朝と昼と永い人生が　お前のために準備されているのだ

この詩は、昭和三十一年に出版された「胴体」に収録されている。おそろしく真面目な詩である。父の詩の多くは、私にとって難解な文学作品として存在しているが、この詩には、父の父親としての優しさがあふれている。

高橋新吉と筆者、妹・温《はる》子とともに（提供・高橋喜久子）

生来父は、真面目な人物であったのである。

その昔、高校を退学せざるを得なかったのも、この性格の所以であったのであろう。又私が、中学一、二年生頃であったと思うが、親戚の家で遊んで帰ってみると、父がたばこをやめていたのである。

父曰く、

「おとちゃん、願をかけた」

(父は、自分のことをおとうちゃんとは呼ばず、おとちゃんと呼んだ)

それ以来、二度とキセルを手にしなかった。さらに、亡くなる前年、妹温子の結婚式が終わり、

「無事に終わって良かったね」

と、私が声をかけると、ベッドに横たわりながら、父は、

「長生きすることが大切じゃから」

と、答えたのであった。

この時ほど、私は父の意志の強さに感服したことはない。

蜆汁をおいしそうにすする我娘の為に、私も長生きをしようと思う。

父は、明治の人間であった。だから、現代の世の父親とは、何もかもが違っていた。

まず衣服。家で過ごす時は着物。夏の暑い時には、今では滅多に見られない晒を腹に巻き、褌姿のままであった。当然下駄を愛用していた。この姿を、私は何の違和感もなく眺めていたのであるが、今考えてみると、当時も大層変わって映っていたのかもしれない。

次にテレビ。わが家にテレビが入ったのは、昭和三十三、四年だった。現在のファミリー世代には、一家に五台のテレビも珍しくない様だが、その頃のわが家には、一台しかなく、さらに、チャンネル権は絶対的に父親が握っていた。夜の番組は、ほとんど決まっていた。午後七時からは、NHKのニュース。三十分後は、同じくNHKか或いは、教育テレビ。テレビを見ながら、母と何やら難しい話で、（おそらく仕事の話であったと思うが、当時の私には、ちんぷんかんぷん）私は、仕方なく自分の部屋に戻らざるを得なかった。しかし、私にとって、今の様に劣悪な大人の番組を夜遅くまで、見て育つことのなかったことは、大変幸せであった。

母は、父を詩人として大変尊敬していた。「パパちゃん」という呼び方は、ユーモラスではあったが、父親としての夫を立てていた。

一番風呂もその一つである。父は、いつも一番風呂に入った。それも大変熱い湯であった。私など、片足をつけた途端、とび上がる程の温度であった。父の後に入る者は、水をたくさん入れて、湯がぬるくなるまで待つしかなかったのである。

最後に、これは、明治生まれとはあまり関係なく、単に照れ屋だったのかもしれない。父と母で外出し、先に家路に就く母に対して、父は、被っている帽子を手で脱ぎながら、

「じゃあ。どうも」

といって、頭を下げるのだそうである。何とも素朴で律儀な人物ではないかと、感じ入る次第である。

続・父のこと

父が好んで食した物がある。

にんにく味噌・生のにんにくをすりおろし味噌と練り合わせた物で、益子焼きの四角い蓋物に入っていて、常に食卓に置かれていた。

ゲンノショウコ・茶葉をやかんで煮出しては、よく飲んでいた。部屋にその薬臭い匂いが、充満していたことを覚えている。

麦こがし・これは、私も幼い頃に、父に作ってもらって食べた思い出がある。その素朴な味わいは、今でも大変懐かしく思う。

蜜柑、夏蜜柑・やはり、故郷の味だったのかもしれない。蜜柑なら五、六個。夏蜜柑な

ら、一、二個を一度にペロリと平らげた。

餅・元旦の朝から、雑煮の餅を五つ位は食べられる父であった。しかも雑煮のだしは、鰹節と決まっていて、一度とり肉でだしをとった時など、正月早々怒り出す始末であった。

カレーライス・二皿は、当たり前であった。しかも、七十才位になっても、その食欲は衰えることがなかったのである。

すき焼き・父は漁村に生まれたにもかかわらず、どちらかと言うと、肉が好きであった。自ら、高価な肉を買ってきては、

「どうじゃ、うまそうじゃろ」

と、嬉しそうに見せる父であった。

りんご・晩年、「朝のりんごは金」と父が言ったそうである。父は、健啖家であったと同時に、健康にも気を遣っていたようである。但し、それは、父親となってからではないかと思われる。母と出会った頃の様子からは、全く考えられないのである。その頃の暮らしぶりは、湯飲み茶碗が、ほこりなどでガバガバになる程のひどさであったと、母から聞いている。又、若かりし頃、行路病者になったことを考え合わせれば、収入も安定し、家族も得たことで、父にも自分の身を案ずる余裕が出てきたのであろうと思うのである。

父は、一生懸命父親でいようと思ったのであろう。その姿が、時として頑固親父として

私達の目に映ったこともある。が、その根底に流れる思いは、とても優しいものであった。

私が幼い頃、ピアノが欲しくて父にねだった時も、雪の降る中、わざわざ日本橋まで出むき、買い求めてくれた。我儘な娘に苦労させられたのである。

父は、私や妹に対して、自分から話しかけることは、あまりなかった様に記憶している。しかし、母と旅行などに出かけた折には、常に、私達のことを心配する良き父親であったそうである。私が娘を出産した後だったと思うが、

「子どもを育てることは、本当に大変なことじゃなあ」

と、しみじみ語ったことがある。普段の父の素振りからは、想像できない言葉であった。

父の言葉で忘れられない言葉がある。

「人間万事が塞翁が馬」と「身体髪膚　受之父母　不敢毀傷　孝之始也」である。

いずれも、私が大学受験に失敗した年の春に、父が私を慰め語った言葉である。その失敗は、私の勉強不足にあったにもかかわらず、それを許し、温かく包み込んでくれたこの時の父の態度は、私も親となってみてわかるが、なかなか大したものである。ここぞという親の出番の時には、カッコ良く決めてみたいと思うのである。残念ながら、私は度量が広くないので、娘が感じ入る様な言葉かけを、ついぞしたことがない。

父が残した多くの作品の良き理解者は、妻喜久子以外に誰がいよう。父も又、それを良

くわかっていたから、娘達に自らの作品や文学について語ることはなかった。だから、私は、父の作品について語る術がない。父がその作品を書いた背景なり、想いには、全く無頓着に娘時代を過ごし、時には、詩人の娘としてのプレッシャーに悩んだ。そんな娘の思いをまた、父も知らなかったのではないか。母に「新子は本を読まない」と語ったことを聞くに及び、娘の資質のなさにがっかりしていたのかもしれない。私は、書物よりも、現実の方へ興味が向いていたのである。父が過ごした青年期の熱き感覚は、私にもなかったわけではないが、父程のものではなかった。確かに、文学から得る楽しさなどわからないわけではないが、そこで得た物を人生に昇華させるのは、自分であると思うし、文学を芸術たらしめるものも、そこにあると思っている。

父の作品の中に、次のような一編がある。

人がどう思おうと

人がどう思おうと
自分の世界は断じてうかがえるものではない

自分は自分の世界以外に　世界があろうと思わぬ

この作品を書いた動機が一体何であるのかは、父本人しか知り得ないわけだが、私は妙に納得させられてしまう。

ダダイスト新吉の世界は、駄々っ子新子には、断じてうかがえるものではない。

ダダイスト新吉は、その詩の世界以外に、世界があろうとは思っていなかったのであろうか。その真はわからない。

父は宇和島の泰平寺に眠っている。本人の強い希望通り、その父母と一緒に眠っている。父が生まれた時狂喜した祖父は、きっと彼の祖父に対する悔悟の念を受け入れ、又祖母には、体を赤子のようにあずけ、静かに眠っていることだろう。

昔、一匹の象が化石した半島の背にまたがり、半島を押したてて、富士山よりもずっと高く、跳躍したいと思った彼は、その思いを詩という文学の中で立派に成し遂げ、帰郷したのである。

偉大な父に感謝している。

（高橋新吉長女）

坪田譲治

青春期の父／父とキャラメル◆

つぼたりきお

坪田譲治［つぼたじょうじ］

小説家、児童文学作家。明治二十三年（一八九〇）三月三日〜昭和五十七年（一九八二）七月七日。岡山県石井村（現岡山市）生まれ。

明治四十一年、早稲田大学文科予科に入学。病を得て休学するなど紆余曲折を経た後、大正四年、早大英文科を卒業。小川未明に師事、「地上の子」に処女作『正太の馬』を発表。早大図書館に勤めながら創作活動に取り組むが、父の経営する会社の大阪支店を預かることに。十二年、再度上京。『正太樹をめぐる』『枝にかかった金輪』をはじめ数々の作品を発表。独特の作品世界を構築した。

昭和二年、童話『河童の話』が鈴木三重吉に認められ、十年には山本有三の紹介により「改造」に『お化けの世界』を発表。三十八年、童話雑誌「びわの実学校」を創刊し、人生の真実を教えるのが童話であるとする考えを提示するとともに、児童文学を志す人へ活躍の場を提供した。

『子供の四季』で新潮社文芸賞、『坪田譲治全集』で日本芸術院賞受賞。芸術院会員。

青春期の父

父は岡山県御野郡石井村で明治二三（一八九〇）年に生まれ、八才のとき父を亡くし、十二才のとき地元の小学校高等科を卒業、岡山城の近くの養忠学校に入学した。養忠学校は金川の殿様が創立した中学校だったので、地元では「金川にも中学校が一校ぐらい欲しい」という要望が強く、父が入学した一年後、金川中学（現県立金川高校）と改称して、岡山市から中国鉄道で四〇分程の金川に引越した。それで父は、卒業までの四年間、汽車通学した。晩年、父は私に、

「お父さんは、金川中学で成績が悪く、ビリから二番目位だったよ、ハッハッハッハッ」

と、苦笑しながら話してくれた。

その父が金川中学を卒業すると、なんと第六高等学校を受験しているのだ。六高といえば、当時の帝国大学（現東大、京大など国立大学）へ進学する秀才コースである。これについて父は、

「田舎はうるさくてね、坪田の息子は、六高も受けんで東京の無試験の学校に入学したそうだ、と、すぐ噂になって笑い者にするものだから、家の名誉にかかわると、家族の意向

もあって、初めから結果は分かっていたが、とにかく一応受けて、落ちたから仕方なく東京の学校に入ったということにしたんだ」

ということなのだった。

東京に出た父は、親戚に下宿、予備校に通い、翌明治四一年四月、当時無試験だった早稲田大学高等予科文学科に入学した。一八才のときである。同級生に生田蝶介や国枝史郎などがいた。生田蝶介が父に、

「君が作家志望なら、夏目漱石か、小川未明を紹介してあげよう」

といったので、田舎者の父は当時でも漱石は大家だったから、びっくりして、

「漱石は僕には偉すぎるから、それでは、未明先生をお願いします」

というと、生田蝶介は学生なのに名刺を持っていて、（坪田譲治を紹介す）と書いてくれたという。

「あの頃の学生は、若いのに一端の文士気取りで、細田源吉などは、学生時代から雑誌に原稿など書いてさっそうとしていたよ」

といって父は笑った。その頃、父は国木田独歩の著作にひかれ、特に「空知川の岸辺」を読んで北海道開拓の夢大いに起こり、明治四二年四月、退学帰郷したが、父亡き後の坪田家の主、兄・醇一が笑っていった。

坪田譲治（昭和15年11月、宝塚ホテルにて　提供・つぼたりきお）

「そんな弱々しい体格の譲治が原始林を開拓して、酪農など出来るものか。そんなにやりたければ、丁度いい、私が旭川の河岸の三野に乳牛の牧場を経営し、牛乳屋をやっておるんじゃ。そこを手伝えばええ」

ということになって、幾人かの牧夫と一緒に慣れない牛飼いになったのだった。

父は十数頭の牛を放牧のため、旭川河岸に向かって追っていく途中、牛がトウモロコシ畑などに入り込んで、畑を荒らしお百姓さんに叱られるなど苦労したそうだが、河岸に牛を放牧して、その間、父は灌木などの木陰で寝そべり、空想に耽り、小説を読んだ。それは父が夢見たとおりだったのだが、明治四二年といえば、勿論、低温殺菌の設備などもなく、絞った乳を大釜に入れ、炭火か薪などで煮て殺菌、手作業で瓶に詰め、紙で蓋をして配達した。それらの作業は牧夫達がやり、牛乳代の集金は父がやらされた。兄の醇一にしてみれば、他人より弟の方が安心だったのだろう。当時、牛乳は一般には普及していなくて、身体に良いということで病人が多く飲んでいたようだ。病人のいる家は経済的に大変だったのでしょう。集金にいくと、

「もう少し待ってください」

といわれたり、居留守を使われたり、気の弱い父にとっては嫌な仕事だった。あるとき一頭の牛が死に、牧夫頭が父にいった。

「死んだ牛を引き取る業者がおりますから、呼んで引き取らせましょう」

まもなく業者はきたのだが、牧夫頭と向かい合ったまま、いつまでも話し合わず、不自然な沈黙が続いた。しばらくして父は気が付いた。牧夫頭は上前をはね多少儲けようと思っており、それを察して、業者も沈黙をまもり、父がいるために交渉できないのだと。父はいたたまれず席を外したのだが、これで、あこがれの酪農も最後はお金だったかと思い、夢は崩れ無断で帰京、明治四二年九月、早稲田大学に再入学したのである。そのときの保証人は小川健作（未明）で、同級に広津和郎、谷崎精二などがいたという。

明治四三年、父が二十歳になったときのこと、学校の事務所に（徴兵猶予をする者は申告せよ）という掲示がでた。多分、申告用紙があって、氏名、本籍、学年など書いて事務所の窓口に出したのだろう。父は、それで徴兵猶予の手続きがすんだと思ったのだが、実際はそれだけでなく、在学証明書や徴兵猶予願いなどの書類をもらい、本籍地の師団司令部にでも送らねばならなかったのだ。学校の不親切か、父がぼんやり者だったのか、父がそれを怠ったので一年志願兵で再び一年休学することになってしまった。

父は、明治四十四年十一月輜重兵伍長で除隊、明治四五年一月上京、早稲田大学文科英文学科に再入学。牛込弁天町のキリスト教青年会の寄宿舎、友愛学舎に寄宿した。父は不運だった。寄宿した部屋には、かつて重い肺結核で亡くなった学生さんが寄宿していたのだった。寄宿舎の管理がお粗末で、消毒もしていない同じ部屋に父は寄宿させられた。その年の九月、肺尖カタルになって神奈川県茅ヶ崎の南湖院という病院に入院した。父は三度も休学し、翌年の八月、退院復学。同級生に青野季吉、細田源吉、細田民樹、直木三十五、西條八十、保高徳蔵などがいた。

「復学したら、かつての同級生が先生になっていたよ」

父はそういって笑った。私の想像では、谷崎精二ではなかったかと思う。若いときだから助手でもやっておられたのでしょう。

父とキャラメル

父は大正四年に早稲田大学を卒業、一旦は岡山に帰郷、十月に母、幸と共に上京、三浦半島の三崎に滞在し、ときどき就職口をもとめ上京した。しかし何故、三崎なのかと思うのだが、それは、やはり胸を悪くしていた私の母ナミコが、南湖院で父と識り合い、病後、三崎で静養していたからだ。このことについて父は笑って言った。

「坪田一族は、たいした家柄でもないのに、結婚相手の家柄には厳しい筈なのだが。昔、肺病は不治の病と思われていたからね、お母さんの場合は、肺病同士で丁度いいや、ということでうるさくなくすんだのだよ」

　翌年二月、父は、母ナミコと結婚、同年十二月に豊島区雑司が谷（現西池袋）に家を建て以後も定住した。父二十六歳のときである。

　大正六年十一月に、本が沢山読めるだろうと早稲田大学の図書館に勤めたが、内部の雰囲気が気にいらず、翌年の二月半ばには退職、四カ月にも満たない勤めだった。その頃、小川未明を中心とした「青鳥会」の例会に度々出席し、尾崎士郎などと識り合った。

　大正八年、父二十九歳、友人と同人雑誌「黒煙」を出し、早稲田を卒業して四年、郷里からの仕送りで生計をたて、本を読み、収入にならない短編を数編書いたに過ぎず。遊んで暮らしていたようなものであった。

　四月、亡き父、平太郎が創業のランプ芯製造会社に内紛起こり、母と長男の兄より至急帰郷の要請あり。文学を志す父にとっては応じ難い事柄だったが、その紛争に関わることになる。大阪支店に勤務しながら、大正九年十二月「地上の子」に「正太の馬」などを執筆、細々ながら文学活動を続けていた。

　大正十二年、会社の内紛は坪田一族に有利に終わり、再び帰京、文学に専念することになった。その年、私が生まれ関東大震災があった。以後二、三年の間に新井紀一、山本有三、黒島伝治など識り得たほか、春陽堂から「正太の馬」を処女出版した。

しかし、生活は容易でなく、昭和二年知人を介して鈴木三重吉を識り、亡くなるまで師事し、四十編余りの児童文学作品を「赤い鳥」に執筆した。そのため、小説家志望だった父は、自ら希望したわけではなかったが、児童文学者の色彩濃い存在となった。

昭和三年、私は五歳に、父は、しばしば私を連れ出し、散歩や、作家友達の家にいくこともあった。母が、弱い体質で私の世話が負担になっていたせいかもしれない。私には二人の兄がいたが、兄達は小学校に通っていたため、いつも私一人だった。丁度、その年頃のこと、父から教えられたからだろう、私の記憶では、当時、今の西武新宿線の新井薬師にお住まいの黒島伝治をお訪ねしたことがある。黒島伝治が、私に

「あがんなさい」

といったが、父が、

「子供は、外の方がいいから」

と断ったので、私は、二人が座卓を真ん中に話し込んでいる部屋の外で、石で地面に何かを書いて遊んでいた。暖かい季節だったのか戸は開けはなされ、狭い部屋だったのだろう二人は、私の間近にいた。話の終わるのが待ち遠しくて、時々立ち上がっては二人を見詰め、再び石で地面を相手に遊んでいた。帰るとき黒島さんが、私にキャラメルを一箱くれた。それも二十粒入った大箱だ。私は嬉しかった。小さな身体だからズボンや上着の

ポケットも小さく入らない。私は抱えるようにして持つと、父に手を引かれながら、黒島さんと別れた。来るときもみたが、しばらく歩くとお寺の境内に、檻の中で飼われた猿が四、五匹いた。その前で父が私にいった。

「キャラメル、お猿さんにやってしまおう」

「えーっ、どうして」

「食べるのもいいが、やるのも面白いよ」

私は不満だったが、父はいやに強引だった。私のキャラメルを取り上げると、父は惜しげもなくどんどん猿にやった。勿論、私にもキャラメルを何粒も寄越して猿にやらしてくれた。猿は、檻の隙間から手を出し、もらったキャラメルの皮を剥いで食べた。父が、

「面白かったね」

といった。私も面白かったが、多少、煮え切らない気持ちもあった。しかし、

「うん」

と応えて、父に手を引かれて帰った。

何故、キャラメルを猿にやり、私に食べさせなかったか。私が大人になってから、このこととは無関係に父から聞いて分かった。黒島さんは、兵隊嫌いで後に反戦作家になり「渦巻ける烏の群」や「橇」など素晴らしい作品を書いているが、若いとき兵隊にとられ、

その上、シベリア出兵にも参加した。その間じゅう病気でもいいから除隊したいと思っていたら、本当に肺病になり除隊した。私が父と一緒にお訪ねしたとき、まだ療養中だったのだろう。父も母も胸を悪くした経験がある。せっかくのご好意なのに黒島さんには悪いと思うのだが、父は、私に肺病が感染することを恐れていたからだと思う。

昭和四年、父三十九歳、私が六歳のときだ。父は生活が苦しく、今度は父の都合でランプ芯会社に復帰するが、また内紛が起こり、翌年、兄醇一が自殺したり、母幸が病没、不幸が続いた。そうしたなかでも父は、会社に勤めながらも、大して評判にもならない作品だったが書きつづけていた。昭和八年、文学志向で会社に関しては無欲だった父は、兄醇一の息子たちによって、株主総会で二人の弟と共に取締役を落とされ、文学に専念せざるをえなくなった。

昭和十一年「風の中の子供」、昭和十三年「子供の四季」を発表、二作ともに大人の争いの中の子供を描いたものだが、映画や、芝居にもなり、三年ほど貧乏のどん底を味わったものの、やっと作家として認められ生活も安定した。父、四十九才のときであった。

（坪田譲治三男）

内藤　濯

王子さまは分身／老いにけらしな◆

内藤初穂

内藤濯【ないとうあろう】

仏文学者。明治十六年（一八八三）七月七日～昭和五十二年（一九七七）九月十九日。熊本市生まれ。

明治四十三年、東京帝国大学仏文科卒業。中学時代の一年間を福岡・柳川の伝習館に学び、のちに東京・開成中学へ移った。伝習館では北原白秋と同級だった。大正十一年より三年間、文部省在外研究員として渡仏。のち、東京商大（現一橋大）教授、昭和女子大教授。

フランスの古典演劇および近代文学の紹介に尽力。翻訳にラシーヌ『フェードル』、モリエール『人間ぎらい』、ボーマルシェ『フィガロの結婚』、ラ・ロシュフコー『箴言と考察』、クセル『ロダンに聞く』など。七十歳のときには、いまなお広く親しまれるサン＝テグジュペリ『星の王子さま』を翻訳。原文の味わいを的確に捉えた平明な訳業は、仏文学の訳法に指針を与えた。音楽でも「眠れ眠れ母の胸に」で知られる「シューベルトの子守唄」などの訳詞を手掛けた。

随筆に『星の王子とわたし』『未知の人への返書』など。仏政府レジオン・ド・ヌール勲章。

王子さまは分身

父内藤濯がサン＝テクジュペリの『ル・プチ・プランス（小さな王子）』を『星の王子さま』の名で日本語に移したのは一九五三（昭和二八）年、満七〇歳の春であった。

このときまで本書は知る人ぞ知る程度のものでしかなく、その完訳本もなかった。私の父からして、本書の存在を知らなかった。

本書を英訳本で初めて注目したのは、当時、『岩波少年文庫』の編纂顧問をされていた児童文学者の石井桃子さんで、或る地方紙の取材記事によると、

「どんな本かしら、と思って読んでみましたら、最初の一行目からとても面白いんです。それで若い人に〝読んでごらんなさい〟ってすすめてみたんです。しばらくして〝どう？〟と聞いたら、〝まだ面白いとこまで行ってない〟っていうんですね。それならこの本は万人向けではないのかもしれないなあ、と思いましたけど、作者の物の考え方は、わかる人にはわかるんじゃないかなあ、と思ってフランスから原本を取り寄せ、内藤さんに相談にうかがったのです」

じつのところ、石井さんは私の父に翻訳を依頼する前に山内義雄先生に接触している。

マルタン・デュ・ガールの大作『チボー家の人々』をみごとな日本語に移して芸術院賞をうけたほどのかただが、手渡された原本を見るなり首を大きくふった。

「この本の雰囲気は私の体質ではありません。この美しいリズムを訳文に活かせるのは、内藤先生のほかにありません。なんといっても、この本は内藤先生のものです」

つねづね父の持ち味を尊んでおられた山内先生は、惜しげもなく晩年の父に晴れの舞台を提供された。

その経緯を知ってか知らずか、父はくだんの原書に宿命の出会いを実感した。何よりもまず短い序文の結びにゆさぶられた。

「おとなはだれもはじめは子供だった。しかし、そのことを忘れずにいる大人はいくらもいない」

身がすくむ思いがしたという。王子の「星めぐり」に託して大人の悪さをやんわりとついている志の高さに言葉を失っていったという。石井さんが英語版で感じられたように、ありきたりの童話として扱えるものではないと直感したという。

父なりに正直な告白であったにちがいないが、私の知るかぎりの父は「大人の悪さ」を持つ人ではなかったし、持てる人でもなかった。文学者として「大人の悪さ」に理解をおよぼしても、その悪さに泥とまみれることは、生理的になし得なかった。私には、父から

内藤濯と妻・優子（昭和50年　提供・内藤初穂）

「大人」の印象をうけた覚えがない。いつも薄いガラス器のように繊細で、厳しい外力を受けると、抗うすべもなく身をすくめた。

だから、王子にたいする共感は、自分の悪さを深刻に反省した結果であったとは思えない。むしろ王子のなかに感性一途の自分自身を発見し、いわば童心が自分の本質であったことに気づいたのであろう。

書痙がすすんでいたこともあって、翻訳は口述の形でおこなわれた。たまたま私の妻が『岩波少年文庫』の編集員だったので、毎週一回の出張筆記を父に頼まれて受けもった。のちに『図書新聞』のインタビューに応えた父は、当時の状況を述懐して、

「仕事に気がはいりました。日本語に砕くよりも、原文に相当する日本語を探して歩く。散歩するような気持でした。サン＝テクジュペリの文章には、リズムの美しさがある。それを日本語に出したつもりですが、お読みになって、どうですか」

フランス演劇の翻訳を初期の専門とした父は、かねがね「演劇の翻訳は読むのではなく、朗唱を目的にすべきだ」といっていた。その考えは『ル・プチ・プランス』にも適用された。妻の話によると、原文と口述訳文とを何度も比較朗読しながら、原文のリズムを訳文に移す試行錯誤を重ねていたという。

翻訳の過程で再発見する童心を軸として、父はしだいに王子と一体になっていった。

「感情移入ということがある。対象にこちらの感情をいれこんで、対象と一つになる態度をこういうことになっている。もっとすらりと言ってしまえば、人その人になることである。物その物になることである」(「歌ごころ」)

父の親友だった児童文学者石森延男氏は「あなたの父上ほど王子と親しくなった人はいないでしょう。父上が王子なのか、王子が父上なのか……」と、よくおっしゃっていた。

原題の「小さな王子」を「星の王子さま」としたのも、王子と一つになったからこそ、湧きでるようにひらめいた発明だったといえよう。父は自分の発明を大切にした。客受けをねらう落語家が自分を「星の王子さま」と呼んで剽《ひょう》げる姿をテレビで見て、父は身をふるわせて激怒した。無断使用を怒ったのではない。そんな形で「星の王子さま」をみだりに使うことは、王子ばかりでなく、父自身をおちゃらかすものと受けとったのである。

『小さな王子』改め『星の王子さま』の初版が出た当初は、フランス語テキストの訳本として読まれる程度であった。ところが、一九六二(昭和三七)年の秋に独立の大型本に作り替えられたとたんに売れはじめた。

サン=テクジュペリ自身が描いた美しい挿絵を一色刷りにしていたのをもとの多色刷り

にもどしたためもあったろう。読みさしの『星の王子さま』を枕もとに残して他界した少女の一生が話題になるなどして、発行部数を加速させたのかもしれない。

ついには女子学生のアクセサリーにされる状況となったが、売れゆきなど二の次の父は、「王子をアクセサリーにするとは失敬な。アダジオの調子で読んでくれれば、美しいセレナーデが聞えてくるのに」と舌打ちした。

老いにけらしな

フランス文学の訳業を『星の王子さま』で集大成した満七〇歳の父は、その後、王子さまへの思い入れを綴った『星の王子とわたし』（文藝春秋）など随筆の世界を散策しながら、日本語の正しいありようを感性の赴くままに模索して、「日本語にはまだ標準語がない」との持論をかためていった。

随筆の文章には一種の気取りが感じられるものの、総じて青年のようにみずみずしいと評された。午前中は机に向かい、一日一枚ぐらいのテンポで「書きたくなったことだけを書く」のを日課としていた。午後は二時間の午睡と決めていたが、ときには「寝ながら考えて、パッと思いついたものを書く」場合もあるようであった。

日本語といえば、その特長をきわだたせる短歌に託して、父は折々の感懐を小さなノートに書きとめていた。歌人と呼ぶほどのことはない手すさびにすぎなかったが、それだけに米寿の一九七一（昭和四六）年、知友だった歌人・木俣修氏の推挙で新年歌会始めの召人に選ばれたときには、明治人をまるだしにして喜んだ。御題「家」に応えた召歌は、

　鞍馬苔　からみあひつつ庭つちに
　　ゐつけりと見ゆ　小《ち》さきわが家

書斎から庭先に目をやった一瞬に浮かんだ一首だという。中学時代に土岐善麿、吉植庄亮などとともに金子薫園の家に出入りしていたというから、短歌は父の日常とつかずはなれずのものになっていたのであろう。

　宮内庁におさめる召歌の清書を書痙のために何度もしくじり、母に当たり散らしたようだが、その他の知覚は高齢のわりにしっかりしていた。九〇歳の春、フジテレビに出演して旧制第一高等学校時代の教え子だった福田赳夫（当時、行政管理庁長官）と電話対談した際には、アナウンサーが「ちょっとお耳が遠くなられているようですが、ひじょうに矍《かく》鑠《しゃく》としておられます」と福田に紹介したのに腹を立て、「アナウンサーがおっしゃったことに間違いがある。私の耳はとてもいいんです。声もいいんです。訂正してくれないと、今晩は眠れない」と、見苦しいほどの姿でアナウンサーにつめよる一幕もあった。

高齢の達観がまるでなかった。「お元気ですね」と挨拶しようものなら、「床屋にゆくのに車を使わにゃならんのが、なんで元気なものか」と声をあらげた。老齢に伴う神経痛を認めようとせず、「職業病にすぎん。文学をやろうとする人間は神経痛になる。神経が鋭くなくちゃならんのだから」といいはった。

当人がどう繕おうと、老化は否も応もなく進行する。九一歳の一九七四(昭和四九)年はほとんど寝たり起きたりの状況となり、母の日記によれば、九二歳の正月は餅一切れ半の雑煮を祝うにとどまったが、九三歳の正月は餅三切れまでに回復、ひとまず周囲を安堵させた。

出版社とのつきあいも再開された。四月には文藝春秋の『星の王子とわたし』が文春文庫に入った。私にも一冊、扉に震える字で「この文春文庫は内藤濯著作の総まとめになったらしい。そのつもりでそこもとにおくる」と記して送ってきた。

九月には一九七〇(昭和四五)年以降の作品三〇数篇を集めた最後の随筆集『落穂拾いの記』が岩波書店から上梓された。但し、校正の段階で父の機嫌をそこねかねない要訂正の箇所がいくつも見つかり、然るべき仲介を依頼された。たしかに引用の誤認を放置してあったり、気に入った文言を多用したりするなど、文章に明らかな老いが認められた。委細かまわず赤字だらけにした校正刷りを父のもとに届けると、一瞥するなり「わしは寝る」といって、席を蹴った。後日、書店からの連絡によると、私がまっ赤にした校正刷りをそのまま送り返したらしい。

父がよろけて足の小骨を折り、家の近くの国立第二病院に入ったのは一九七七（昭和五二）年、九四歳の夏が盛りを迎えるころであった。当人にいわせれば、よろけたりするはずがない、もののはずみで折れたのだ、そう強調してやまなかった。

どう見ても、良質の患者とはいえなかった。当初の付添い婦は、趣味にあわぬとの理由で追い払われた。主治医を「バカヤロー」とどなりつけ、婦長にはギブスをはずせと駄々をこねた。老齢の母に代わって病室につめていた妹や妻から助けを求められ、病室にでばって父をたしなめた。

「病人らしくしないと、直るものも直らない。星の王子さまに笑われるよ」

「わかっている。わかっているよ」

父はそう答えておきながら、私の帰ったあとは、たちまちもとの判らず屋にもどった。

ごく軽度の骨折であったにもかかわらず、まもなく老体のバランスがくずれ、点滴注入がはじまった。父は点滴の針をむしりとり、両手首をベッドの手すりに縛りつけられた。

「初穂、こんなこと、されてよいのか」

そういって涙を流す父が哀れで、なぐさめる言葉を知らなかった。

酸素吸入の段階に入っても、父は苦しそうな息を吐きながら「こんなもの、とってくれ。わたしの趣味じゃない」とぐずついた。迫りくる死を怖れるかのように、ほとんど眠ろうとせず、歯ぐきに残ったわずかな歯をむいて、起きあがろうとさえした。そして、小型の台風が通過した九月一九日の午後七時二四分、突然、痰を気管につまらせ、あっというまに絶命した。泣きじゃくっていた子どもが、泣き疲れて寝入ったような最期であった。

遺体を棺におさめて家に運び、書斎の机のそばに安置した。愛用の文房具一式を棺に供えるつもりで机の引出しをあけると、すぐ目につくようにして遺書があった。

墓所はなんの希望なき故　自由に処置すべし
僧侶、牧師の介在無用　ただし無宗教を好まず

（内藤濯長男）

中上健次

〝字〟を書く人の声／海の記憶◆

中上　紀

中上健次【なかがみけんじ】

作家。昭和二十一年（一九四六）八月二日～平成四年（一九九二）八月十二日。和歌山県新宮市生まれ。

昭和四十年、県立新宮高校卒業後に上京。ジャズ喫茶に通う日々を過ごした。「文芸首都」同人となり、『俺十八歳』『遠い夏』『文学への執念』などを発表。羽田空港で貨物運搬に従事しながら創作活動に励んだ。四十三年、「三田文學」を介して文芸評論家の柄谷行人を知り、のちに対談集『小林秀雄をこえて』を発表するなど交流が続いた。

四十八年、『十九歳の地図』が芥川賞候補に。以後、故郷の紀州熊野に根ざした人間のあり方を描き、聖と俗、暴力と差別が渾然一体となった独自の作品世界を築いた。五十一年には『岬』で戦後生まれ初の芥川賞受賞者となった。五十二年『枯木灘』で毎日出版文化賞、翌年、芸術選奨新人賞を受賞。ほかに『鳳仙花』『千年の愉楽』『地の果て 至上の時』などの作品がある。

平成二年、熊野の文化思想を根底とする熊野学を提唱し、文化組織「熊野大学」を創設。故郷の再興に向けた活動の拠点とした。

〝字〟を書く人の声

「紀の声」と父の字でタイトルが書かれたカセットテープが、ずいぶん前まで存在していた。子供の頃、そのテープを何度か聴いた。「紀の声」と記してありながら、録音された声は、ほとんどが私ではなく父のものであった。家が火事になったときに燃えたのか、それとも幾度も繰り返された引っ越しの際に紛失したのか、とにかく最後に見たのは父が亡くなるよりも大分前だった。没後十年が経った今、何でももっと大切に保管していなかったのかと悔やまれる。

テープの中で、父は、二歳になるかならないかぐらいの私に絵本を読み聞かせていた。「ウサギさんは、クマさんにさようならをいいました」オハナシが大好きだった私は、真剣に聞き入っていたのか一語だに発しない。父の深くて柔らかな声だけが、ゆっくりと物語を追っていく。そして「ほーら、赤ちゃんが泣いてるよ」遠くに聞こえているのが、まだ生まれたてで名前もついていない妹の声であることを父は私に教えていた。物心もつかないほど小さかった時のことを、私はテープを聞くたびに隅々まで頭の中に描き、そのたびに安心感に包まれた。

父の膝を独占するのは妹の特権で、私は〝お姉ちゃん〟として遠慮していた。妹のように甘えられることが出来たら、私だけの父だったらどんなにいいだろう、と密かに思っていたので、父の部屋のガラクタ類の中からそのテープを見つけた時は嬉しかった。私を娘として可愛がるだけではなく、一人の対等な人間として考え、語りかけようとした父の心がそこに込められている。実際には私の声らしきものは聞こえないのに私の名を書き、目新しい赤ん坊がいるというのにあえて長女の記録として残したのは、はじめての子への思いは第二子へのそれとはまったく別、特別なものであるということを、伝えたかったからだと信じている。

テープを録音した当時、父はまだ二十六、七歳だったはずである。その若さでそのように考えるのは、背後に小説にも何度も描かれた複雑な家族関係があるからかもしれない。文学論ではないので、ここでそれを語るつもりはないが、彼は私が生まれた瞬間に父親となり、ずっと欲していた絶対的な愛の対象を得、さらには命ある限り生きることを決心した。そのことが深く係わっていることは確かである。

父は自分のことを家の中では作家とも小説家とも呼ばず、〝モノを書く〟と言った。だから、私は人に父の職業のことを訊かれるたびに「パパは字イ書いてる」と、答えた。実際、記憶にあるのは「字を書く」としか言いようのない光景である。家中に敷いてある煙

若々しい父親ぶりの中上健次と筆者（提供・中上紀）

草の焼け焦げやコーヒーの染みのついたカーペットで、父はところ構わず腹這いになって原稿を書く。それも、原稿用紙ではなく、〝集計用紙〟を、青いインクの万年筆から生まれる潰れたような丸い字でぎっしりと埋めていく。

原稿を書きはじめると、父の行動世界は腹這いになった位置から手が届く範囲内になる。二階の子供部屋にいる私をわざわざ呼ぶので何事かと思えば、すぐそこにある新聞をとってくれだの、水を汲んでくれだのと、ちょっと立ち上がれば自分で出来そうな用事を言いつける。半径一メートル以内の世界で、父は〝字〟を書く。魂は宇宙よりも高く飛び、天地創造主のごとく物語の世界を見渡していたのだろうが、幼い私にそれがわかるはずもなく、ただひたすら寝ころがって〝字〟を書く仕事だと思い続けていた。

成長するにつれて私は〝字〟を書く仕事が友だちのお父さんたちの仕事とはまったくかけ離れたものだということを察知した。酒の匂いをさせた朝帰りは日常茶飯事、何週間も何カ月も家を空けるかと思えば、一日中昼間から家でごろごろしていたりと、生活にリズムというものが存在しない。

幼稚園の頃は東京郊外の小平市にある玉川上水の近くに住んでいたが、ある夏、夜中の三時にたたき起こされて何かと思えば、雑木林にカブトムシを採りに行こうと誘う。私も妹も大喜びで支度をして出発し、父と懐中電灯で照らしながら虫を捜し回った。結局クワガタのメスしか見つからなかったのに、家に戻っても目がぱっちりと冴えたままの娘二人と父は、朝まではしゃぎまわり、母に「いいかげんにしてよ」と怒鳴られた。今思えば、仕事の徹夜明けか、朝帰りの延長の状態だったはずだ。気分転換のつもりだったのだろうか。いや、やはり急にカブトムシを採りに行きたくなったのだろう。少年のような人だったのだから。

父は遊んでいるようでありながら、行動のすべてにおいて常に〝字〟を書く人であり続けた。鳥類が好きで、私が物心ついた頃にはすでにセキセイインコやジュウシマツなどを巨大な鳥小屋に百羽近く飼っていた。後に八王子市に引っ越したが、そこでもやはり大きな金網小屋に今度はチャボを数十羽飼育した。鳥たちは最初から何十羽もいたわけではなく、つがいを何組か買ってきたらみるみるうちに卵を産み、雛が孵り育っていった。父は増やすことに夢中になっていた。鳥たちの親子兄弟関係は、そのまま父の小説の世界のようでもあった。もちろん当時の私はそんなことは知る由もなく、父の趣味を越えた変な習性を時には楽しみ、時には迷惑に思った。

私は大人になり、あまたの職業の中から父と同じ〝字〟を書く仕事を選んだ。「紀の声」と題されたテープはもうないが、記憶の中の声はそのまま物語になり、全身に溶けている。夢で私に語りかける父の声は、絵本を読み聞かせてくれた時のように優しい。

海の記憶

父の記憶を辿ると、必ずぶつかる情景がある。

子供のころ、毎年父の故郷である熊野の海で泳いだ。あれは、小学校に入学した夏だっただろうか。一ヵ月ほど、父は小さな海辺の町に家を借りたことがあった。自然に囲まれながら、毎日海水浴や釣りをして過ごした。

ある日、海で父は私の両手を持ち、バタ足の練習をさせた。水は私でも十分に足が届く深さだった。だから私を一人で浮かせてみようと思ったのか、ふと、父は繋いでいた手を放した。

一瞬の出来事だった。大きな波のうねりが押し寄せ、私の身体は無造作に水面に浮いた。顔は水に着けたまま、よりどころのない手や足をぎこちなく動かした。波で膨らんだ水面は、足が底に着かない高さになっていた。目を開けても、細かな光をまきながらゆらゆら揺れる海水の世界があるだけである。どうしようもない不安感が私を襲う。また、波がやってきた。その時、大きく力強い手が、ひょいと私の両脇を持ち上げた。父である。守られている、という信念が幼い私をいっぱいにした。たとえどんなに広く深く危険な海でも、父がいるからいくらでも泳げる。以来、無意識にそのような安心感を持ちながら、私は成長した。

いつからか、父は仕事場を持ちそこへ寝泊まりしはじめたため、一緒に過ごすのは、盆や正月に家族で熊野に行ったり、たまに食事に出かける時ぐらいに限られるようになった。もとより、父は一つのところに留まっていない人だった。旅が好きで、世界中を飛び回っていた。だから、家の中はハタから見れば母子家庭のようであったが、私は一度として父親不在を感じたことはない。世界のどこにいようとも、父は荒波から私を救い出し、安全なところへ導いてくれる。子供心に、とてつもなく大きい絶対的な何かとして父を認識していた。

もっとも、そう考えなければとても理解できないほど突拍子もないことを言ったりしたりする父だったことも事実である。

思春期の頃は、父が持つその絶対感をうとましく思う時もあった。例えば、私は受験色の濃い公立中学校に通っていたためか、高校、大学、就職のコースを神話のように信じ、自ら言いだして塾にも通った。だが、テストの結果がどんなに良くても、父は「勉強すれば点が取れる。そんなのあたりまえじゃないか」と言うだけで、一切褒めない。次第に私は、父の価値観はもっと別のことにあると、うすうす感じ取った。それが何なのかということに私が気づくのを、父は待っているようだった。

ある夏、父は突然告げた。

「高校からアメリカに行け。もう決まったことだから」

何で普通にしていてはいけないのだろう。何で勝手に決めるのだろう。反論の言葉が、喉の所まで出かかった。

周りと同じ道を行くだけが人生ではない。言葉や宗教が違い、肌の色、目の色、髪の色が違う人々がひしめく多民族国家のアメリカで、父は娘に〝普通〟でいることが本当は何よりも難しく、そして辛いことであることを教えようとしたと、いまならわかる。だが、その時はあまりにも未熟だった。受験コース、イコール安泰人生という自分の中の神話が、みるみる消えていくのに不安を感じた。そんな私の心を父は見抜いていたのだろう。

「おまえ、一生、親に支配され続けるとでも思うのか？」

そして、悪戯っ子のように冗談めかして、こうも言った。

「ま、こんな親の子供に生まれた自分の不運を嘆くんだな」

思春期で反抗期だった私は、それを真に受け、娘の人生で遊ぶ親を持って本当に不運だと密かに思ったが、その反面、嬉しくもあった。ガキ大将のような父の笑顔を信じていれば、何も恐れることはないと知っていたからだ。

翌年、私はロサンゼルスへ旅立ち、あとで移ったハワイを合わせると十年もアメリカに住んだことになる。父も、晩年はニューヨークやパリと東京を行ったり来たりしていた。物理的な距離は離れていても、精神的にいつも側にいると感じるような存在感を持つ人だった。

長い夏休みや冬休みになると、私は熊野やハワイで父と会った。久しぶりに私の顔を見ると、父は必ず将来のことを訊ねた。私の並べる職業名のことごとくを気に入らなく、業を煮やした父はやがて、「おまえ、パリに行ったらどうか」と言い出した。どんどん変化する娘に戸惑い、自分の目の届く所に置きたくなったのだろうか。しかし、私は拒否し、その話は終わった。

父とハワイで過ごした何度目かの休みに起きたことである。妹と二人で泳ぎに行き、ちょっと飲み物を買っている隙に車で迎えに来た父とすれ違ってしまった。父はビーチを端から端まで捜し回ったらしい。私たちを見つけると、泣きそうな顔でいきなり怒鳴りつけた。

「勝手にどこかへ行くなよ。俺は娘を二人も失いたくないんだ」

父は、幼い私を大海原に放った。必ず守り抜くという自信ゆえであろう。だが、自分から手をほどかれたら、もう助けることはかなわない。そう言いたかったのかもしれない。

そして、私のほうから手を離す間もないまま、父は亡くなった。
だからこそ私は父がいない今でも、ずっとあの海での安心感を維持し続けていられるのだろう。父から受け継いだいのちを信じて、私は泳ぐしかない。

（中上健次長女）

中村琢二

鎌倉センチメンタリズム団／写実と旅と◆

中村良太

中村琢二［なかむらたくじ］

洋画家。明治三十年（一八九七）四月一日〜昭和六十三年（一九八八）一月三十一日。新潟県相川町（現佐渡市）生まれ。

明治四十三年、福岡県立中学修猷館に在学中、兄・中村研一らを中心とした絵画同好会「パレット会」へ参加、油彩に親しんだ。大正十三年、東京帝国大学経済学部卒業。病を得て鎌倉で療養中、フランスから帰国した研一の勧めで画家を志す。昭和五年、二科展で『材木座風景』が初入選。安井曾太郎に師事し、十三年、岩倉具方賞、十四年、一水会賞、十六年『女集まる』で新文展特選。二十一年より東京大学工学部建築学科講師となり、二十八年まで務めた。二十九年、『扇を持つ女』で芸術選奨文部大臣賞、三十七年、『画室の女』で文部大臣賞。

柔和な色彩と明快な構図による〝健康的な画風〟の持ち味は、得意とした人物画や風景画において遺憾なく発揮された。芸術院会員。

鎌倉センチメンタリズム団

数年前に、九十歳だった父琢二は、アッという間に亡くなりました。前日まで絵を描いていて、明け方に気分がわるいと、かかりつけの先生に来ていただいてすぐ入院、その朝のうちに亡くなりました。それから、私は何かまだボーッとしていましたが、今回のお勧めで、少しは書いてみることに致しましょう。

琢二は鎌倉が好きで、四十歳頃からずっと住んでおりました。最初の頃は、まだもともとの鎌倉の人以外の外来者は少なく、その外来者のグループのお付き合いがあり、琢二は少なからず影響を受けたと思います。グループには、幾人かの文士の先生方もおられました。私は子供の頃、文士の先生方は、例外なしに神経が細やかで、何となく人見知りするような照れ屋の感じだったのを覚えています。

ところが、あれは私がまだ五、六歳だったと思いますが、その印象を変えるようなことがありました。どなたかのお宅で文士の先生方の宴会があり、どうしてか、私も父に連れられて行きました。文士の方々の飲みっぷりは猛烈でした。

「オイ、おまえの、クーッダラナイサクヒンは……」

といえば、他方が、

「おまえの、ダサクは、どうだっ」

と返すような調子で、中には飲みすぎて吐く人もいて、大騒ぎです。私は、いつものやさしい先生方が、どうしてこんなになるのか、不思議でした。ところで、当の琢二は生れつきほとんど酒が飲めません。それでも結構楽しそうに、にこにこしておりました。

次の間では、奥様方が数人、お料理を手伝っておいででした。照れ屋の先生方と違って、この奥様方は、かなり堂々と振る舞っていらっしゃいました。宴会の間から、オーイ、オサケッと言われれば、ハーイと、返事だけはよいのですが、おしゃべりが盛んで、何回オサケッと言われても、肝心のお酒はなかなか出てきません。(今になって考えてみれば、わざとゆっくりとしか出さなかったのでしょうか)。

どなたか玄関に見えると、この奥様たちが、広間に向かって、○○サン、イラッシャイマシタヨーッ、という。すると、今まで騒がしかった席が一瞬静かになります。そして、その新しくおいでの方の席が定まると、とたんにまた大騒ぎにもどります。手伝い方の母は「小林秀雄さんだけは別格だったわ。小林秀雄さんが見えましたー、というと今まで酔いしれていた先生方が皆座り直していっぺんに正気に戻ってしまうのよ。」と言っておりました。お集まりには、まだいろいろな先生方もいらっしゃいましたので、私なんぞでな

西伊豆にて。中村琢二と妻・美代（提供・中村良太）

く、どなたか筆の立つ二世の方でも、一度書いてくださると面白いと思うのですが。

この集まりは、その後もしばしばあったようですが、酒の飲めない琢二は、そのうち足が遠のきました。でも、歌人の吉野秀雄先生とのお付き合いだけは、どうしてか、ずっと後までつづきました。子供の私は、いつもは優しい吉野先生が酔ったときに出す大声は恐ろしくて嫌いでした。でも、琢二は、吉野先生が特別に好きでした。吉野先生の方でも、どうしたことか酒も飲めない琢二を好いていて下さったようで、戦争中から戦後の時代に、二人で何回も一緒に写生と取材の旅行に出掛けておりました。

この頃はみんな貧乏で物がなく、米を持参しないと旅館が泊めてくれないようなときでした。琢二は、気に入った帽子があるといつもそればかりかぶる癖がありましたので、もう薄ぎたなくなって色が変っているような帽子をかぶって、よれよれのレインコート、絵の道具はこれもきたない風呂敷包みにくるむといういでたち、吉野先生は中折れ帽子をかぶって、大変に古風なマントをはおって出かけ、二人で九州、奈良、京都など、知り合いの家や古い木賃宿に泊まって歩いたようです。

何が二人を結び付けたのか、よく分かりません。確かに、二人とも奇行・蛮行のユーモアが好きでした。奈良の旅行先でノミがいて仕方がない。有名なお寺の境内の裏手の日だまりで、あたりに人影はなし、二人で素はだかになってノミの退治を始めたら、出合い頭に出て来た女性の見物人がキャッといって逃げて行った話があります。

どこまで本当のことか分かりませんが、琢二はこの話が好きで、何回も話して（その度に母を苦笑させて）おりました。もう少しまともなこととしては、「写実」のことがあります。琢二は、いつも写実、写実といっておりました。吉野先生も、写実のことは仰っていたと思います。

でも、それだけでなく、二人のお付き合いの中には何か、もう一つ別の要素があったようです。思い当たるのは、後年私が吉野先生のご本で、「ひたぶるになおき心」について書かれているのを読んで、こんな純粋な心を持っておられたら、世の中のことが不愉快で悲しくて、お酒を飲むのも当然だ、と、初めて先生の大声を嫌って悪かったと思ったことがありました。琢二はそれを、自分はオセンチで、と表現しておりました。琢二のオセンチと吉野先生の「なおき心」とは、多分どこか同じなのでしょう。

琢二のオセンチですが、多分、琢二は、小学校と中学校のとき、母と離れて祖母のところに預けられ育てられましたので、母に会いたいという純な幼な心に感じる悲しさと無縁ではないでしょう。そのオセンチを包んで、それでも明るい色の絵が好きで得意で、そればかり描いていた琢二です。どうしてか私は、それを知りながら、少し無愛想な言葉遣いしか最後までできなかったような気がして、今になって、ちょっと悔やんでいます。

写実と旅と

琢二は、若い頃に肺を悪くして鎌倉にきておりましたが、先に絵描きになっていた兄研一の導きで三十歳にもなってから絵描きになり、安井曾太郎先生に師事して二科から一水会に所属。マチスを好んでおりまして、配色に重きを置き、重厚味がないという批判もありましたが、あっさりとしていて明るいといって下さる方もありました。家族から見ますと、言いにくいことをはっきり言うのが好きで、結構頑固、また文学趣味で、それと関係あるのかどうか分かりませんが、よく、

「いくらきれいな景色でも、自然だけの風景はどうも具合がわるい。何か人間に関係したものが入っていないと。電柱一本でもよいから」

と言っておりました。また、

「単なる写実なら写真にかなうはずがあるもんか。だから単純化した写実で行く」

と言って、何を描いていても、そこにあるものは簡単にしてすぐぱっと描きこみました。若い頃から常々これを心掛けておりましたので、自分でもかなり自信をもっていたし、また幾らか癖にもなっていたかと思います。

あるとき、アトリエに入ってみますと、どなたか画商の方が見えていて、
「先生、あの絵は良いのですが、アリナミンのコマーシャルだけは何とかなりませんか」と言っておられる。私が横からみると、確かに田舎のお店から旗が出ていてそれに大きくアリナミンと描いてありました。消すのは何でもないはずで、家族にすれば絵もいろいろな方に喜んでいただいた方がよいと思うのですが、琢二はどうしても消すといいません。画商の方はあきらめて帰って行かれました。その後も、何人もの方がこのアリナミンさえ消せば、と仰っていましたが、やはりとうとう頑として消しませんでした。

また、家族にとってみれば、この写実はいささか大変なことでした。何を描くのでもモデルが必要で、もっとも手近にいるのが家族なのですから。私も随分と子供のときからモデルをいたしました。その中でも、もっとも大変だったのが幾つかの新聞小説の挿絵です。新聞の挿絵は、普通はいわゆる挿絵画家の方々が描かれるのですが、戦後のある頃、ふつうの絵描きに描かせるのがはやったことがあったのです。

新聞の連載というのは、小説をお書きになる方も大変で、書き進む内に、段々と間に合わなくなってくる。そうすると、新聞社から琢二に、明日までに、とか、ここでちょっと待っていますからすぐに描いて下さい、といってみえる。でも、琢二は必ずしっかりとデッサンをやってから描くのですから、私とか母とかがモデルにならなければなりません。

「ソレッ、おまえはこの着物を着てあの人の役をやれ、お前はこれを着てこの役をやれ」といった具合です。その内に登場人物が多くなってくると、家族だけでは足りなくなって、ご近所や知り合いの方々にも随分とお世話になりました。

でもどうしてこんなに写実にこだわったのかと思います。この歳になって思い当たりますのは、私は論文を書く商売なものですから、頭の中でこね上げた論文はどうしても面白くない、少しでも体を動かして写実をしたものは「事実は小説より奇なり」という面があって、それなりに面白いのです。琢二は、

「私は不器用で、ともかくも、物を見なければ描けない」

と、一つの主義のようにやや誇らしげにさえ言っておりました。

本職の大作の絵についても、琢二も若い頃はよく徹夜をしてうんうんと唸りながらモデルを使って人物を描いておりましたが、後年は一緒に描いて下さる若い絵描きさん方の車に乗せていただいたりして、旅に出ることがだんだん多くなりました。どなたかの俳句「冬空をいま青く塗る画家羨まし」という心境になったそうで、旅に出て得意の写実で景色を描くときは、実に楽しそうでした。展覧会用の大きい絵も、このような風景を連結して作るようになりました。ところが、不思議なことに、このように楽しんで描いた絵の方が、苦しんで描いた絵よりも評判が良かったようです。

いつか川端康成先生が亡くなったとき、

「川端さんも、旅に連れ出したかった」

と何回も言っておりました。

山口瞳先生は、吉野秀雄先生のご縁で存じあげるようになり、そのうち旅行をご一緒させていただくことになっておりましたのに、果たせないうちに琢二は亡くなりました。その後、私が琢二の寝室に入ってみますと、寝床の周りに山口先生のご本が何冊も積んでありました。その中に「温泉に行こう」という素敵に面白い旅行記があって、私はそれが大好きでした。ドイツのハンス・カロッサという作家が旅の日記だけで有名になったことも思い出します。山口先生もお若いときに重厚なものを書いてからそこを抜け出されたのかと思います。琢二はそんな境地のことを考えていたのかもしれません。

でも、多分そんな高邁なことではなく、単に旅が好きでますます気儘になっていただけなのでしょう。私が、旅日記が好きなのも、あるいは単に遺伝でしょうか。

お薦めのままに、大変手前勝手な文で失礼いたしました。でもいずれにせよ、楽しんで描いた絵が人様にも喜んでいただけたとしたら、琢二自身にとっては、これは幸福なことだったと思っております。

（中村琢二長男）

中山義秀

懐かしの義秀節◆

赤田哲也

中山義秀〔なかやまぎしゅう（本名／議秀）〕

作家。明治三十三年（一九〇〇）十月五日～昭和四十四年（一九六九）八月十九日。福島県大屋村（現大信村）生まれ。

水車業を営む家庭に生まれ、幼少時代は県内を転々とした。大正十二年、早稲田大学英文科卒業。在学中、高等予科時代に知り合った横光利一らと同人誌「塔」を創刊、小説『穴』を発表。昭和八年まで英語教師を務めながら創作を続けたが、十三年、『厚物咲』で芥川賞を受けるまで不遇な時期を過ごした。続く『碑』など自らの精神的悲哀を投影させた作品により、作家としての地歩を固めた。戦中は海軍報道班員としてジャワ、ボルネオなど南方に派遣された。十八年、鎌倉に居を構え、久米正雄、川端康成、高見順らとともに鎌倉文庫の設立に参画するなどした。

日常身辺を描いた『華燭』から戦記『テニヤンの末日』、未完となる『芭蕉庵桃青』に至るまで幅広い創作活動を展開、その基底には、「人間の運命を描く」という創作観が貫かれていた。芸術院賞、芸術院会員。

「父の肖像」を書くようにということだが、父親を書くことは難しい。父をひとりの男性として、子どもの私が平静にとらえてみても、父親の年齢や私の年齢によっても、その肖像は変化するはずで、正確な父親の像とはいえないだろう。私の場合、父が多少とも世間に知られた人間なので、自慢のようになるのも気がひけるし、といって、卑下して腐《くさ》すようなこともできない。第三者の立場で書いてみようと思っても、どうしても、子どもとしての私の眼に映ったものであり、子として聞く親の言葉であったりして、純粋な第三者の立場ということにはなりがたい。

この機会に、いまもって記憶に残っている父の何気ない言葉を通し、父を想い起こしてみようと思う。ただ私は、母親が結核だったため、小学校五年生のときから中学を卒業するまでの約七年間、妹とともに白河の父の実家に預けられており、数えるほどしか父に会っていない。その空白の期間は、父にとっては文学に人生を賭けた〝疾風怒濤〟の時代であり、最も充実して生きているときだが、私はその時代の父を知らない。だから、その時代の父の姿にいちおう触れておかないと、私が見、感じた父だけでは、正確な全体像とはいえないことになる。たまたま、雑誌「噂」に「知られざる中山義秀」という特集座談会が掲載されていて、私の知らない父が語られているので、補足する意味で関係部分を引いてみたい。発言者は父の友人であり、親しい編集者であり、身びいきな面もあるが、これこそ第三者の見た父であり、何の飾りもない裸の姿だと思う。

※

（昭和十一年）ぼくはまだ早稲田の学生でした。横光（利一）さんのところへお邪魔したら、魁偉な風貌の先客が、横光さんの前でピチッと膝を折って座っているんです。そのうち横光さんが、「君は！」と怒鳴って下の厠へ降りていってしまったんです。今思うと、横光さんは、奥さんを亡くし、二人の子供さんを郷里に預けて荒んだ生活をしていた義秀さんに意見したんでしょう。横光さんがいなくなるとその大男はぼくに向って、いきなり「君は芸者買いをしたことがあるか」って訊くんです。「ありません」と答えると、「おれは十七歳のとき買った」、そして、「いま何を勉強しているか」「ヴァレリーです」「ふーん、しかし、安酒と安女、こっちの方が人生早わかりだぜ」——こういって、ニヤリと笑うんです。そのあと横光さんに紹介されたんですが、若い、真面目な文学青年にとっては衝撃的な出会いでした。（作家・八木義徳）

下北沢の義秀さんのアパートの近くのソバ屋でよく飲んだが、ソバを肴にお銚子をズラーッと並べてね、深夜までやるんです。そして義秀さんの部屋に引き揚げる途中、ときどき炭屋の店の脇に積んである炭を一俵ずつ失敬していきましたよ。義秀さんという人は、大マジメな顔をして〝茶目〟をやる人でしたね。それに芥川賞の賞金を前借りしたり、副

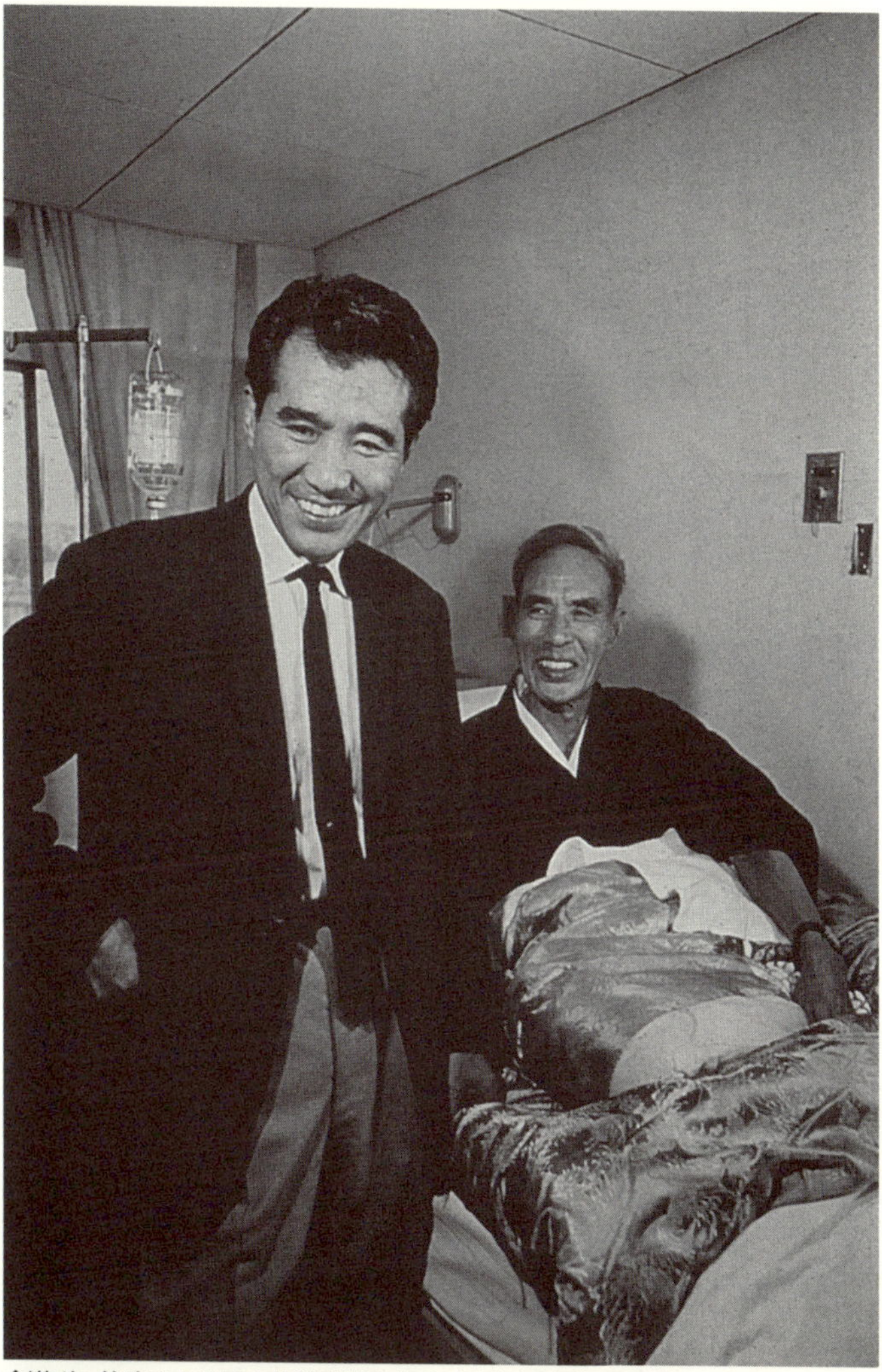

食道ガン治療のため国立放射医学研究所（千葉市稲毛）に入院。中山義秀（右）、
筆者（昭和40年　提供・赤田哲也）

賞の時計を質屋に入れたり、ぼくはそんな無茶をやる義秀さんが、サッパリした気分のいい兄貴に見え、甘えていました。賑やかで男らしいし、愚痴をこぼさない人でした。文学的に長い間不遇だったし、孤独でもあったのに。（漫画家・清水崑）

失意だったからね。酒でも飲まなきゃ、やりきれない時期だったんですよ。奥さんを亡くすまでの義秀は、酒を一滴も飲まなかったんだからね。

愛想はよくないし、ブスッとしていてちょっと不気味な人間という印象。不遇時代の義秀が刀を抜くと殺気があった。（俳人・石塚友二）

はじめからニコニコして出てくることは絶対にないですね。実に気むずかしい顔して出てくる。スタイリストだったからなあ。（新潮社出版部・田辺孝治）

いつか義秀さんに、「文体を変えるということは難しいですねぇ」といったら、「なにッ！」と、例の大声で怒鳴られたんです。「日本で自分の文体を持っているのは、荷風と井伏鱒二の二人しかなーい！」っていうわけです。こういうなり、いきなりスソをまくって、ぼくの目の前で庭に放尿するんだ。そして座り直し、あらたまった調子で、「若い頃、おれは森鷗外の文体を勉強した。それからいろいろ迷いもしたが、結局、鷗外に帰ってきた」といいました。最後に、「おれは、おまえには何もいわないけれども、おまえさんの書くものは全部読んでいるんだぞ」って言われたんです。ぼくは、ジーンとする

と同時に、おそろしい人だ、真の文士だと思いました。(八木義徳)
義秀さんは酔っ払っちゃうと、次の日の後悔がすごいんだ。もう髪をかきむしってね。「もう義秀はダメです。義秀はダメな男です」なんてね。(作家・豊田穣)
われわれ編集者仲間では、それを義秀節と称してましてね。髪をくしゃくしゃにして、白髪をパサッと何本も抜いてしまって、「義秀は老いました」とかやるんですね。(田辺孝治)

※

長い引用になったが、さきに書いたように物心つく少年時代の七年間、兵隊の二年間、そして戦後、新聞記者として北海道で過ごした二十年間というものは父と離れており、後年病床の父が「おれたちは縁の薄い親子だったな」とつぶやくような間柄だったので、前記の人たちの義秀像をかりずに、私の記憶だけの父を書いても、それは、父のある一面、しかも断片的なものにすぎず、「父の肖像」にはなりえないのである。

＊

「獅子は我が児を谷に落とす」という言葉がある。このごろ絶えて聞かないが、どこへ消えてしまったのだろう。——父の言葉で、いまも記憶に残っている最初のものが、この言葉なのである。たしか谷中の天王寺にいた頃だから、小学校の二、三年ぐらいか。わが家の最も暗い時代だった（といっても、子どもの私にはその実感はないが）。自転車を買ってほしいとせがむ私を、諦めさせるため持出したのではないかと思われる。はっきり覚えてはいないが、それが消えずに残っていたところからすると、説得力はあったのだろう。

父の実家に預けられていた中学時代は、うるさくいう者もいないし、遊びがおもしろく、怠け放題だった。ある年の夏、父が旅行の途中に立寄った。家の前の阿武隈川が氾濫したときで、父はその洪水の模様を作品に取り入れていたように思う。その時、いきなり通信簿を持ってこいといわれた。あまりにもひどい成績に、ぶん撲られるかもしれないと、恐る恐る差し出した。父はしばらくそれを見ていたが、「哲也、自分が河のそばにいるからといって、何も通信簿にまでていぼう（丁《てい》・戊《ぼ》）を作る必要はないんだぞ」といい、ポンと投げてよこした。「十七歳で芸者買いした」という父は、「おれがお前ぐらいの時はな……」とはいえなかったのかもしれない。あるいは「勉強の好きな子は、放っておいても自分でする。嫌いな子は、はたから何をいってもやらないものだ」ぐらいのところだったのかもしれない。とにかく、父から「勉強しろ」といわれた記憶はない。ただ、後年になると、「あれを読んでみろ」「これだけは読んでおけ」「本物をよく見ておくもんだ」というようなことはいわれたが——。

私が中学を卒業して上京するので、それまでアパート住いだった父は、世田谷の梅ヶ丘に家を求めた。私はそこから予備校に通い、妹も恵泉女学園に転校した。この梅ヶ丘で忘れられない言葉に、「おれの金は膏血をしぼった金だ」がある。左腕を叩きながら「おれの金はな……」と、厳粛にいったものだ。私はそのとき「サラリーマンの一円だって、おやじの一円だって、一円に変わりはないじゃないか」と、内心不服だった。でも、そんなことは怖くて口にはできない。「ハイ、わかりました」と答え、金を渡してもらった。

――そんな父も、十歳の私の息子が札幌に帰るとき、同行する高校生ともども二等車（グリーン車）でよこすように、変わってしまうのである。

昭和十八年、父は海軍報道班員として南方地域に行き、半年ほど家を留守にした。私たち兄妹は、作家真杉静枝が決めた鎌倉極楽寺の家に移った。何が何だかわからなかったが、彼女と一緒に生活することになった。その年の十二月、私は兵隊に引っぱられた。

十九年二月十九日、播磨造船所で武装中の貨物船の海軍警戒隊員として、部下とともに横浜を出発した私は、先行して大船駅で父に会った。その時の模様を当時の日記から。

――電話して三十分ほどすると、上り電車で父たちが着いた。和服姿の父は暗いホームを見渡し、電灯の下で手をあげている僕に気づくと、手を振りながら走ってきた。真杉さんと玲子（妹）、それに女中の藤子も走ってくる。「哲也、急にまたどうしたんだ?」息をはずませながら、父は怒ったような顔でいった。「今朝《けさ》いきなり云われたんで、連絡するひまもなくて」と僕は答え、桜木町駅の売店に預けてきたトランクを受取ってほしいと頼んだ。そして、「お父さんにも一本（酒）を入れときましたから」と、その喜ぶ顔を期待して云った。

「どっちへ行くんだ？　秘密か」「まだなにも聞いてないんですが、もしかすると石油積みに南方に行くかも……でも、その時はその時でしょうがないですよ」、港を出たとたんにやられるかも知れないと覚悟している僕は、努めて明るく答えた。

「なあーに男だ。広い世界を見てくるさ」父は事もなげに云い、そういう父を、真杉さんは「あきれた人、そんな呑気なこと云って」という風に見上げていた。——列車がカーブしながら入って来た。父は僕の手を握り、「哲也、死ぬなよ」と低い声でいい、さらに強く握った。

戦後の二十三年、私が大佛次郎先生の雑誌社で働いていた時、母の故郷の町から上京していた娘（妻）と銀座で偶然出会い、鎌倉の家に連れてきたことがあった。次の日だったか、父の言った言葉も忘れられない。

「哲也、お前が誰と結婚しようと、それは自由だが、出来るならしっかりした家の娘を選んだほうがいいぞ。お前は打算的ととるかもしれんが、男は一生のうち、自分一人の力ではどうにもならん時が必ずある。そんな時、本当に頼りになるのは、女房の実家なんだ」

これを聞いた時、（おやじも、自分の息子となると、常識的になるもんだな）と軽く聞き流していたが、父の死後、事業に失敗してどうにもならなくなった時、救ってくれたのが女房の実家であったことを思うと、私は、父の言葉に深い愛を感じずにはいられない。

父は食道ガンの手術後、二度虎ノ門病院に入院している。その最初のとき、札幌からかけつけると、義母が席をはずしてくれ、二人切りになった。「どうしたんです？」という私を、父は見上げてから「おれ達は縁の薄い親子だったなぁ」と、しんみりした口調でいった。私はそれを聞き、思わずグッときて、「それも義秀節じゃないですか」と茶化し、その場をごまかしてしまった。そして思い浮かべたのは、親子で酒を飲んで乱痴気騒ぎをした時の父ではなく、札幌に帰るため極楽寺の家を出る際の父である。いつのときでも、父は狭い玄関に出て来て、「行くか」とだけいって、ちょっと顔を翳《かげ》らせるのである。父親というものは余儀なく孤立しているようなところがあるが、私は、父につきまとう孤立の印象が好きだし、忘れられない。

二度目、死の前々日（昭和四十四年八月十七日）、こんどは中学生の娘を病院へ連れて行った。たまたま義母も、世田谷の妹もいなかった。娘は硬いぎごちない姿勢で、北の窓ぎわの隅に立ち、私は父の左脇に腰を下した。父は酸素テント越しに娘を見た。瞬間、きつい目つきをし、すぐ遠くを見つめるような目になった。そして、「敏《とし》（亡母）にそっくりだ」と、感に堪えないようにいった。娘はおびえたように私に目を移した。

「哲也、これに入ってみないか――どうだ、高原の空気のようだろう」

ひんやりした爽やかな感じはした。しかし、高原の空気にふれるといった、ロマンティックなものではない。酸素テントの中にいるということは、もう駄目なのかもしれない――そういった思いで私は父を見つめた。

昭和五十九年六月九日、父の碑が同期生らによって、母校の安積高校創立百周年記念事業の一つに加えられ、裏磐梯高原ホテル前の林の中に再建された。碑文は、父が早稲田の学生のとき、宿の床の粗壁《あらかべ》に書きとめたもの。

こは我等が思ひ出の宿なり／なかば夢見心地の時ぞおくれる／再来の日ありやなしや／よしありとても過ぎし日は返らじ／かたみに交す愛の唄／時に古ゆく哀しさよ

詩人真壁仁氏が「硬骨の文学をもって聞こえたこの作家としては、めずらしく、やさしい愛と悲しみの情感にみちたものだ」と書いていたが、私は、妹たちの手で除幕されたその碑を見上げながら、ふと、そういえばあの時（死の前々日）酸素テントに首を入れた私に、「どうだ、高原の空気のようだろう」といったのは、芳江（娘）が若い頃の母に、あまりにも似ていたので、父は反射的に、この詩のころのことを思い浮かべ、それで「高原の空気」などといったのではないか——そんな気がした。

この推測は私の感傷癖が出たもので、恐らく当ってはいないだろう。でも私は、父が不遇のときに三十二歳の若さで死んだ母に、父が母をどのように愛していたかを伝えてやりたいのである。

次の日、八月十八日、父は朝日新聞学芸部記者で、牧師の資格を持つ門馬義久氏に頼んで洗礼をさづけてもらっている。その経緯を鎌倉山教会門馬義久追悼集『トタン屋根の牧会者』から引くが、無宗教のぼくにはいまもって父の受洗は理解しがたい。ただそれについてちょっとした記憶がある。中学を卒える頃だったと思う。「哲也、バイブルは読んだほうがいいぞ、あれは宗教書だが、人生の書でもあり、文学の書だ」と言われたことである。

——八月十九日、亡くなるまでの一カ月、週に一、二度見舞うようにした。元気な者でも息苦しい酷暑のなか、ただ輸血で持ちこたえている義秀が、つとめて明るく、あれこれ、誰彼の話しをし、また枕元の「冷蔵庫から飲物を出して飲め、外は暑いだろう」と逆に優しく労ってくれるのだった。
二、三日ごぶさたして、あと、八月十八日午後、病室に見舞うと、酸素テントの中で静かに眼をつぶっていた。近づくとテントの裾を持ち上げて、
「克巳（山本氏、長女の婿、朝日新聞記者）から聞いて来てくれたのか」という。山本氏からは何も聞いていなかったので、「何をですか」と、「今日あすの生命だ（その前日から輸血、注射などの医療を断り、死の準備にかかっていた）、キリスト教の洗礼を受けたい、頼む」という。

突然のことなので、

「苦しい最中にしなくともよかろう、それは良いことだが、少し容態が良くなってからにしよう」

「おれは、明日は死ぬんだ。呑気なことをいってる場合ではない。いま、ここで洗礼をさづけてくれ。ここまで来ると、ただ祈るばかりなのだ。洗礼を受けたという事実の重みに支えられて死を迎えたい。事実は確かだ。頼みになる。これを力にして死にたい。広い世界に入りたいのだ」

「この近くに知合いの立派な牧師がいる、頼んでこよう」

「いや、お前にやってもらいたいのだ。最後の頼みだ」

慌て、たじろいだ。その場の会話の詳細はいまは思い出せないが、義秀の真剣な、悲痛な言葉と雄々しい死に立向かう姿に圧倒され、涙が流れ、ただ「義秀さん、義秀さん、」といっていたようだ。

突然のこと、とはいったが、思えば、来るべきものが来た、という感じも心の片すみにはあった。

義秀は、芥川賞受賞の前、前夫人を亡くされた頃から、聖書を読み始めた。随筆集『台上の月』（新潮社「中山義秀全集」第七巻所収）にハッキリと「現在は新約聖書に取組んでいる」という一行がある。（略）

「やりましょう」

そこにあった茶飲み茶碗を病室のドアのわきの水道で、時間をかけて洗った。そして父と子と聖霊の聖名によって洗礼をさづけた。

「有難う、有難う、気持ちが晴れ晴れとした。広い世界に移った思いだ。お前とはほんとうの兄弟になれたなぁ」

と腕を伸ばす。手を握りあった。

「お前たちが毎日繰り返す、お祈りが福音書にあったが、あれをやってくれ」（後略）

（中山義秀長男）

西脇順三郎

鎌倉とキュー・油絵と詩／「超」上級英語コースと「遠い物の連結」◆

西脇順一

西脇順三郎［にしわきじゅんざぶろう］

詩人、英文学者。明治二十七年（一八九四）一月二十日〜昭和五十七年（一九八二）六月五日。新潟県小千谷町（現小千谷市）生まれ。

中学卒業後、画家を志して上京したが、父の死などで断念。詩に興味を抱き、投稿したり、英語による詩作を試みた。大正十一年に渡英し、詩人、作家、画家、ジャーナリストらと交友を深め、モダニズム文学の洗礼を受けた。留学中に英文詩集『Spectrum』を自費出版した。帰国後、母校慶応大学の文学部教授に。

昭和二年、シュールレアリスム詩誌『馥郁タル火夫ヨ』を刊行。翌年創刊した「詩と詩論」に作品と詩論を発表するなど、シュールレアリスムを紹介し、新詩運動の指導者として活躍した。八年、日本語の第一詩集『Ambarvalia』を、二十二年、長編詩『旅人かへらず』を刊行。三十二年、『第三の神話』で読売文学賞。三十五年に刊行された長編詩『失われた時』は全四部、千五百行を越え反響を呼んだ。芸術院会員、文化功労者。

鎌倉とキュー・油絵と詩

鎌倉、逗子と三浦半島は父にとって因縁深い土地だった。昔から鎌倉山などの裏山一帯の散策を好み、春秋の自然を楽しんだ。山門や路傍の石地蔵の位置を良く知っていた。

物心ついた頃、七里ヶ浜から入ったところに海浜ホテルというハイカラなホテルがあって、日米開戦の直前の夏に家族で一週間程滞在した記憶がある。戦争の初期には額田病院の近くにあった親類の家に一時疎開し、住んだこともあった。父は週末毎に東京から帰って来た。

ずっと以前の一九二〇年代には父は先妻の英国人マージョリー女史と毎夏鎌倉に家を借りて避暑に出掛けていたようだ。当時は一般の日本婦人が水着で海水浴をすることは稀だった。マージョリー女史が海水浴をする間、父は砂浜に画架を立てて裏山をスケッチしている。材木座の浜の漁師の子供達がそれを遠巻きにしている。父の照れ臭さそうな顔が想像できる。

小学校時代、慶応幼稚舎の遠足に父はよく大学の授業を休講にして付いて来た。父親に付いて来られるのは甚だ恥ずかしかったが、父はそんな子供の気持はあまり理解せず、子供の遠足にかこつけて、好きな散策と、恐らく詩の材料の蒐集を楽しんだのだ。京浜急行の軍畑という当時は小さな駅で降りて、帝国海軍の機密区域から開放されたばかりの、きらきらして明るい海沿いの路を観音崎灯台まで歩いた。永年立ち入り禁止区域だったためか、道端の草木は豊かに伸び放題で、父はこれを非常に喜んだ。この時のことをもとに、「灯台へ行く道」という詩をある少年雑誌のために書いた。勿論この題はヴァージニア・ウルフの小説の名前から取ったものに違いない。その後も夏休み毎に真夏の猛暑の中を何度も父と三浦半島に出掛けて、丘を越えて歩きながら、主に語学、歴史、哲学の話を聞いた。文学の話は一切しなかった。息子が自分のような文学青年になることを何よりも恐れていたようだ。

ロンドン近郊キューにある王立植物園の中央にあるガラス張りの大温室から真直ぐに伸びる芝生道を西に向って歩くとテムズ川に出る。ここからテムズ上流を眺めると、対岸に背の高いポプラが立ち並び、キュー側はローヤルミッドサリー・ゴルフ場の木々を越えてアイズルワースの島が見える。初夏の晴天の日にここに立つと非常に壮快で清清しい気分になる。父が一九二二年に初めて渡英した時にこの地点を一枚の油絵に描いた。この絵は同時代にロンドンに留学されていた福原麟太郎氏の書斎に掛かっていたが、同教授が亡くならたあと、御奥様が返して下さったもので、我が家に残る数少ない父の油絵だ。一寸

西脇順三郎（昭和５年頃　提供・西脇順一）

したスケッチに過ぎないのだが、ポプラの新緑を燃え上がる様なエメラルドで表現しており、眺めていると、第一次大戦直後の父の世代の青春の夢とエネルギーが伝わって来る様な気がする。英国の自然の常で、現在のキューの風景はこの絵と殆ど全く変わっていない。父は自分の若い時代の話をすることをあまり好まなかったが、代ってこの油絵がいわばタイムマシンのような役割を果して呉れている。

父の理解者のひとりである飯田善國氏が分析されているように、父の芸術的心情の内には画家になり度いという少年期の憧れ（オデッセウス）と、優れた学者乃至詩人になり度いという青年期の目標（ペネロープ）が同居していた。長い旅のあとオデッセウスは時折ペネロープのところに戻って来た。父の絵は技術的にはモネ流の伝統的印象派にベースを置いていて、晩年はセザンヌやマティス流のデフォルメを遂げた。殊にセザンヌが好きで、郷里小千谷の山をサンヴィクトワール山の様に描いた。然し、抽象画には馴染めず、ピカソは嫌いだった。ブラックもカンディンスキーもクレーも理解しなかった。「うちの息子はアブストラクトが好きなんですよ」と不思議そうにひとに云っていた。父の詩の方法論とのバランスからみると矛盾があった。恐らく父の絵のオデッセウスは本当に家に戻らなかったのだろう。学校の絵の宿題で油絵を描いていると、父は見るに見兼ねてタッチを入れた。エメラルド、マジェンタ、プルシャンブルーが父の好きな色だった。

戦時中は一時日本画や水墨画を盛んに試していた。その内の多くは裱装して我が家の襖となった。穴があいたり、裂けたりして捨てようとしたところ、父の絵に興味をもつ方々が希望されたので差上げた。修復されて保存されている。

父が最晩年に描いた絵は、パリのマルモタン美術館にあるモネが最晩年になって描いた水蓮の絵に不思議に似ていた。円熟というよりは視力や脳細胞の衰退を反映している様で好きになれなかった。人間長生きし過ぎた場合のリスクだと云える。ただ詩では絵ほどの衰えは示さなかったようだ。

父の詩人としての活動は、もとは語学、特に英語を含むヨーロッパ言語への異常なまでの興味から発していたようだ。ある言語を突き詰めると結局はその言語による詩に到達すると云っていた。それに父の場合は詩人を社会的に尊敬する英国のインテリ階層の風習に強い影響を受けた。つまり偉い詩人になり度いという、普通のひとにはあまり理解の出来ない目標をもつことになった。しかし詩人は職業としては成立しないので、大学教授として、文学、芸術論、言語学を教えて生活した。父はいずれ英語で小説を書くのだと云っていた。具体的になにかを考証している様子はなかった。母は父に向かって、「あなたの様な世俗のことが良く解らないひとに小説など書ける筈はないわよ」と云っていた。父には驚くべき直観的世俗常識があったが、母の様な普通の女性には世俗に対する完全音痴と映っていた。父が小説を書いていたらどんな作品が出来たか興味深いが、晩年にかけて、あまり現代詩人としてもてはやされたせいか、新境地を開くには時間が足りなかったようだ。

「超」上級英語コースと「遠い物の連結」

父の語学、それも特に英語に対する関心と情熱には驚くべきものがあった。中学、高校時代の試験勉強で分らない箇所を質問にゆくと、真夜中でも起きてきて教えて呉れた。既に熟睡している父を叩き起こす結果になったことが幾度もあったが、一度も嫌な顔をしなかった。これには今日に至る迄つくづく有難いと思っている。息子の成績を少しでも良くしようとして呉れていた面もあるが、英語の「道場主」として、どんな質問にも答えてやろうというプロの気構えみたいなものがあったのだと思う。但し父の説明はいつも博士課程級の水準を前提としていたので、中学時代には明らかに高度過ぎた。父には相手の技術水準に見合ったうまい説明は出来なかった。答えだけ教えて貰えば解説は要らないと云っても駄目だった。関連した表現法を徹底的に教え込もうとした。

更に、「こんな表現は十九世紀の初めのもので、現在の英国で使うと笑われる。どうして日本の学校の先生はこんな古臭い表現を教えるのかね」と云った。こちらは試験に通ることが当面の目的だからどうでも良いと思っていても、「現在の英語ではこう云うのだからこの際覚えておきなさい」と云われた。

尤も高学年にゆくに従い、この父の教え方の真価が少しずつ分ってきた。よく周囲からは大先生を腰付けにしているのだから、英語の成績が良いのは当り前だと云われた。こちらもひどく出来ないのでは父の手前沽券に関わると思い少しは努力するようになった。父は同じことを二度尋ねたり、基本が分らないと怒った。この点は非常に厳しかった。教養のある現代英語の喋り方と書き方を早く身につけろと云った。ヨーロッパ言語の構造を早く理解するためにラテン語、古代ギリシャ語、サンスクリットなどを少しで良いから囓れと云って、自分が勉強に使ってぼろぼろになったアレンの文法書をセロテープで留めて呉れた。

英語を喋る時には常に芝居の役者になった積もりでやれと云っていた。また父が最もうるさかったのは英語の文章のスタイルだった。文語と口語が混った書き方は駄目だと云った。簡潔なスタイルとバランスのとれた英文を手本として暗記しろと云った。英語は文法的には仏独語などに比して易しいが、良い文章を書くとなると最も難しい言語だと云っていた。日本に居ながらこれを成就するには英国の知識人が書いた手紙を研究するのが一番だとして、晩年に至る迄厖大な量の書簡集を蒐集したり、数千冊にのぼる文例ノートをとっていた。

父の詩作の方法論はいわゆる「遠い物の連結」だった。この方法論とその正統性の確立のために非常に大きなエネルギーを使っていた。ウオルター・ペーターに始まり、ボードレール、マラルメ、ブルトン、T・Sエリオットを含め自分の詩論の原理に一致する手法を古今東西に捜し求めた。少年の放つ一発の空気銃の弾で吹き飛ばされぬ様に自分の詩論の巣を頑丈なものにするのだと云っていた。父は晩年マラルメ、ボードレール、エリオット、芭蕉について評論や紹介をしたが、いずれも自己の方法論の眼鏡を通した独断的解釈であった。それはあくまで自分の詩論の正統性を示すための道具立てであり、決して万人のための解説書ではなかった。

父の生い立ちとその一生を眺めてみると、父の存在自体が「遠い物の連結」であったと云えなくもない。小千谷という片田舎の旧家に発し、東京を半ば素通りして、いきなりオックスフォード大学の学匠と、ロンドン、パリの当時の新進現代文学青年の仲間入りをした。この点について、久保田万太郎氏は、父が江戸や東京の伝統的、通俗的社会風習に殆ど全く無知だと評している。父は意識的にこれを避けたのだろうが、結果的には遠い要素の結合が父のような珍しい知性と人格を形成したと云えよう。一方英国についても同じことが云える。父の英国は極く一部の知識階層の英国であって、社会の上中下層を通した一般の英国人の英国ではなかった。つまり父は通俗的な日本にも、通俗的英国にも関心がなかった。むしろ意識して排斥するところがあった。こうした態度は日常生活にも一貫していた。例えば東京でバラを作っているひとを見ると、俗物英国趣味だと云って軽蔑した。一方雑草を非常に好んで、殆どの野草の名前に通暁し、これを詩の道具に使った。これは恐らく父と同時代の英国のインテリの影響なのだろう。現実に英国の秀れた知識人の中にはバラ作りをしているひとも居るし、雑草趣味のひともいる。バラだけを目の仇にする必要はないと思うが、父の思い込みではバラは俗物趣味の代名詞だった。英国にかなり永く住み乍ら、生活風習の吸収はなかった。食物にしてもスリーコース・ディナーやワインなどは全く苦手だった。かけソバとイモの煮っころがしと豆腐汁があれば十分だった。いわゆるハイカラな英国風生活様式を軽蔑した。英国人を最初の妻とすることによって通俗的英国は卒業したと思っていたのかもしれない。

英国人、特に教養のある英国紳士の特性として、如何なる場合にも個人的な感情を表に出さないことをもって最も重要な美徳とするところがある。父の生活心情もこの点では極めて英国的だった。センチメンタルになることは、現代芸術の最大の敵であり、知識人にとって最も恥ずべきことだと云った。今日の演歌にみられる日本人社会の感傷や詠嘆を好む体質を徹底して排撃、軽蔑した。「旅人かへらず」を始めとする東洋的幽玄を意識した作品で、父の晩年には東洋回帰があったと云われるが、それはこれまた父一流の道具立てのひとつに過ぎなかった。父の人生観の真髄は極めて現実的でドライなアングロサクソン的合理主義と倫理観に忠実で、実存的でかつ政治的であった。晩年には死の恐怖を語り、人生は短か過ぎると云って、長篇詩を書いて精神のバランスを取ろうとしていた。基本的に現世に肯定的で前向きだった。父は本質的には後期明治人のメンタリティーをもって現代日本の最も波乱に富んだ時代をかなり非凡なやり方で生きた。それは今日ではなかなか真似の出来にくい生き方であった。

（西脇順三郎長男）

新田次郎

無花果の木の下で

――父、新田次郎との幼き日の思い出――◆

藤原咲子

新田次郎［にったじろう（本名／藤原寛人）］

小説家。明治四十五年（一九一二）六月六日〜昭和五十五年（一九八〇）二月十五日。長野県上諏訪町（現諏訪市）生まれ。

地元の名家に生まれた。中央気象台（現在の気象庁）に就職。その後、満州国中央気象台、中央気象庁に勤めた。昭和二十六年、妻藤原てい著『流れる星は生きている』がベストセラーになったことに刺激を受け、『強力伝』を執筆。三十一年、直木賞を受賞した。自然と人間の対話をモチーフにしたこの作品は、その後の作品の基盤となった。

四十一年以降、小説に専念。山岳小説のほか、時代小説、推理小説などを次々と発表した。代表作に『孤高の人』『八甲田山死の彷徨』『武田信玄』『栄光の岩壁』など。数多くの作品が映画化された。

吉川英治文学賞。五十七年、歴史、現代、ノンフィクション文学、または自然界に材を取った優れた作品を対象に新田次郎賞が創設された。

うちの咲子はかわいいな
おめめはぱっちり母さんに
ほっぺはばら色父さんに
ほんとに　ほんとに　かわいいな

和服のたもとを膨らませ、小鼻をひくひくさせ、私の部屋へ近づいてやってくる父の笑顔。丹前の裾から肌色の股引きが、素足のかかとの部分まで覆っていて、スリッパのあたりでたるみを作っている。母が何度注意しても、父は一向に股引きを上げようとしない。真冬でも外出のとき以外は、足袋や靴下をはかない父だったので、防寒の意味から股引きをわざとずりおろしてはいていたのかもしれない。甲高盤広の足には、うねうねと静脈が浮き出ていて、冬になると青みがかった紫色に変わる。日だまりの縁側であぐらをかいて新聞を読んでいる父を見つけると、私は走っていって深いその中にすっぽりと入りこむことが好きだった。紫色の足首は冬の陽光をうけると、たちまち薄い桃色となり爪切りが始まるからである。チャキの爪はかわいいね、と言いながらまず私の足の爪を切り、そのあと自分の爪を切り始めるのだが、父の爪は左右が周囲の肉に深く食い込む巻爪であるため、切るときにはかなりの激痛が走るのかついつい伸ばしぎみにしている。ウンウン言いながら爪と格闘している姿を、半分演技であることも知らず、私もつらそうに父の顔をのぞきこんでいたりすると、一層声を荒らげて力《りき》んでみせる。広げられた新聞紙の上には、うっすらと血に染まった三日月型の爪も転がっていて、それらを私が丁寧にかき集め眺めていたりすると、「チャキは妙なことに関心があるねえ」と苦笑いをする。しかしいつの間にか私も父と同じような深い巻爪になっていた。爪切りのたびに、冬の縁側での父の迫真の演技と、歪んだ顔が思い出される。

父は私を小さい頃からチャキと呼ぶことが多かった。ほろ酔いならばチャキやになり、やの語気を一オクターブ上げおどけたポーズをとる。さらに上機嫌のときには、うちの咲子はかわいいな……の詩に節をつけて歌う。詩も曲も父の即興だが私が成人してもなお、父の唯一のレパートリーとして父だけが歌い続けていた。何かのきっかけがあって父が作ったのかは不明だが、私の幼かったころ偶然食卓で生まれ、それがいつの間にかわが家に定着し、ロングヒットとなっていたようだ。当初は二番もあったのだが、父が一番ばかり繰り返し歌っていたので、家族の者も父も私も二番の存在を次第に忘れてしまっていた。父は音痴ではないが声の高低にあまり差がないせいか、明るい詩のわりには単調に聞こえ、父が歌い始めると私は何だか気恥ずかしく周りを気にした。二階の書斎から階段を下りて、私の部屋にやってくるまでの、ほんの短い間に歌うことがいちばん多かったように思う。

三鷹の天文台にて、家族5人で（昭和30年頃　提供・藤原咲子）

一人娘の私は、幼いころから集団の中で行動することが得意でなく、終日本を読んだり絵を描いたりの一人遊びをしていた。庭に小さな無花果（いちじく）の木があった気象台の官舎にいたころ、私はこの木に登ってひたすら父の帰りを待つのが楽しみで、てっぺんまで登るとスカンポの花咲く神田川が見えるのだが、中程までしかいかれない。そこからは窓越しに、椿色の木綿の布団の中に、むくんだ青白い顔をして横臥している病気の母をも見ることができた。厳しい生への戦いを強いられた母に、まとわりつくことも甘えることも許されず、私は新聞紙に包まれた茶色のザラメ砂糖をなめながら、ただ父の帰りだけを一日じゅう待った。風洞実験などがあった日は、白衣のままで帰ることもあり、夕日を浴びながら目を細くし、左手を高く振って近づいてくる。「チャキ、チャキいい子にしていたか」と、中腰になって木の上の私を見上げる。父の眼の中に、いつもの穏やかな光が走っているのを確認したあと、私は体重を全部父にあずけてしがみつく。そのまま夕焼けの縁側におろされるが、時々、父の眼の中に、私の知らない光が走っていたりすると、寂しさと悲しさとで抱かれながらも体を突っ張って抵抗していたこともあった。

二人の兄たちの陰に隠れるようにぼんやり過ごしていたうえ、何をするにも愚図であったから、家族のそろう楽しいはずの夕食も、ノロノロと半泣きになって皿に挑戦し、米軍を追い回しハーシーのチョコレートをもらうことなどもできず、ぶどう色の包み紙だけが私の手の中に残った。それらはいつまでも甘い香りを放ったまま折り鶴となって、母の枕元に積み重ねられていった。ことばも遅く、思ったことが相手にうまく伝わらないためすぐに泣いた。泣き虫サキコ、と兄たちはからかう。言い返そうと焦れば焦るほど単語が空回りするようで、そんなときには書斎にいるであろう父に聞こえるように大声を出して泣く。私の泣く声を聞いても父はすぐに現れない。涙がすっかり乾いたころ、「どうしたどうした、お兄ちゃんがまたいじめたのか、よしよしチャキ、お父さんが敵を討とう」と、和服の襟を合わせながら、書斎から下りてきて、いつも同じせりふを繰り返すのだが、そのときには兄たちはもう逃げていない。

うちの咲子はかわいいな
おめめはぱっちり母さんに
ほっぺはばら色父さんに
ほんとに　ほんとに　かわいいな

歌いながら廊下をやってくる父の足音、私の部屋の扉を小さくノックする。和服のたもとの中から、黄色いみかんを一個取り出すと、机の端に置き、「チャキはいい子だ」と、絶壁で形の悪い私の頭をなでる。案外、父は私を励ますつもりで、この歌を作り歌い続けていたのかも知れない。

＊

『編物は女の子にとって大切な手芸の一つであることはよく分かる。しかし、娘が背を丸めて、アミ棒で眼をつくばかりに近づけて熱中する様子を見ていると、ちょっと淋しい気持にうたれる。少女が老婆の芝居をしているような倒錯を感ずる。

姿勢が悪いぞと注意してやっても、編物そのものの動作が、そのような姿勢でないと出来ないらしく、しばらくたつとまたもとのようになる。あまり娘にすすめたくない芸である。どうしても覚えなければならないならば、もう少し健康的な体位姿勢でやれないものだろうか、先生に御一考をお願いしたい。

父、新田次郎』

昭和三十四年、中学生の私の家庭科ノートに書かれた父のコメント全文である。

提出期限を明日に控えて、家庭科教材の毛糸の靴下は、爪先の部分の目を減らしてゆくという最後の難しい段階に入っていた。黄金色、並太の毛糸玉は炬燵の脇を行ったり来たりしていたが、夜中の十二時を過ぎても出来上がらないでいた。泣きべそをかいていたところに父がやって来たのである。

私の教育に関して無関心であった父も、私の言葉の遅れや吃音を心配してか、幼い頃から、書くことによって私の心を開かせようとした。『読むことは築くこと、書くことは創ること』と、父は、わら半紙にマジックインクで書き、私の部屋に貼り、学校で書いた作文、詩、読書感想文のすべてにチェックをした。父の胡坐の中にすっぽりとおさまって、アドバイスを囁きのように、心地よく聞くという態勢から出発し高校になるまで、父の指導は続けられた。書斎で父を独占できるということは、父との間に大きな秘密ができたようで私を楽しくさせていたし、事実、父専用のクリーム色の原稿用紙の升目の中に、私は閉塞していた心を一気に吐き出していった。

しかし、学校の成績は、父を安心させるほど良くはなかった。むしろ兄と比較するとかなり心配させていたかも知れない。進学校に入学はしたものの得意科目はなく、女の子らしい手先の問われる家庭科は殊の外苦手だった。料理だけは、病身でありながら執筆活動を続ける母に代って、毎朝、兄二人、私の三人分の弁当作りをしていたせいか得意であったが、裁縫、編物などは手につかぬ状態で、学校に行く私の楽しみは図書室の本を借りることだけだった。

眉間にしわをよせ泣きながら毛糸と格闘している私の横に、父は胡坐をかいて座り黙って見ていた。完成したのは真夜中の二時すぎだったように記憶している。いきなり父は、傍らに置いてあった家庭科ノートをとり上げコメントを書き始めたのである。ノートには作品ごとに母親の感想を書く欄が設けられてあり、毛糸の靴下も母に書いてもらうつもりでいたから、私は赤く腫れ上がった目をつり上げて「お父さんが書いたら先生に叱られる」とでも言って抗議をしたと思う。父は書き終ると「絶対に先生に見せるのだよ」と、念を押して書斎へ戻っていった。書かれた内容より、父、藤原寛人でなく、父、新田次郎としたことにこだわりながら、細い崩し字体を眺めつづけた。

一週間後、家庭科担当教師から、同じノートの父の書いた後に次のような返答があった。『編物を教材にとり入れてあるのは、現在は機械編がすすんで居ますが、その基礎になる目のつくり方、へらし方、増し方を教え、人に頼んだりする場合もよくわかるように、一番手軽なもので靴下をとり入れて居ります。勿論買えばよいものを、苦労して編む必要もないとは思いますが、少女時代に根気を養う上にも、又、自分のものを自分で製作する喜びを味わう上にも必要と考えて、この教材をして居ります。背を丸めて老婆のようだと仰しゃる事もよくわかりますが、見方をかえて少女らしい、優しいしぐさとでも思って頂ければ幸いです。保健上からは勿論あまり背を丸めないように注意いたします。いろいろと御批評をありがとうございました』

父は家庭科ノートに書いたことなどすっかり忘れていて、私が「はい、これ先生からの返答」とつき出したノートに怪訝な顔を見せたあと、すぐに思い出したようで、読み終わると「なかなか良く書けているじゃあないか」と、いたずらっぽい目を私に向けた。

父と私のやりとりを、そこで初めて知った母は、当然のように家庭科ノートを私から奪い取り、父と教師の問答をゆっくりと読んだあと、欄外に書き始めたのである。

『今までは、編物は出来ないものときめていた様子ですが、そして全く自信もなく、おそるおそる毛糸に手を出したのですが、案外やさしく出来上った様子でした。編み目も揃いませんし、左右少々大きさがちがうようですが、本人が編物に対して、いくらか自信を得たことが、何よりもよろこばしく存じます。誠にありがとうございました。　母』

母は流れるような美しい字体のあとに、濃く朱印を押した。

「先生にまた見せるの？」

「当たりまえでしょ」

黄金色の毛糸の靴下の評価点はAだった。しかし、それまでの家庭科の点数は悉くCかDだった私の胸中は、複雑だった。

（新田次郎長女）

林　房雄

父の想い出―釣りと酒と―／
父の想い出―仕事、そして……◆

後藤昭彦

林房雄［はやしふさお（本名／後藤寿夫）］

小説家。明治三十六年（一九〇三）五月三十日～昭和五十年（一九七五）十月九日。大分県大分市生まれ。

五高時代より共産主義に関心を持ち、東大在学中に共産党理論誌「マルクス主義」の編集委員になった。大正十五年に『林檎』を発表し、プロレタリア作家に。同年、京大学連事件で収監。昭和五年、共産党シンパ事件で検挙されるとともに、京大学連事件の判決が下り、獄中生活を送った。獄中で構想を温めた『青年』は代表作となった。その後は『文学のために』『作家として』などを発表し、文学と政治との分離を主張。八年には小林秀雄、川端康成、武田麟太郎らと「文學界」を創刊。九年の再出獄後、日本浪漫派へ傾倒。十一年には、プロレタリア作家廃業を宣言した。

戦後は『息子の青春』『息子の縁談』など中間小説の分野で活躍する一方、三十九年には『大東亜戦争肯定論』を発表、論議を呼んだ。

父の想い出―釣りと酒と―

小学生の頃の父の懐かしい思い出の一つに海釣りがある。父から「明日は釣りに行くぞ」と言われると、嬉しくてなかなか眠れない。書斎で仕事をしている父のそばに行って、釣竿や仕掛けで遊んでいる中に、くたびれて父のベッドで眠ってしまう。

翌朝、「おーい、いい天気だ。魚が待ってるぞ」父に起されて材木座の海岸に行くと、船頭さんが小坪から船を廻して待っている。

その頃の鎌倉の海は豊かだった。今は若者のウインドサーフィンが走りまわっている岸から二、三百メートルのあたりで、白ギスが一束、二束と釣れたものだ。一束とは漁師の言葉で百匹のことである。時にはカワハギがまじったり、針にかかったキスに大きなヒラメが食いついて上がって来ることもあった。大漁の日の父は、「オイ、川端（康成）さんのところに魚を届けてくれ」と上機嫌である。たしか、永井龍男さんや今日出海さん、小林秀雄さんのお宅にも、魚を〝配達〟した記憶がある。

そして酒。父は、若い頃は文壇の酒豪番付の三役クラスに入っていた酒徒であり、祖母の話によれば、子供のころ酒を買いに行かされると、帰りに一口飲んでその分は井戸水を足してゴマカシていたそうだから、息子たちにも酒の早期教育を施して、晩酌の相手にしようと考えたらしい。

兄が小学校四年、私が三年生位だったろうか。一家で食事に行った小町の二楽荘で、「今日は酒を飲んでもいいぞ」という許可が出た。しかし、これはいくら何でも早すぎた。初めはおっかなびっくり盃をなめていたが、子供のことだから限度が判らない。調子にのって飲んでいる中に目が廻り出し、気持が悪くなってダウン。帰りは父の背中でもどしてしまうという始末。翌日は兄も私も二日酔いで学校を休むハメになり、二人揃って〝禁酒宣言〟をして、父の計画は見事に失敗した。このてん末は父の小説「息子の酒」に詳しいが、これにもコリず、私が酒飲みになってしまったのは、やはり父の教育の成果というべきか？

大学の頃、私のラグビー仲間が遊びに来ると、父も一緒になって飲み、いろいろな話をしてくれた。今書いている小説や評論のことであったり、時にはトインビーの著書について、日本の古代の歴史について、日本の将来についてなど話題は尽きることがなかった。そのあとはマージャン。大学生どもはこづかいを稼ごうと必死に挑戦したものだった。翌朝、私たちが死んだように寝ていると、明け方に起きて一仕事すませた父が、「諸君、起きろ！　この間伐った山の木でマキを作れ。働かざる者は食うべからずだ。マキを作らな

林房雄。トローリングで釣り上げたカジキと（提供・後藤昭彦）

いと朝飯を食わさないぞ」。これにはみんな参ったものだ。その頃の友人に会うといつもこの話が出る。

また釣りの話に戻るが、大分市の西にある菡萏《かんたん》（蓮の花の意。今は西大分）という小さな港町で育った父は、終生海が好きだった。「緑の水平線」や「妖魚」など釣りをテーマにした小説も何篇か書いている。

昭和三十年代の父の釣りはキスやアジなどの小物から大物ねらいに変わった。伊豆の大島で大鯛を十八枚釣って、まるで凱旋将軍のように帰って来たこともあった。

その頃、釣り仲間の那須良輔さんが余一丸というご自分の船を作られた。この船に乗せて頂いた父は、船の魅力にとりつかれたのか、一八フィートのモーターボートを買い、自分で運転してトローリングを始めた。しかし、モーターボートではスピードが速すぎて釣りにならないことに気がつき、今度はなんと焼津から中古のカツオ漁船を買いこんだのには家中がびっくりした。当時は、まだ日本ではトローリングをやる人はなく、ロッドやリールやルアー、釣り方の解説書なども全部アメリカに注文して取り寄せていた。

しかし、この初代ラ・メール号は大変なボロ船で、エンジンが故障したり船底に穴があいたりして、その度に莫大な修理費がかかる。父もとうとう音をあげ、釣り好きの仲間に呼びかけて「日本トローリングクラブ」という会を作り、二代目ラ・メール号とアルカンシエル号の二隻の新しい船を作った。この船は初代と違って初めからトローリング用に作られたものだから、装備は整っているし船足も速い。

父はこの船で新島や八丈島まで遠征した。ねらいはカジキマグロである。それまでの日本のカジキ漁は、天気のいい日に波間に浮かんでいるカジキにそっと近づき、モリで突くツキンボ漁しかなかったから、トローリングによる日本第一号のカジキを釣り上げようと思ったのである。そして何回か針にかけたが逃げられてしまう。くやしがった会員の中には、ハワイに行って釣り方を研究したり、新型のルアーなどを買って来る熱心な方もいた。

私はサラリーマンになっていたので、父の釣行にはついて行けなかったが、その頃、担当していたラジオのワイド番組の中に、新聞社の釣り担当記者にその日のニュースを電話で話してもらう「釣り情報」のコーナーがあり、ある日、放送前の打合せで電話を入れると「今日はビッグニュースがあります。房総沖で日本で初めてトローリングでカジキが上がったんですよ」。しかし、父がいつも行っている伊豆七島ではなかったので、もしかして、他の船に第一号をさらわれてしまったのかと思い、船名を聞いてみると、日本トローリングクラブのラ・メール号だという。実際に釣竿を握っていたのは父ではなく、会員の方だったが「オヤジ、ついにやったな」と喜んだ思い出がある。

釣り、酒、仕事、始めたら徹底的にやるのが父の主義だったようだ。

父の想い出―仕事、そして……

父は前の晩がいくら遅くなっても、明け方には起きて仕事をしていた。これは若い頃からの習慣だったようである。

原稿の締め切りの日には、新聞小説なら二、三回分は書きためて、記者の方が取りにみえると待ち兼ねたように酒になり、時には一緒に鎌倉の街に出掛けて行くこともあった。こうなると、おはこ、銀鞍、ひろみ、竜胆《りんどう》などの〝はしご〟になるので、編集者や記者の方たちは、原稿の出来上がりを待つ苦労がない代わりに、こちらの方の付き合いが大変だっただろうと思う。もっとも、家にみえていた記者や編集者の方で、酒の嫌いな人は一人もいなかったような気がするが――。

父は原稿を若い頃は万年筆で書いていたが、戦後は特注の木版刷り和紙二百字詰の原稿用紙に筆で書いていた。朱や緑、藍色などのなかなか雅趣のあるもので、小説や評論、随想などその時の気分で色を使い分けていたようだ。そして原稿用紙が真黒になる位推敲するので必ず清書していた。

本はよく読んでいた。中学の頃、父の書庫が私の寝室だったことがある。十二畳くらいの洋間で、四方は天井まで全部本棚。日本の古典、辞書、年表、維新史関係の史料、伝記、世界文学、現代小説などが並んでいた。考えてみれば、町のちょっとした古本屋さんくらいの本の中で寝起きしていた訳である。

父は、特に何を読めとは言わなかったが、これだけの本に囲まれていると、いかに勉強ぎらいの私でも手にとってみたい気持になる。手近なものからひっぱり出している中に、表紙の隅に二センチ角位の小さな紙片が貼ってある本があるのに気がついた。後藤寿夫という父の本名となにかの数字が書いてある。不思議に思って聞いてみると、「刑務所に差入れしてもらった本だ」という言葉が返って来た。父が亡くなったあと、書庫を整理してみると、伊藤博文、井上馨、山県有朋、西郷隆盛の伝記や、「防長回天史」などの維新史料をはじめ、「シェークスピア全集」、そして「ハイネ詩集」、「バイロン詩集」の原書など、百冊位の本にこの〝独房の蔵書票〟がついていたのには驚かされた。

そういえば、子供の頃なにかいたずらをして、「お前たちがいくら悪いことをしたって、オレのように刑務所には入れないだろう」とヘンなお説教をされたことがある。息子にこんな自慢をするオヤジはあまりいないと思うが、父は東大時代左翼運動に加わり、作家としてのスタートはプロレタリア文学であった。そして、治安維持法違反などで三回収監されているが、刑務所の中でこうした本を読み、マルキシズムの革命理論と、左翼運動の中の陰湿な権力闘争に疑問を持ったという。

二度目の入獄のあと、若き日の伊藤博文、井上馨が登場する「青年」を書き、三度目の入獄のあとには、「転向について」を発表してマルキシズムと訣別した。このために父は左翼の元〝同志〟たちから猛烈な集中攻撃を受けたらしい。

このあたりの事情について、父は「おれは刑務所の中で世界の文学と日本の古典や歴史を読み、明治維新の青年たちの情熱に触れて、共産主義の革命理論では日本は救えないし、ましてこれからの新しい世界を創ることなど出来るはずがないと思った。だから転向を宣言したんだ。左翼の連中は林房雄を裏切者とか、転向の見本のように言うが、そう言っている連中の中には、時流に流されて二度も三度も転向した者が何人もいる。おれの転向は一回だけだ」と言っていた。晩年、「大東亜戦争肯定論」を発表し、三十二年をかけて「西郷隆盛」を完結させたあたり、父の生き方には見事に一本の筋が通っていたと思う。

父が亡くなる三、四年位前だったろうか。浄明寺の家に行くと父が完結したばかりの「西郷隆盛」全二十二巻に、克明に校正の筆を入れていた。どうしてかと思って聞いてみると、若いころ勉強不足だったところを書き直し、また連載した新聞が何度か変ったために重複した部分などを切っているのだという。そして「これはおれの死仕度だ」とも言った。こんな言葉を聞くのは初めてのことだった。いつも陽気で健康な父だったから――。

それからしばらくして、父は高血圧の精密検査のために入院した。胃腸や肝臓などには別に異常はなく、「ほらみろ。オレは病人じゃない」と病室を抜け出して銀座のバーへ出掛けたりして母をてこずらせたものだった。しかし、最後に検査した膀胱に腫瘍が発見されて人工尿道をつける手術を受けた。「これでもうトローリングには行けないかも知れんな」と淋しそうな顔をしていたが、酒量は減ったものの、相変らず毎日机に向って原稿を書き、日本古代史の史料などを読んでいた。しかし、病魔は父の身体を蝕んでいた。

昭和五十年の春、父は吐血して佐藤病院に入院した。手術の結果は膀胱の腫瘍は実は癌であり、全身に転移していて切除も出来ない状況だという。母と相談して、父を仙石原の別荘に移すことにした。末期癌の痛みは激しくなっていたが、母の必死の看病と、二ノ平医院の佐野先生の中国鍼麻酔のおかげで、父は難しいだろうといわれた夏を越すことが出来た。箱根に秋風が吹きはじめ、鎌倉に帰って来た父は、病床で西郷隆盛の漢詩の現代語訳を続けていたが、体が弱ってなかなかはかどらない。「おれはこのところ少し怠けていた。明日からは二篇ずつ訳すことにしよう」と母に話した次の日、十月九日の朝、父は七十二歳の生涯を閉じた。

今年は父の十七回忌だったが、ソ連や東欧の共産主義体制が崩壊した今、父が生きていたら、「マルキシズムでは、世界どころか自分の国さえ救えなかったじゃないか。おれが五十年前に言ったことは当たっていただろう」と大きな声で笑ったかも知れない。

（林房雄二男）

深田久弥

家族登山／父と俳句◆

深田森太郎

深田久弥［ふかだきゅうや］

小説家、山岳紀行家。明治三十六年（一九〇三）三月十一日〜昭和四十六年（一九七一）三月二十一日。石川県大聖寺町（現加賀市）生まれ。

小学生の時の富士写ヶ岳登山をきっかけに、山に親しむようになった。東大在学中に十次「新思潮」を刊行、『武人鑑賞録』を発表し、川端康成らに認められ「文学」の同人に加わった。昭和五年、「文藝春秋」に発表した『オロッコの娘』が好評を得、大学を中退して作家生活に。八年、小林秀雄、川端康成、武田麟太郎らと「文學界」を創刊。十九年、応召し、中国湖南方面を転戦した。

戦後は小説よりもヒマラヤ研究、山岳紀行に力を注ぎ、昭和三十四年、ヒマラヤ探査行の紀行『雲の上の道』を刊行。三十九年には、『日本百名山』を出版し、読売文学賞を受賞。四十三年、日本山岳会副会長に就任。四十六年、山梨県茅ヶ岳頂上近くで脳卒中に倒れた。

家族登山

太平洋戦争の戦況が悪化する中、昭和十九年に父は母と二歳になる私を残して、中国大陸の戦場に応召していった。留守を守っていた母と祖母と私は空襲で東京の家を焼け出され、疎開先の新潟県湯沢で終戦を迎えた。

やがて田舎の駅にも戦地からの復員兵を乗せた列車が来るようになった。

復員列車が着くたびに、母は毎日のように駅の見える小高い丘まで私の手を引いて行き、父の帰りを待った。何十回の空しい出迎えの後、列車から降りた人の中に父を見つけた母は私を引っ張ってかけ出した。しかし一目父を見た私は、カーキ色の軍服に髭ぼうぼうの風体に、怖しい怪物にでも出会ったような気がして思わず母の後ろに隠れてしまった。「これが毎日楽しみに待っていたお父さんか」と子供心にいささかガッカリしたのを覚えている。

しかしその後の二年近くの湯沢の暮らしは、食料の調達に苦労した母には申し訳ないが、父と私にはすばらしいものだった。疎開先の宿から一歩出れば、春から夏にかけては新緑、秋は紅葉の美しい山がすぐ近くにあった。

幼なかった私は、両親に連れられてそれらの山をよく登った（というより登らされた）。最初元気に歩いていても子供の足は疲れて遅くなる。日暮れが近い時など、頃合いを見て父が背負ってくれた。当時の山の景色や登山ルートなどはほとんど覚えていないが、おぶってもらった父の背中のぬくもりだけは今でも記憶に残っている。

それにも増して楽しかったのが冬のスキーだ。何しろ宿のすぐ下がスキー場になっていたから、雪のある間中毎日父に連れられてゲレンデに立った。戦後のモノの無い時代に、父は自分のスキーのみならず私のために子供用のスキーもどこからか工面してきてくれた。しかしさすがにスキー靴までは手が回らず、当時土地の子供たちがはいていたわら靴で滑っていたものだから、雪がしみて足先が凍えてくる。ところがよくしたもので、宿に帰れば豊富な湯を満たした温泉が待っている。広い浴槽で父に手を取ってもらいバタ足などをして遊んだ。

昭和二十二年の暮れ、父の郷里の石川県大聖寺町（現・加賀市）に引越し、翌年弟の沢二が生まれた。この地で三年ほど暮らした後、一家は四人になって同じ石川県の県都金沢へ転居した。浅野川べりにあった借家は裏には卯辰山が迫り、父は毎夕その山と川を散策するのを日課としていた。

この頃、父は母と小学生だった私と弟を連れてしばしば家族登山に行った。日帰りで近

金沢市の自宅居間にて。左より深田久弥、筆者、次男・沢二（昭和30年頃　提供・深田森太郎）

くの山の場合もあったが、白山や立山にも足を伸ばした。ことに白山は父が最も愛していた山の一つであり、私も金沢時代に父といっしょに十回近く登った。

父は山のベテランではあったが、家族登山の際には、登山について講釈めいた事は何ひとつ言わなかった。私と弟が山路を競争してどんどん先に行って木の陰に隠れていたり、夜の山小屋でランプを消したあと兄弟でふざけていても、他の客の迷惑にならない限り何も注意しなかった。「山は一定のペースで歩け」とか、「朝早く発つから山では早く寝ろ」といったたぐいの事は何も言わず私たちの好きにさせていた。むしろ普段家にいる時の方が、はるかに口うるさく厳しい父であった。したがって自転車や鉄道模型など高価なものを父にねだるときは、山小屋で家族で過ごす夜と決めていた。

子供の私が感じた山での父は、無我の境を楽しんでいるといった風であった。同行の家族にも息子たちの方から尋ねなければ、山の名前や植物の名前を教えてくれることはなかった。ひたすらたんたんと歩き、時々立ち止まって小さくたたんだ五万分の一の地図を拡げてまわりの風景と見比べていた。一度私がのぞき込むと、地図の等高線を指し、「出っ張っているのが尾根、引っ込んでいるのが谷」と教えてくれたのが、父から受けた唯一の山の教育だったろうか。

また父は山旅ではカメラを持たず、スケッチなどをすることもなかった。そんな時間があればじっと山々を眺め、その景色を自分の頭の中に焼き付けている風であった。

昭和三十年一家は東京に移った。中学生になっていた私にはまぶしいほどの大都会で、交通博物館や後楽園遊園地など都会っ子の中にのめり込んでいった。

質実剛健で質素を旨とした父は、東京へ来てからも山へ行く時は込んだ夜行三等車の床に新聞紙を敷いてすわり、家族四人でしりとりゲームなどをしていた。そういう今風に言えば「ダサイ」旅行がだんだん嫌になり、父との山行を避けるようになった。いわゆる反抗期だったのかも知れない。

父も嫌がる息子を無理矢理山へ連れて行こうとはしなかった。我が家の茶の間の話題も山の話から、父も好きだったプロ野球などの話が中心となった。

この後父との山行が復活するのは大学卒業が近くなってからであり、父が亡くなる数年前であった。しかしその頃父は、眼を海外に向け「世界百名山」の執筆やシルクロード探査に情熱を傾けていて多忙であった。

六十八歳のあまりにもあっけない他界に、もっと山で父とおとなの男同士の話をしたかったと悔まれることしきりである。

父と俳句

戦後間もない頃、父の郷里の石川県江沼郡大聖寺町に、疎開先の新潟県湯沢から両親と私の三人が引越し、そこで弟の沢二が生まれたことは既に書かせて頂いた。

この大聖寺時代、家での出来事で一番印象に残っているのは、しばしば我が家で開かれた俳句会の様子である。

句会が開かれる日は昼過ぎから母が酒肴の用意を始め、夕方から大勢の人が集まってくる。家中が華やいだ雰囲気になるのが子供心にも嬉しかった。

句会が開かれるのは父の書斎にしていた奥の十畳間であり、襖一つ隔てた隣が私たちのいる茶の間であった。

句会が始まると急に座敷が静かになり、そのうち誰かが朗朗と投句を読み上げる。いろんな人の事に交じって「九山（きゅうさん）」（父の俳号）という父のややカン高い声や「志げ子」と言う母の細い声も聞こえてくる。母は門前の小僧でこの頃から俳句を始めたらしいが、当日はプレイングマネージャーよろしく句席と台所を往復して茶葉や酒を運んだり、投句をしたり選をしたりと八面六臂の活躍ぶりであった。

あるとき私がいたずらで襖を細めに開けて句席をのぞいているところを父に見つかり、「お前もこっちに来て一句作れ」と引っ張り込まれた。そこでその頃読んでいた金太郎の童話を思い出し、

わが名をば一字変えれば金太郎

と言ったところ、父は「いいぞ、いいぞ」と大変面白がってくれ、満座が爆笑の渦になった事があった。

大聖寺に移って直ぐに父は地元の同好の士たちと「はつしほ会」という句会を作った。その後父がこの地を離れてからも「はつしほ会」は順調に発展し、五十年を経た今日会員も増え加賀市の文化活動の一翼を担っていると伺っている。

現在でも毎年父の命日の三月二十一日には、当地ではつしほ会主催の「九山忌」が行われ私も呼んで頂いている。参加者全員で父の墓前に参った後場所を移して句会を開くのだが、古い会員の方からは父を偲ぶ句がよまれホロリとさせられる。

金沢に転居してからも父は、杉原竹女さんが主宰していた「あらうみ」などの句会に母と共に参加していた。

高浜年尾や高野素十など高名な俳人が金沢に来た際には両親も句会に呼ばれ、また我が家にもご案内したりした。

いろんな句会の吟行の折には、私も弟もよく連れていってもらった。

九谷焼の窯元や那谷寺、勧進帳で有名な安宅の関跡などに行ったのを覚えている。山では無口だった父も吟行では草木の名前を教えてくれたり、旧跡ではいろいろな故事来歴を話してくれた。とても機嫌がよくのんびりした様子の父であった。

父と俳句との結び付きはいつ頃、何がきっかけだったのだろうか。これを私に伝えてくれる一冊の本がある。

「九山句集」というその本は、昭和五十三年三月に卯辰山文庫社から出版された。父の残した俳句や句誌に掲載された随筆を、母が昔からおつき合いのある俳人の方々の協力を得て集め編纂したものである。

その年の父の命日に間に合うようにと版元をせかせ、ようやく完成した一冊をもって大聖寺の墓前にそなえた母は、はつしほ会の九山忌にも出席して帰京したその日の朝に交通事故に遭い、あっけなく他界してしまった。

奇しくも父が茅ヶ岳で亡くなった七年後の同じ日の事故であった。

句集の完成を待って黄泉の国から父が母を呼びよせたような錯覚にさえとらわれた。

その「九山句集」のなかに「僕の俳句履歴書」という随筆が収められているが、それによると父の俳句は、鎌倉在住の昭和十六年に久米正雄、永井龍男氏らと荏草《えぐさ》会という句会を興したのが発端らしい。

翌十七年五月に高浜虚子を中心とする鎌倉句会に始めて出席した父は、虚子先生に自作の

セル着るや妻の美人でなきぞよき

という句をほめてもらい、あまりの嬉しさで有頂天になったと記している。

昭和十九年三月に戦地へ召集を受けた父の送別句会が建長寺裏の茶店招寿軒で開かれ、文士俳句仲間の久米正雄、大佛次郎、永井龍男などの諸氏が出席されたとある。

その席に虚子先生が、

梅凜々し丸山少尉応召す
春風の今日鎌倉に吹き満てり

の二句を届けて下さり、これに父は大感激してその夜は我を失うほど酔ったと書いている。

戦地でも父は小隊長として湖南省龍頭舗に駐屯中、湖南子と号して句作を続けた。部下の兵隊にも俳句をすすめ、その句評をして「龍頭」という手書きの句集を発行した。これは復員の際部下の方が苦労して日本に持ち帰り、生死の淵に立っている戦場での句集という貴重な資料として、加賀市立図書館に保管されている。

晩年の東京時代には、ヒマラヤやシルクロードの研究と探査に追われ俳句から遠ざかっていたが、昭和四十六年山梨県の茅ヶ岳登山中に急逝した父の手帳には、亡くなる前日の

作として次の二句がメモされていた。

犬ふぐり先ず現れて坂となる

犬ふぐりたんぽぽの黄と隣りあひ

（深田久弥長男）

前田青邨

ビデオから蘇った父／旅の足どりを辿って◆　秋山日出子

前田青邨【まえだせいそん（本名／廉造）】

日本画家。明治十八年（一八八五）一月二十七日～昭和五十二年（一九七七）十月二十七日。岐阜県中津川村（現中津川市）生まれ。

尋常高等小学校を卒業後、上京。尾崎紅葉のすすめで梶田半古に師事。大正三年、日本美術院第一回院展に『湯治場』『竹取』を出品し、認められ同人に。十一年、日本美術院留学生として渡欧、ローマ、フィレンツェ、パリに滞在し、翌年帰国した。伝統的な大和絵、琳派の技法を消化し、大らかで明快な画風を開花させ、『羅馬使節』『洞窟の頼朝』などの歴史画を得意とした。

昭和二十五年、東京芸術大学教授。その後、法隆寺金堂壁画再現模写、高松塚古墳壁画模写などに携わった。四十五年、皇居新宮殿「石橋（しゃっきょう）の間」に『石橋』を制作。安田靫彦、小林古径らとともに「日本美術院の第三世代」の一員として日本画壇をリードした。

四十一年、故郷中津川市に青邨記念館が開館。文化勲章。

ビデオから蘇った父

「どうやらこうやら、こうして鑑別（落選のこと）もくわずここまで絵を描いてきました」。しわがれ声の聴きなれた口調が聞こえてきます。それはこの秋「前田青邨特別展」が開催された山種美術館の会場で、繰返し放映されているビデオの画面からでした。私は思わず釘づけになりました。

昭和五十年、父が九十歳という最晩年の秋に制作されたこのビデオには、北鎌倉の家の庭先でスケッチする父と、撮影のため傍で俄《にわ》かアシスタントとして甲斐甲斐しく硯を持つ母の姿とが写し出されていました。

想えば昭和四十五年、大阪万博にアメリカのボストン美術館から特別出陳される「平治物語絵巻」を見るのを何よりの機会と待ち望んで西下しました。ところがそのあと旅先で発熱し、すでに八十五歳の父は体力も衰えはじめて、それからの晩年はこわれ易い器のように扱われる日々となったのです。

それでも「今までに描けんような大作を残すのだ」と周りをハラハラさせながらも、決して絵筆をはなさず、以前より強い意欲をいだきつづけ、文字通り大作にいどんでゆきました。

さらに昭和四十七年に高松塚古墳が発見され、文化庁から壁画模写の総監修という大役を委嘱された折の張切りようは大変なものでした。

翌年十月には、壁画調査のため古墳石室に自ら入室する決意を譲りませんでした。八十八歳の高齢もものかは、小さな孔の口から出入り出来るように、段ボールで石室の模型の箱を作り、こちらからお弟子さんがからだをささえ、内側ではもう一人が手を引いて入らせるという練習を、画室で重ねておりました。その甲斐あって、現地では周囲の方々の心配をよそに待望の原画と対面できたのです。

「自分の眼で実物をしっかり見ておく」という熱意はどのように大きかったか知れません。ところが当日の夜には、「先生が石室の中で怒った!」というニュースが伝わってきました。「私は命がけ、それがろくに見ることもせんうちに『時間がきた、さあ出ろ、さあ出ろ』だ。やかましい、うるさいぞ!」と真顔であとあとまで語り聴かされました。現地では関係者の皆さまがどんなにか驚かれ、心配されたでしょうと、私たちは身もちぢむ思いをしたことを忘れられません。

昭和五十年、東京国立近代美術館で現存作家として最初の展覧会が催された折には、すでに九十歳。お医者様がつきっきり、会場も車椅子で廻ることを余儀なくされました。ところが翌五十一年、京都市美術館での青邨展にはさすがに西下も叶わず、評判を聴かされ

鶴見自宅庭前にて。右より次女・正子、筆者を抱く前田青邨、長女・千代、四女・照子を抱く妻・すゑ（昭和３年頃　提供・秋山日出子）

ても、「つまらん」とすねていました。

「あァいい絵が描きたいなァ、絵が描けんようになったら、もう絵描きは生きているのもつまらん」が九十二歳の秋、最後の日までの口ぐせでした。

このように絵を描くためにだけ生れてきたような父は、娘たちが何処の学校で何をしているのか恐らく知ろうともしなかったでしょう。それでいて、娘が夕方近くに帰宅する事はかたく禁じておりました。ある日薄暗くなって駅から小走りに急いで家への階段を登りかけますと、ステッキを持って、モンペ姿の父が理由もきかずににらんで立っています。白髪の小柄の父の無言のにらみは、百万遍の小言より効力がありました。今は立派な画家になられた当時のお弟子さん方も、展覧会に出品する作品をまず父のもとに持ってみえると、「拡げたまま先生がじっと黙っておられる時ほど困ったことはない」とよく言っておられました。

夏の六月、七月、八月は秋の院展（日本美術院の展覧会）への父の出品制作準備で暑中休みどころではなくなります。小学校に入学する頃から、この息づまる家の空気が、普通の家の娘だったらという願いをつのらせたのかも知れません。けれどこれはもうどうにもならない事実ですし、何といっても私共の父親で、扇の要なのですから。

とはいえ家の中は何時もにぎやかで、両親と四人の娘たち、さらに人の出入りも多く楽しい雰囲気でした。好きな義太夫の「現れ出でたる明智光秀ェ！」と食卓をたたいて、見えを切り、えくぼをよせて大機嫌。こんなときは家族中、「絵の出来具合が良いのネ」と喜び合えるのです。

普段は父に口やかましい母ですが、留守になると、その間中父は機嫌が悪く、「お母さんは何処へ行ったか？」としきりに尋ねます。そこで娘たちは「あァら、クソババァが留守でいいあんばいじゃないの」とからかったりするのですが、玄関に母の声がにぎやかに聞こえますと、先程の不機嫌もケロリとなおってしまうのでした。何せ絵の催促やら、面倒な応対は万事、母まかせでしたから、母の留守は父にとってどんなにか心細かったことでしたでしょう。

昭和十年頃から造築された北鎌倉の家の造りは、日当りも良く晩年衰弱した父の身体を優しく包み、母の好みの空気の入れ替えも自由で、衛生的でした。

特に画室の前庭には、郷里から木曽路を想わせる灌木類が貨車一杯に送られ、植え込まれていました。門前の紅白梅に続いて庭に大輪の牡丹が咲き、鈴蘭の房に似た花をつける馬酔木《あせび》から夏には鮮やかな朱色の節黒仙翁《ふしぐろせんのう》や糸すすき。やがてその根もとには、桔梗、撫子、われもこう、紫色の山竜胆《りんどう》などが秋をつげます。そして眼の覚めるように紅葉する白膠木《ぬるで》に誘われて色づいてゆく沙羅双樹、つるもどきの紅い実に、ひっそりとうすべにをさした山茶花が冬の訪れを知らせてくれるという折々の風情でした。

こうした四季のうつろいが、画室前庭でスケッチするテレビ画面を通して私の脳裡に蘇り、在りし日々へとタイムスリップしてゆくのでした。

旅の足どりを辿って

郷里の木曽をこよなく愛した父でしたが、気が向いたからといって、すぐに生れ故郷の中津川まで気軽く出かけて行くこともままなりません。せめて庭木に美しく紅葉する樹々を植え込み、絵筆を休める楽しみとしたのでしょう。庭先から円覚寺の杉木立へとつづくあの北鎌倉の山なみは、まことにゆるやかで趣あるものでした。

昭和十年当時の北鎌倉は夜になると梟《ふくろう》が鳴き、昼間はのどかに小綬鶏《こじゅけい》の親子が樹々の間で餌をついばみ歩くさまを見かけます。あの特徴ある鳴き声など今も忘れられません。

父は私たちを手まねきして目白、鶯《うぐいす》、四十雀《しじゅうから》などと教えながら、野鳥の動きに目をかがやかせ、楽しんでおりました。

旅行好きの父は戦前から何回も韓国に足をはこび、釜山、慶州を旅した時の想い出をある日ふと口にし、汽車で走り抜けると小鳥の群れが黒いかたまりのように飛び立つさまを話してくれるのでした。「よく澄んだ朝鮮の空と真赤な夕焼けの中に舞う鳥の群れがそれは見事でね……」と遠く過ぎ去った日々を思い、目に焼きついたその折の情景を後に作品として残しております。

そうした旅の折々に持ち帰ったのか、鮮やかなグリーンの絹地に一センチ幅のキルティングが縦に入り、真紅の衿もとには精巧な刺繍をほどこした軽い掛け布団、四隅《すみ》に五色の房の下った薄絹の蚊帳《かや》など、制作中ちょっと身体を休めるために用いておりました。休息は父の画家生活にとって大切なひと時で、いつも身近に用意されておりました。

一九二二、二三年（大正十一、一二）、日本美術院の留学生として小林古径先生と共にヨーロッパに渡った折の話もよくきかされました。それは勿論私が誕生する以前のことです。スエズ運河を通って地中海からイタリアに入り、ゆっくりと泰西名画に接したこの時はまだ三十代の終りで、将来の日本画の在り方を父なりに模索していたと書き残しております。それがジョットの壁画に接したことで、自分は日本画で行くのだという自信を深め、父なりの悟りを開いた貴重な体験だったときかされております。

「言葉はどうしたの?」「買物でも何でもちょっと絵に描けば、不自由なぞありやせん」

「イタリアの糸をひくようなチーズや、ふうふうほおばって食べたスパゲッティは美味《うま》かったなァ。イギリスではわらじのような硬いステーキをベリーナイス、ベリーナイスとすすめられて弱ったよ」など旅の味を愉快そうに語っておりました。

後に私も夫と共にパリに滞在する機会を与えられ、父の足どりをはからずも糸をほぐすように辿ってゆくことになりました。

父のパリでの滞在はサン・シュルピス寺院近くにあるオテル・レカミエで、この旅を御一緒した児島喜久雄先生、木下杢太郎（太田正雄）先生、阿部次郎先生や、さらに以前からパリで生活をしておられた藤田嗣治先生、青山義雄先生、大勢の方々にささえていただいたようです。

そのサン・シュルピス寺院前の広場の石だたみを歩き、当時のままというオテル・レカミエの前に佇んだあと、セーヌの河岸に抜けると、父が油絵の画材一式を求めたという画材屋さんが並んでいます。若い父のパリ生活を思い浮べながら、私もパレットを一枚買ってしまいました。

この寺院の澄んだ鐘の音色、時を告げるひびきも恐らく当時のままと思われます。入ってすぐ右手の礼拝堂にある大きなドラクロアの壁画も見たに違いありません。今では鑑賞するものがスイッチを入れれば、明るい照明のもとではっきりと観られますが、当時はほの暗い中から次第に画面が浮んできたのではないでしょうか。船旅でゆっくりと異国に入り、その生活になじんでいった当時の人々はそれだけにどんなにか感激が深いことでしたろう。

「ベリーナイス」のステーキをすすめられたロンドンでは、一ヶ月近くの下宿生活をしながら、古径先生と顧愷之《こがいし》の「女史箴図巻《じょししんずかん》」の模写に明け暮れ、霧の深いあの国で精魂こめて写し描くことに苦労を重ねたようです。出来上った時二人は「いい勉強になったなァ」と心から喜び合ったとききました。その後スペインにも廻りマドリッドのプラド美術館でヴェラスケス、ゴヤなどの名画にも接したはずですが、ここについては書き残したものもなく、話もきかされてはおりません。

とはいえ晩年、高松宮妃殿下の高貴なお姿を写した作品「ラ・プランセス」には、あのヴェラスケスの「王女マルガリータ」から受けた感銘を父なりの婦人像として描き表したように思えます。大きくふくらんだスカートの絹の質感を日本画で描いておきたかったに違いありません。

「私に美人画は頼まんほうがいい」とよく申していた父ですのに。

父にとって最後の国外旅行は一九六〇年、七十五歳の初夏、訪中美術代表団長として久々に中国を訪れたことです。眼を惹くものを次々と素早くスケッチで写しとったその成果は、「中国三題」の連作としてその秋に発表されました。私もある年、北京秋天といわれる美しい秋の一日、父の足跡を辿りとうとう景山公園の真上から紫禁城を眺める幸福《しあわせ》なひと時を与えられました。

「黄色い屋根」の題名で父が描き表した通り、眼下に広がるこの広大な宮殿は、秋空の下にまばゆく静かに壮大な姿を広げています。周囲には近代建築が建ち並び、新しい中国の力をみなぎらせつつ堂々と私の視界に迫って来ました。私の脳裡には、この高貴な黄色い屋根の果しない重なりを、見事に画面に収めてしまった父の眼ざしが蘇り、ただ息をのんで立ちつくしました。広場を一杯にうずめる観光バスの列も、近代建築もなく、ただただ澄んだ北京の青空のもと、黄色い屋根の連なりが静かに描き出されているのです。

「赤い壁」と題された天壇も、父の眼のレンズでは、私たちが知る祈年殿などは何処にも写されておりません。大きな鴟尾《しび》をのせた瑠璃《るり》色の屋根は蒼穹《あおぞら》を象徴する天壇特有のもの。これに赤い壁と黄色い屋根とを組み合わせ、見るひとを鮮やかに惹きつけます。手前の彫りのある白い石の勾欄《こうらん》から二、三人の人物をのぞかせるという構図は、「絵にする」という言葉を何時も大切にしていた父が新しい感覚でまとめた快心の作だと思い、つくづくと眺めました。

こうして父の作品のあとを辿っていくと、九十歳をこえるまで、次々と大作にいどみ、筆をふるい続けた北鎌倉の画室の有様、えくぼをよせた笑いが膠《にかわ》特有のにおいと重なって、改めて眼前に浮んで参ります。

（前田青邨三女）

村松梢風

変転の作家／面白い◆

村松　暎

村松梢風〔むらまつしょうふう（本名／義一）〕

小説家。明治二十二年（一八八九）九月二十一日～昭和三十六年（一九六一）二月十三日。静岡県飯田村（現森町）生まれ。

慶應義塾大学を中退後、日本電報通信社に勤めるかたわら文筆活動に取り組んだ。大正六年、「中央公論」主幹の滝田樗陰に認められ、同誌に『琴姫物語』を発表、作家生活に。「中央公論」に『紅楼茶談』『馬鹿囃子』などの情話ものを発表した。十二年に中国を旅行して以来、中国の文人達とも交友を深め、中国を舞台にした紀行文や小説を発表。十五年に「騒人」を創刊。時代考証に基づき『正伝清水次郎長』を連載した。

また、『近世名匠伝』に始まる人物評伝が好評を博し、『本朝画人伝』『近代作家伝』『現代作家伝』『近世名勝負物語』などを次々と発表。『人間飢饉』『東海美女伝』『新水滸伝』『桃中軒雲右衛門』などの読物小説を新聞に連載した。ほかに『残菊物語』などがある。

写真提供・日本近代文学館

変転の作家

「大金を惜しまず投じて名画を買う人は画好きに違いなかろうさ。しかしな、二流三流といわれる人でも、生涯にはひどく出来のいいものを何作か画くことがある。それでも値は極く安いものだ。そういうものを探して楽しむ人の方が本当の画好きかも知れないのだぞ」

父がそう言ったことを覚えている。代表作に『本朝画人伝』を持つ村松梢風の〝一家言〟だと思っている。

わが父のことだから「三流作家」と言われれば面白くない。たしかに遊蕩浪費のために、ずいぶん書きなぐった駄作が多いから、そう言われるのもわかるが、そうかといって、ただの凡庸な作家とは言い切れないものを持っていることも確かだと思う。

人には〝生まれ〟という制約が課せられている。梢風は遠州森町在の地主の子であった。遠州は気候温暖で、食うに困らない保守的な土地柄である。家に書物の気が無かったわけではないとしても、それは江戸の草双子や戯作の類とか、当時の大衆雑誌くらいなものであった。

地主の子だから大学へ上げて貰って慶応に入ったが、理財科に籍をおいたのは父親の方針に従ったのだろうが、学問は〝向き〟ではなく、都会としての東京へ身をおくことが無上の喜びであった。それも、当時まだ色濃く残っていた江戸文化的都会であった。

間もなく父の死亡で遠州に帰って地主をやらされる。だが、人間には環境の制約とともに持って生まれた、その人の性質がある。単調な地主の生活に彼は我慢がならなかった。周囲の反対を押しきって、慶応の、こんどは文科に復学する。復学といっても、それは便宜上のことで、専ら自分好みの都会文化の中に身を浸す。

これは梢風の持論であったが、文化は洗練されたものでなければならなかった。とすれば江戸文化で、西欧風などは視野に入らなかったようだ。その文化の中心は吉原であった。これは同時に彼の終生持ちつづけた女への執着を満たすものだったから、前後を忘れて入り浸った。

郷里では梢風の湯水の如くに金を浪費する遊蕩に業を煮やして彼を〝禁治産〟の処置にする。それでも田舎に帰る気になれなかった梢風は、芸（?）が身を助けて、吉原物の小説を書いて収入の道を得るようになる。追いつめられた結果だったとしても、彼にそれだけの〝文筆の才〟があったことは認めなければなるまい。

だが、この一芸だけでは間もなく行き詰ったのは当然である。そこで彼が試みた方向

中国の政治家、周恩来（左）と村松梢風（提供・村松友視）

転換が『談話売買業者』という一連の不思議な出来事を語る作品であった。これは「吉原物」の延長だと思う。吉原の人物は遊女もそれに溺れる客も、なんらかの非日常的な運命に弄ばれた人々である。その人生に起る不思議な出来事を語って聞かせて金を取り、聞いて代金を払うのを職業にしているのが、談話売買業者ということになっているが、こういう細工がしてあるだけに、そう長つづきするはずがない。

いよいよ切羽詰って彼が考えたのが中国へ行くことだった。あの広大な大陸には何かがあるに違いない——。当時、食い詰め者が中国に渡って「ひと旗組」と呼ばれたが、発想は同じで、これでキプリングだのモームの亜流にもなれなかったのは当然であろう。

では、梢風の中国行が全く無意味だったかと言えば、そう簡単に否定し切れるものでもない。後年、私はある席で、年輩の中国研究者が後輩に語るのを聞いたことがある。彼は梢風の伜が傍にいるとは夢にも知らずにこう言ったのである。「俺はね、中国研究者が見逃しているアンチョコを持ってるんだ。村松梢風だよ。たとえば蔣介石の新生活運動と言っても、民衆がそれを現実にどう受け入れていたかという資料は存外にない。梢風はそれを書いているのさ」。梢風の『支那漫談』ほか一連の中国紀行には、文学的価値は別として、数少い中国民衆の一時期の実態を伝えるものになっていたのである。

だが、中国紀行文だけで食えるはずがない。この時、名編集長と伝説的に名を残す滝田楞陰が梢風に勧めたのが、日本の画人の列伝を書くことだった。これが『本朝画人伝』になる。ここには彼の地主的実直さが生きていると言ってよい。文献によるだけでなく、比較的に近い時代の人については、生き残りの縁者を克明に訪ねて談話を取っている。読み物としても面白いだけでなく、資料的にも価値の高いものとなった。さらに、この時の経験が晩年の『近代作家伝』『近世名勝負物語』に生かされたことは間違いない。

これにつづいて、昭和十年ごろから彼は続々と新聞小説を書きはじめる。この時期のことを自分で「滝沢馬琴を精読して、その真髄を得た」と言っている。自分の本質が物語作家であることを自覚したのであろうか。『人間飢饉』『東海美女伝』等は筋立ても人物の出し入れも読者を堪能させるものを持っていると思う。

戦後は風の吹きまわしに恵まれて、一種の流行作家に近いものになった。『女経』はじめ、自分の女性体験を自分で暴露したものは、かなりな評判を呼んだりした。

しかし、このころ自分に何か飽き足りぬものを感じたらしく、バルザックの全集を買って精読した。その結果であろうが、最晩年の『塔』『殿下』等は老人の心奥の屈折を描いて、これまでの作品になかった深みを持っていると言ってよかろう。

村松梢風の作家的生涯をたどってみたのは、彼が小説家として、かなり珍種だと思うからである。波瀾の生涯を送った人は時にいるだろうが、これだけ方向転換をした人はあまりいないのではないか。ほとんど無自覚に近いところから始って、自分が考える〝文学〟だと思う作品にたどり着いた。客観的な評価は別として、異色の一生を送った作家だとは言えると思う。

面白い

村松梢風が鎌倉の住人になったのは、昭和二十二年の秋だった。それまで彼は甲府の在の、農村のお寺に住んでいた。かなり広い敷地に、立派な山門を持った大きな古い本堂があり、それにつづく庫裏の奥に、離れ家が建っていた。先代が隠居所にしていたという話だった。手入れが行き届かないので、木や雑草がかなり勝手に伸びていたが、荒れるというよりは豊かな野趣をたたえた庭が広がっていた。

和尚が梢風とはちょうどいい碁敵で、暇ができるといつも碁を打ちにくる。近所の百姓が出来たものを持って話しにくる。散歩に出る。モノを書く。単調だが、ちょっと陶淵明を思わせるような生活だった。荒れた東京へなど出て行く気にならなかった。親友の小島政二郎氏が心配して、手紙で上京をうながしたが動く気配を見せなかった。上京といっても荒れ果てた東京しか見ていない梢風には、今の環境は捨て難いものだったのである。

ただ「出て来い」だけでは駄目だと思った小島さんは、自邸の近くに貸し間を見つけて、出版界が復活しつつあること、それに乗るのには東京あるいはその周辺に出てくる必要があると説得した。そう言われて、やっとこ重い腰を上げ、鎌倉へ出て来たのであった。

その家は西御門にあって、服部金太郎氏が結婚した娘のために造ってやったもので、近所の人びとは「服部別荘」と呼んでいたようだ。当主の金須《きす》氏は亡くなっていて、住人は未亡人と金須氏の老齢の両親の三人だけで、屋敷が広すぎるから適当な人を置きたいということだった。

梢風が借りたのは二階の二間と玄関の隣の応接間だった。和風と洋風が上手く組合わされたかなり広い部屋だったし、広い庭に面していたので、梢風は最初から気に入っていた。やがて金須老人が亡くなった。その人は仙台の名門で、日本洋楽の草分けの一人だということだった。服部家からは然るべき風体の人が月々の物を持って来ていたが、女二人になるといかにも広すぎるから、すでにこの家の一部に住んでいる梢風に売りたいという話になった。老夫人と初老の若夫人は逗子あたりに適当な家を見つけて住むということだった。

若いころに住んだ先祖代々の家は別にして、梢風にとっては、はじめての自分の持家だった。よほど嬉しかったのであろう。応接間と今で言うリビングルームとその奥の部屋

を仕切る襖を全部開けて、端から端を見やって、

「どうだ、霞んで見えるな」

と言った。霞んでいるはずもなかったが、

「ほんとだ、霞んでるみたいだね」

と合槌を打ってやらずにはいられなかった。

梢風は二度東京の潰滅を見た。一度は関東大震災であった。この時には「もう東京はダメだ」と思って清水へ引っこんだ。その次が敗戦だ。この時も彼は東京はダメだと思って甲府の田舎に愚図々々していたのだろう。だが、震災のあとに不況や恐慌が続いたのとは違って、戦後の経済は上昇する一方だった。しかも浪費の親玉の軍が無かったのだから、民生も娯楽も活況発展がつづいた。リバイバルと称した旧著の再版があっただけでなく、出版社や新聞からも次々と注文が来る。書くと映画や芝居になる。梢風は大多忙になった。

彼は田舎の地主的実直さと都会の蕩児という性格とを併せ持っていた。昼頃に起きておそい朝食をすますと散歩に出て町でパチンコをし、帰ると直ちに机に向かった。原稿の締切期日は几帳面に守った。「約束だもの」と彼は言った。原稿料が入ると、それをそのまま持って東京へ行った。泊るのは当時最新の日活ホテル。銀座は近いし、もっと近くにある日劇ミュージック・ホールは楽屋まで出入自由だった。

「俺なんざ、若い好い男たあ違って、女の子にモテようってのには、金をバラ撒くほか手はないやね」

嘆いているようでもあり、分を知った謙虚な言葉とも受けとれるが、調子としてはそれが自慢でもあり、「人生ってのは、そんなもんで、面白いものさね」と言っているように見えた。彼にとっては、女郎も運命の行きずりで出逢った女もバーのホステスも踊り子も、それぞれに面白かったのである。

鎌倉市との間に税金問題を起こしたのは最晩年のことだった。そのころの収入はかなりのものだっただろうから、市税も少なくなかったに違いない。ところが、家の端の道ときたら、あれは何だ。晴れれば砂ぼこり、降ればぬかるみ。これでは税金を払う気になれないと、市に通告し、そのことを随筆にも書いた。

なにしろ憎っくき税金のことだから、この反響は大きかった。各新聞がゴシップとして、週刊誌は恰好の話題として取り上げた。当時の風潮としても、これが「税金闘争」ということになってしまったのは自然であったろう。大げさでなくて全国から、同感するの頑張れだのという激励の手紙やはがきが毎日、年賀状のように配達された。

「来るよ、来るよ。みんな俺より熱心だね。面白いもんだ」

梢風は御機嫌だった。市役所もこうなっては黙っていられない。市には計画があって、今年はどの地区、どの道路と順番が決まっている。税金をたくさん頂いた方のところから舗装するというわけには行かない。――

「なるほど、そう言われればそうだよな」

彼は税金を払った。これも新聞の記事になった。するとまた全国から、前ほどではなかったが、たくさん手紙やはがきが来た。「腰抜け」だの「裏切り」だのといったものも少なくなかった。梢風にはそれも面白いらしかった。

「みんな真面目だねえ」

道路が舗装されたのは、梢風が死んだ翌年だった。近所の人びとは「梢風道路」と言った。

（村松梢風五男）

森 敦

キャベツのステーキ／うそくさい本当の話◆

森 富子

森敦［もりあつし］

小説家。明治四十五年（一九一二）一月二十二日〜平成元年（一九八九）七月二十九日。長崎市生まれ。

朝鮮の京城中学卒業、旧制一高中退。横光利一に師事し、昭和九年、「東京日日新聞」「大阪毎日新聞」に『酩酊船』を連載。翌年、檀一雄、太宰治、中原中也らと同人誌「青い花」の創刊に参加し新鋭作家として期待されたが、その後、三十年にもおよぶ放浪生活に入った。

戦後、同人誌「ポリタイア」に短編を執筆。四十八年、「季刊芸術」に発表した『月山』で、史上最年長の六十一歳で芥川賞を受賞。昭和六十二年『われ逝くもののごとく』で野間文芸賞受賞。ほかに小説『鳥海山』、評論『意味の変容』、エッセイ『マンダラ紀行』など。

キャベツのステーキ

父森敦は、旧制一高を中退した後、長野県の松本を振り出しに、奈良は東大寺から瑜伽山《ゆかやま》へと移り、樺太や南氷洋などにも足をのばし、山形県は庄内の西目、加茂、大山、湯野浜、鶴岡、吹浦《ふくら》、酒田などを転々とし、三重県は尾鷲《おわせ》、新潟県は弥彦に住み、また庄内の大山で過ごしてから、長い放浪を打ち切って東京に出てきた。

四十余年の放浪生活で、森敦の移り住んだ所は三十箇所以上になる。夫婦で移り住んだ時期もあるが、ひとり飄然と放浪していた。

私は森敦とも、その妻とも血のつながりはない。縁《えにし》という糸で繋がっていたらしく、森敦が放浪を打ち切って上京したときから、急速に縁という糸が手繰り寄せられて養女になってしまった。

ひとり飄然と放浪していたのだから、簡単な料理なら作れるだろう。そう思って訊いてみた。

「得意な料理があるよ」

「食べてみたいわ」

「教えてあげるから、作ってごらん」

どんな料理かというと、キャベツの葉を大きいまま、フライパンで一枚ずつ炒め焼きして、大皿に盛りつけて完成。酢醤油で食べるから塩も胡椒も不要。キャベツさえあれば、あっという間にできてしまう簡単な料理だ。教えられたとおりに作ってテーブルに並べた。

「ナイフとフォークを持っておいで」

妙なことを言うなあと思いながら、大皿の右にナイフ、左にフォークを置いた。大きいまま炒め焼きして三枚に重ねたキャベツの葉を牛肉と見立てれば、ステーキだ。辺鄙な所では好物の牛肉が手に入らないので、キャベツの葉でステーキと洒落込んだのだろうか。

「キャベツのステーキのようだわ」

「そうかい」

と嬉しい声をあげたが、森敦は一口食べただけで残してしまった。

私の作った「キャベツのステーキ」は失敗作だったらしく、森敦は講釈した。牛肉と同じで、キャベツの葉に焦げ目をつけるのがコツだ、と。その後も講釈されたとおりに作って出しても、一口食べて残した。どんな料理でも同じで、一口食べてまずければ残してしまう。そんなとき、私は残したものを指差して、必ず尋ねた。

「これ、どうする?」

森敦（昭和62年　提供・森富子）

「きみが食べればいい」

「二人分は食べられないわ」

「それなら、捨てなさい」

『月山《がっさん》』で芥川賞を受賞してからだが、知り合いの通信社の女性記者が、シリーズ「男たちの台所」を写真入りの記事にしたいと言ってきた。森敦は浮かぬ顔をしながらも承諾して、「キャベツのステーキ」（記事では「森式キャベツいため」）を作った。

記事の中に、「キャベツは洗わない」「包丁は使わない」「キャベツは外の葉でなく中の葉を選ぶ」とあるのは、初耳であった。私の失敗は、中の葉を使わなかったからにちがいない。それにしても外の葉の行方が気になった。外の葉は捨てたのかと訊いてみた。

「料理の秘訣は贅沢だ。本当に美味しいところを少しだけでいい」

貧乏生活でも森敦流の贅沢は、使わなければ捨て、まずければ捨てることにあるのかもしれない。私は貧乏性で、「捨てなさい」と言われると、ドキッとする。そして捨てるときは、残り物に手を合わせて「ごめんなさい」と言ってから捨てるのだ。

「キャベツのステーキ」のほかに、どんな料理を作って食べていたのかと、折にふれて訊いても答えが返ってこなかった。

「不思議なことに、どこでも最初に貰うのが、卵だった」

「じゃ、卵料理ができるのね」

「いや、卵は生でも食べられるからね。持ってきた誰もが、卵をすぐ飲め、三日も四日も食わずにいたら、死んじゃう、と言うんだ」

「本当に食べてなかったの」

「新しい土地に移ると、朝から晩まで何日でも、窓べや縁側に坐り込んで、外を眺めているんだ。土地の人も、よそ者のぼくを探る。それで食べずにじっと坐っているように思われたんだね」

「それが、放浪するコツなの」

「土地の様子を知るためだ。みな、ぼくがキャベツと卵しか食べていないようだ、と思うらしく、何か作って持ってくる。そのうち面倒だからと作りに来てくれるようになった」

森敦の妻(私にとっては母だが)が神経を病んで入院すると、それまでは娘だと言われて可愛がってくれた母に代わって、森敦の酒肴の面倒をみるようになった。ほうっておいたら、餓死するかもしれないと心配した。だから、転々と放浪した先々で、森敦に御馳走を作ってあげたくなった人々の気持ちが、私には身に沁みてくる。

放浪を打ち切って働くために上京するとき、森敦は友人に宛てた書簡に書いている。

〈離れようとしてみると雪の月山も鳥海山も格別なつかしく思われます。あたりの農家

ともつきあいはしませんでしたが、考えてみればみな大根一本、人参一本の恩義がありま
す。〉

私は大学を出てから長い間、教科書の編集者をしていて、繁忙期は月六十時間の残業が続き、教科書採択時期は全国各地に出張した。森敦は、私が残業のときは、食卓の前で待ったあげくに出てくる手抜き料理を食し、私が出張のときは、出張日数と同じ数の重箱に入った手料理を冷蔵庫から出して食していた。

晩年の森敦は、三百六十五日、家で食事をしたので、一口食べただけで残したいのを我慢して、泣きそうになって私の手料理を食べていたにちがいない。

うそくさい本当の話

母に代わって私が家事いっさいをするようになったある日、晩酌の後におむすびに味噌汁を出した。

「頼むから、大根の味噌汁だけは、作ってくれるな」

と、父森敦は泣きそうな顔をした。

何日か前に、短冊に切った大根に馬鈴薯や人参の入った味噌汁を出したら、一椀を残ら

ず食べていた。今日は千に切った大根と揚げ入りの味噌汁だ。

「どうして?」

「大根の味噌汁は、一生分、食べたからね」

それから間もなくのこと、おでんを作って出した。

「一生分の大根を食べたから、いらん」

「大根入りの、おでんも、駄目なの?」

「煮た大根は、一生分、食べたんだよ」

そして森敦は、雪に閉ざされて注連寺に一冬を過ごしたとき、来る日も来る日も大根の味噌汁で過ごした話をした。「昨日の千に切った大根と違って、今日の大根は扇に切ってある。一昨日はさいころの大根だ。同じ大根でも違う、食えちゃ」と、寺守りのじさまが言ったという。

以来、私は森敦の気持ちを察して、味噌汁、おでん、煮物などから大根を追放した。

しかし、恐る恐る大根おろしを小さな器に入れて出すと、汁だけを飲み、お代わりをして、どんぶり一杯分の汁をすすった。栄養は汁にあるという理屈だ。残った大根おろしのかすは、私に食えと押しつけてきた。また、恐る恐る千の大根に茎を刻んで混ぜ塩で軽くもんで小皿に盛って出すと、なんとお代わりまでした。

後年、森敦は『月山』の中で、大根の味噌汁を描いた。

〈「冷えるの。こげだときは、熱っちゃいものがいちばんの御馳走だ。味噌汁には、おらがつくった大根《でぇこ》なんども、扇にも、千本にも、賽《さい》ノ目《め》にも切って、入れてあっさけの。せいぜい食って精をつけるんだちゃ」(中略)/「たとえ、千本にしても、賽ノ目に刻んでも、扇に切っても、大根はおなじ大根だもんだしの」/突然、思いつめていたことが破裂したように、餓鬼道じみたことを言いだすのです。/「大根でもあれば、結構じゃありませんか」そうは言っても、わたしはじさまの言葉にわれとわが耳を疑っただけで、言い返すつもりはなかったのです。「そのうち、また念仏になれば、みながイトコ煮でも置いていってくれますよ」〉

『月山』では、千や扇や賽ノ目の形に切った大根が一緒くたに鍋の中に入っている。今にして思うのだが、私が森敦から聞いた話のほうが、大根の味噌汁にうんざりする様子が伝わってくると思うのだが……。

森敦が長い放浪を打ち切って上京し、東京は東府中に住んだころ、私が養女になる十年ほど前のことだが、毎週末訪ねると、卓袱台に母の手料理が並んで酒宴となった。その母の素朴な手料理は美味しかったが、料理の盛りつけに特色があった。例えば、焼き魚なら、丸い皿にこんがり焼いた魚が載っているだけで、大根おろしなどのつけあわせはない。焼き魚といってもいつも鯵で、皿の中で一尾の鯵が泳いでいるように見えた。

やがて、母に代わって私が手料理を作るようになって、私流に盛りつけて出すと、

「料理屋のように、飾り立てないでおくれ」

と、森敦は困ったような顔をした。

例えば、焼き魚。私は楕円形の皿に一尾の焼いた鯵を載せ、大根おろしにレモンを添えたり、あれば筆生姜をつけたりする。こんな盛りつけはどんな家庭でもしているのに、森敦は不服らしい。

「小皿を三つ持っておいで」

そう言って森敦は、小皿に大根おろしを、次の小皿にレモンを、残りの小皿に筆生姜を移していった。魚一尾を載せた皿の前に、つけあわせの小皿を行儀よく並べた、森敦流の盛りつけを眺めて私は絶句した。

「こうすれば、焼き魚は、ぱりっとしたまま、美味しく食べられる」

確かに大根おろしの水分が流れ出て、それが焼き魚にしみこんで、まずくなることがある。理屈は分かるが、つけあわせの小皿が並ぶのは見栄えも悪く、洗い物の皿数も増えて手がかかる。

「分かったわ」

私は母の作った焼き魚を思い出した。つけあわせもなく、一尾の鰺が円い皿の中で泳いでいるような、あの盛りつけは、森敦の注文であったのだ。いつも怪訝に思っていたので謎が解けたようで、おかしかった。

「料亭の料理を一生分、眺めてしまったんだよ。真似しないでほしいなあ」

電源開発の仕事で尾鷲の料亭で、毎夜飲んでいたという。尾鷲といえば海の幸だ。尻尾が動いているような活き造りを舟に乗せ、伊勢海老も鮑も取れたての選りすぐりの逸品が並ぶ。話を聞いているだけでも口の中に唾が満ちてくる。浦島太郎が龍宮城で御馳走攻めにあっているようなものだ。私は信じられなかった。「うそくさい！」と言うと、森敦は「いつか連れて行ってあげるよ」と笑った。

それから十年が過ぎ、尾鷲に行く機会を得、約束したのだからと私を誘ってくれた。

かつて森敦と一緒に働いていた電源開発の方が、案内しながら懐かしげに話した。

「森さんは、いくら酒を飲んでも泰然自若、強かったですね」

「少しは酔ったふりをしてくれと言われてね」

毎夜、御馳走を前にして用地買収の交渉役をしたと知った。中学生時代は政治家を志して弁論を得意とした森敦には、うってつけの役ではなかったか。電源開発での仕事ぶりを知ってからは、うそくさい話も本当の話だと信じるようになった。

（森敦養女）

山田耕筰

心に宿る父／さまざまな素顔◆

山田耕嗣

山田耕筰［やまだこうさく］

作曲家、指揮者。明治十九年（一八八六）六月九日～昭和四十年（一九六五）十二月二十九日。東京都本郷区（現文京区）生まれ。

東京音楽学校（現東京芸術大学）在学中の明治四十三年、ベルリン高等音楽学校に留学。帰国後の大正四年、東京フィルハーモニー会に管弦楽部を組織した。六年、渡米し、翌年にはカーネギーホールで自作の曲を指揮。九年、日本で初めての創作的音楽団体「日本楽劇協会」を創立し、日本の交響曲やオペラの育成に力を注いだ。十一年には北原白秋と雑誌「詩と音楽」を創刊し、日本語の語感を生かした歌曲の普及を志した。その作品は歌劇から童謡まで広い範囲に及んだ。代表作に歌劇『あやめ』『黒船』、交響曲『かちどきと平和』、交響詩『曼荼羅の華』、歌曲『からたちの花』『この道』、童謡『赤とんぼ』『ペチカ』『待ちぼうけ』などがある。

文化勲章。フランス政府からレジオン・ド・ヌール勲章が贈られた。

心に宿る父

生まれて初めて原稿用紙なる物に字を書き始めた。「父の肖像」なる一文を依頼されたからである。父は三十四年前に死んだ。七十九才であった。そして私は今、数え年で「その年」になった。

どういう訳か、ここ半年ばかりの間に父に関しての話を依頼される機会が数回あった。いろいろと話をする内に、私の知るかぎりを何等かの形で残して置くべきかも知れないと考える様になった。色々な方が、音楽家・耕筰を専門的に、又その人間性を語っていらっしゃる。それらの文言の中には、家族の一員としては、何となく納得しにくいものもある。当然である。だから私は息子として、日々の明け暮れの中で、私の心に宿った父の思い出を思い出すままに書きつらねてみようと思う。

それにしてもまず順序として父がどんな家系に生まれ、育ったかを、教えられているまま書きしるす事としよう。私の知る限りでは、父の生い立ちは当時としては、いささか特殊な環境にあったと思われるからである。

父は明治十九年（一八八六）六月九日、東京市本郷区森川町（現在の東京大学の構内ちかく）で生まれ、父の二才の時一家を挙げて横須賀に移り住み、七つまでその地にいたという。六つの頃、海軍軍楽隊の行進を追い廻しては迷子になり、楽隊坊やなどと呼ばれては、隊員に家まで送って貰ったという。

耕筰の父親は三河の板倉藩士の家に生まれ山田謙造といった。その後士族を捨て、色々と商売をやり、一時は株の仲買の店を持つなど、かなり成功を収めた様だが、身持ちが悪く仕事に失敗し、最後には健康も損ね、父耕筰が十才の時に死んだ。母親は高橋ひさという板倉氏につかえた福島藩士の娘だったという。中々教養のあるしっかりとした美人で、又、耕筰の一生の心のささえであった様だ。

父親の死後、父耕筰は巣鴨の自営館というキリスト教系の夜間学校のある活版工場で働く事になる。その後の父の生活は、経済的にかなり苦しく母親と共に転々と居所を変えた様だ。

色々な無理がたたったのか、父は十三才の時に喀血し、二ヶ月の病院生活の後、保養の為母と共に鎌倉に移り住んだ（父の湘南とのかかわりあいの最初と思われる）。ここに約三年間程暮らしている。そしてこの間健康に障りのない範囲で、晴れた日は七里ガ浜で黒鯛等を釣り、長谷から材木座へかけて行商に歩いたと自伝にある。父が限りなく敬慕した母ひさが死んだのは、父が十八才の時で関西学院中等部の四年、明治三十七年（一九〇

左から妹・日沙、山田耕筰、筆者、母・爽子（昭和18年4月　提供・山田耕嗣）

四）の時だった。

この時、父の長姉恒子は英国人牧師で学者であったエドワード・ガントレットと結婚（一八九八）しており（日本における正式な国際結婚の第一号だったそうだ）、夫の赴任先（岡山第六高等学校）にいた。ガントレット夫妻は父耕筰を引き取り忠養学校（現岡山県立金川高等学校）に入学させ、以後親がわりとして養育した。特に父の義兄にあたるガントレット氏は親身な世話をし、教養、英語、エスペラント・ガントレット式速記等を教え、なかんずく父の音楽的才能を早くから認め教育した。彼はメソジスト派の牧師で英国の教会音楽者の免状を持ち、練達なオルガン奏者であった。父の音楽への道を開いたのは彼の音楽的知識と教会音楽が大きく影響したと思う。又その後の父の欧米での活動に大きく貢献をしたのは、疑いもなく流暢な英語力と欧米風社交マナーであったと私は信じる。

母の死後、父は望みがかなって、上野の東京音楽学校（現東京芸大音楽学部）に入学し、明治四十三年（一九一〇）、上野音楽学校の外国人教師ウェルクマイスターの推薦で三菱の岩崎小弥太男爵に会い、その援助で同校卒業後、同年四月ベルリン王立アカデミー高等音楽院に入学、ヴォルフ教授に師事して作曲を学ぶ。二十四才の時である。

ベルリン滞在は四年に及んだが、帰国後は、創作活動よりむしろ種々の芸術活動を行い、大正四年（一九一五）、我が国最初のプロ・オーケストラ東京フィルハーモニー会管弦楽部の公開試演、同五年、小山内薫と「新劇場」結成。七年、ニューヨークのカーネギーホールで自作発表会。八年、第二回発表会。十一年、北原白秋と「詩と音楽」創刊。十三年、自作の楽譜を出版。十四年、日本交響楽協会（いまのN響のはじまり）第一回演奏会等のめまぐるしい活動をしている。

父の創作活動というと、思い出される姿がある。

父は冬より夏を好んだ。適当に湿度が有る、どちらかというと暑い季節を好んだ。彼は作曲する時、湯上りに白い大きな厚手のバスタオルを腰に巻き首には冷たくしぼった白いタオルを掛けるのが常といって良い程の姿だった。

グランドピアノの上には、彼が最も敬愛した彼の母ひさの写真と彼がベルリン王立アカデミー高等音楽院で、作曲を学ぶ為師事したヴォルフ教授の写真が必ず並んでいた。ピアノの鍵盤の左隅の上には大きめのコップにビールがついであった（父はか、な、り、の左ききであった）。

この様な彼の作曲の姿は我々がよく映画や演劇で目にする、創作家の「髪ふり乱す」苦悩の姿はなく、軽く口笛を吹きながら鍵盤を押さえ、楽譜にオタマジャクシ（音符）を書き並べていた。口笛と言っても、必ずしも正確な音を出すのではなく、一定のリズムにのった空気の唇を通る音である。彼がピアノの前に座る以前に主旋律をつかむまでが彼の作曲の一番大切な時であり、ピアノは音の組合せを確認し、次への展開をまさぐっている様であった。

たぶん作品の構想に悩んでいる時であろう、父は良く我々をドライブに誘った。父は生来乗り物が好きであった。乗り物の走行リズムが彼の音楽感覚を高め、又次の作品への転換をうながす様であった。奥多摩へ家族でドライブした時だった。途中から雨が降ってきた。「耕嗣、このテンポ、何か解かるか?」と父が尋ねた。ウィンドー・ワイパーのリズムの事だった。あの時一体どんなメロディーが彼の頭の中を流れていたのだろう。

創作家としての父は六百曲以上の歌曲のほか、ピアノ曲などの器楽、舞踏詩、交響曲、歌劇など幅広い活動をしている。

さまざまな素顔

私の記憶にある父のさまざまな素顔について書き連ねてみたいと思う。

父はいつも教文館のポケットダイアリーを愛用していた。デスクの整理をよく頼まれたが、一度、中をのぞき見した事がある。日記帳の中に書かれてあったのは、殆ど単語の様なもので、英文、独文、ガントレット式速記号と数字であった。

仕事の予定、デートも含まれていたかも知れない。数字は家庭の予算等ではなく、殆ど仕事上の数字であった様だ。

父の日本文字と洋文字は、どちらも独特な字体である。あまり上手な字とは言えないが、彼の楽譜同様、丁寧で綺麗であった。

父は小さい時から英語をならったせいか又彼独特の感性からか、「カタカナ」で外来語を書く時、文字は出版社をかなり泣かせたのではないかと思う。リヒァㇽㇳ、シㇳラゥス、タィナァ等と音に出来得るだけ近い表現をする。ベルリンとは書かずベㇽリン、ニューヨークではなくニュゥヨォㇰ、モォツァㇽㇳ、ベェトォヴェン等と書いていた。

人は良く、父はオシャレであり、とても贅沢であった様にいうが、実際はそれ程でもなかった。

唯、今でいう所のT.P.O.に非常に気をつかった。どんな格好で、どの様な場に出るかを考えて服装を決めていたと思う。父は屋内屋外を問わず、多くの人や物に接し、自らの感性を高め、教養を身につけて行ったと思う。洋装の時はパンツをはいたが、和服の時は下帯を締めた。

父は柔物《やわらかもの》を着なかった。父の和服は全て母の見立であった。母の和服の趣味は中々なものであった。仙台平《センダイヒラ》の袴は決してはかなかった。渋い色の紬織《つむぎおり》の乗馬袴であった。
父は料理も得意だった。父が作るスキ焼とステーキは内外共に評判が良かった。牛肉に関する限り玄人並の目ききが出来た。スキ焼は玉ねぎの輪切りを敷き、その上に牛肉を乗せ、ビールを軽くサァーとかけ、その上に他の具を乗せる。割下を薄める時もビールを使った。

外地で生活した経験のある日本人が、肉を料理する時に良くビールを使う事を私が知ったのは戦後である。

父は特に牛の生肉を好んだ。今でこそスーパー等の広告に「牛さし」等と書かれているが戦前は一般的ではなかった。ニンニクと長ねぎと生醤油の良質なのが必須条件だった。

父はよく詩を読んだ。特に自分の心をゆさぶる詩は暗誦出来る位読んでいた。いつか何かの折りに一つの旋律となって湧き出でる位に、この習性は多分若い時義兄ガントレットから教えられた英詩の朗読から得た経験から学んだものだろう。父の作品の第一号は、彼が十五才の時に作曲した英文詩に依る「Ｍｙ Ｔｒｕｅ ｈｅａｒｔ」という短い合唱曲だ。父は歌手にくり返し教えていた。「歌う前に詩を読みなさい。良く読んで、心が動くまで読みなさい」と、クラシックを歌う歌手達の多くは、当時楽譜を唄う事に専念していた様に思える。演歌を唄う人達が、根強く人々の人気を博し、人々の間に長く唄われ続けるのは、父の言う詩を読むからであり、詩を歌うからではないだろうか。詩があって、メロディーが生まれる。良い語《カタ》りは自《オノズ》から心よい唄となる。

父は碁、将棋、麻雀等はやらなかった。一応は教えられた事もあった様だが、ゴルフ同様、あまり長時間に及ぶ遊び事は好まなかった様だ。

父自身、道楽と称していたものが三つある。

一番有名なのは彼の「姓名判断」である。顧問をしていた関係もあったろうが、「宝塚」の生徒さん方の「芸名」はかなり頼まれた様だ。

身内、家族も例外ではない。母の菊尾は起爽子、姉の美沙は悠起子、妹の日沙は偉容子、そして私耕一は耕嗣に。母はおそらく寝起が悪かったのだろう、姉や妹が何となく悠大な名をもらったのはどうしてだろう。父は本当は、私に音楽をついでもらいたかったのだろうか、耕嗣の嗣は「世つぎ」を意味するという。次世代をたくしたい夢があったのであろうか。

彼の「指観法」も少なからず、人々を驚かしたり喜ばせたりした。中指を中心に左右の薬指と人差指との関連を観るのである。中指を「自己」と見、薬指を「感情」、人差指を「意志」と見立てて指の相を読んでゆく。その長短のバランスと指間のすきま、指のそり具合、又は彎曲等に依り、綜合性の持主、創造性がある等、人相骨相を加え人はよく当たるといって驚く。

父のもう一つの道楽に「篆刻」がある。これは父が九つから十三まで、活版職工として働いていた頃の遺産の一つだと本人がいっている。頼まれて人の印なども作った様だ。「篆刻ほど私の疲れた頭をほぐしてくれるものはない。だから私の篆刻は趣味というよりむしろ、私のレクリエーションだ」と書いている。

最後に、忘れられない父の一言について——。

その朝は、私が九段の近工歩兵聯隊に入隊する日だった。

昭和十七年（一九四二）十月一日、赤坂檜町三番地の我が家の玄関前は内外共見送りに来てくれた人達で一杯だった。隣組の方々、近所の商店の人々、そして学友達がそれぞれ「日の丸」や「校旗」や「部旗」をたてて集まっていた。

送る言葉、送られる言葉が終わり、私はいよいよ家族達と最後の別れをする時が来た。

父は家族達と一緒に私の後ろにいた。私は振り向いて「行って参ります」と言った。父の大きな力強い目が私を見つめていた。口が少し動いた様に見えた。「死ぬなよ！」しぼり出す様な、しかし澄んだバリトンが聞こえた。父の顔に血の気が差した様に見えた。この時期「行って参ります」とは行って帰らない永遠の別れを意味する。父の横に母や妹が白い顔をして立っていた。

軍務中に七回程死の危機に立たされたが、不思議とこの時の父の顔は脳裡に浮かばなかった。だが、こうして平和な日々が送れる様になった今になって、又年を重ねるにつれて、この時の父の顔と声が頭をよぎり胸がつまる。戦時中に生きたればこそ、知り得る父と子の訣別の一瞬だった。

（山田耕筰長男）

山本有三

いいものを少し／本をめぐって◆

永野朋子

山本有三［やまもとゆうぞう（本名／勇造）］

劇作家、小説家。明治二十年（一八八七）七月二十七日～昭和四十九年（一九七四）一月十一日。栃木県栃木町（現・栃木市）生まれ。

一高在学中に鉱山労働者の生活を描いた一幕劇『穴』を上演、東京帝国大学在学中には芥川龍之介、菊池寛らと第三次「新思潮」を創刊した。卒業後に上演された『生命の冠』（明治座）、『嬰児殺し』（有楽座）が好評を博し、新進劇作家として知られるようになった。大正末期から小説を発表。「朝日新聞」に『波』『女の一生』『路傍の石』、「主婦之友」に『真実一路』『新篇　路傍の石』などを連載。作品の根底には、一貫して社会主義とヒューマニズムが流れていた。

戦後は、憲法の口語化、当用漢字、現代仮名遣いの制定、文学者の著作権擁護、国語研究所の創設などの運動に携わった。参議院議員も務めた。東京・三鷹市に山本有三記念館（旧山本有三邸）がある。芸術院会員、文化勲章。

いいものを少し

「お父様は厳しい方でしたか」と問われることがよくあります。仕事に対しては確かに厳しく、ひたすら〝いいもの〟を目指して努力していましたから、仕事の関係者には厳しい注文を出すことが多かったようですが、私たちを直接叱ることはありませんでした。

父の仕事が思い通りにはかどるように、余計なことに煩わされることのないようにと、母が常に細心の注意を払っていたからでしょう。また、母は折を見ては子供たち四人の生活ぶりを詳しく話していたようで、父と直接顔を合わせ話す機会は少なかったのに、ちゃんと子供たち一人一人のことを把握していて、ちょっとしたことをほめてくれたり、身体のことを心配してくれたりしました。

私は大正十三年十二月に生まれたのですが、当時は数え年でしたから僅か半月で二歳になってしまうことに疑念を抱き、一ヵ月後に出生届を出しました。女の子だから一歳でも若いほうが結婚のときにも有利だろうと考えたということです。妹二人も十二月生まれで、次女はやはり一ヵ月後れにしましたが、三女は翌年が巳年だったので辰年のままに届けたところ、五年後の同じ日に皇太子様がお生まれになり、今は天皇誕生日となってしまいました。そのころから数え年の矛盾を強く感じていたのでしょう。戦後第一回の参議院議員となり、文化委員長として尽力し成立させた法案の中に「年齢のとなえ方に関する法律案」というのがあります。数え年ではなく満年齢になったのですが、それは私が結婚した昭和二十四年のことでした。

今の吉祥寺本町に二四〇坪の土地を借り、初めて自分の家を建てて入居したのは大正十五年の三月でした。そこで妹二人が生まれました。当時は麦畑や原っぱやちょっとした林が多く、静かで空気もよく、父の仕事にも、私たちが遊ぶにもいいところでしたが、父がいちばん重要視したのは兄の学校のことでした。入学までまだ二年もあったのですが、成蹊学園の評判を耳にして、成蹊に通いやすいところに移ったのでした。父は〝学校は近いところがいい〟というのが持論でしたが、ただ近ければいいのではなかったのでした。

高等小学を卒業するまで父は首席を通しましたし、父親の勧めで近くの漢学塾にも通っていました。その上郷里栃木の町には中学校ができたばかりでした。『路傍の石』の吾一は家が貧しくて奉公に出ざるを得なかったわけですが、山本家は息子を中学に行かせるぐらいのことは十分できたはずなのに、武士から呉服商になり、手堅い商法で成功していた父親としては、一人息子に是非継いでもらいたかったのでしょうし、それが息子にとってもいいに違いないと考えていたのでしょう。「商人にこれ以上の学問はいらない。生意気

吉祥寺の自宅庭で。右から祖母、山本有三、筆者、妹、母、兄（昭和２年夏
提供・永野朋子）

になるだけだ」と父の進学希望を一蹴し、浅草の大きな呉服店に奉公に出してしまいました。ところが向学心に燃えていた父は、奉公先でも商売に身が入らず「使いに出されると三つのうち二つは忘れるし、蔵番をさせられればこれ幸いと本ばかり読んでいたので、大事な本を取り上げられてしまった」と、NHKラジオの〝文壇よもやま話〟でも話していました。最近その再放送があり録音テープもいただきました。結局一年足らずで逃げ帰ってしまいました。店でもこんなだめ小僧はいないほうが増しだったかもしれません。

郷里に帰っても父親は進学を許さなかったので、商売を手伝いながら一人で一生懸命勉強し、母親の執り成しもあって二年後にようやく上京することができました。高等学校入学の資格を得るために東京中学五年の二学期の編入試験を受け、第六高等学校に合格できたときには父親も喜んだそうですが、間もなく脳溢血で急死してしまったため入学を取り消して帰郷、二十二歳でようやく第一高等学校の文科の学生となることができました。その後も順調な学生生活は送れず、東京帝大独文科を卒業したのは二十八歳でした。

入学試験で何度も苦労し、そういう勉強はあまり身につかないことを悟った父は、子供たちにはもっとのびのびと、好きな勉強や運動に打ち込める学生生活を送らせたいと考えたのでしょう。成蹊小学校は男子二十人、女子十人のクラスが二つだけで、男子は七年制高校に続いていました。仏教精神に基づき、質実を旨とし、労働を重んじる学校で、学級菜園があり園芸の時間が決まっていました。四月八日の花祭り、海軍記念日の試胆会・学芸会を楽しみながらの徹夜会、夏の林間・臨海学校、乃木祭の草取り、十二月の断食会、創設者のご命日の枯林忌、三月三日の音楽会など、いい経験を積むことができました。こういう小学校生活を送らせてもらった幸せを年と共に深く感じるようになっています。

女学校は吉祥寺にはなかったので、姉妹三人は立教高等女学校でした。井の頭線で通いましたが、やはり近くて通いやすい学校でした。仏教からキリスト教の学校へというのは、いろいろな宗教に接し学ぶことによって、心の広い人間になってほしいと念じてのことだったものと推察しています。

〝いいものを少し〟というのが父のモットーでした。これは呉服商だった父親が失敗から得た商売上の信条で、〝いいものを少し〟という商法に切り替えてから商売もうまくいくようになりました。私が女学校高学年のとき、夕食後に〝いいものを少し〟というのは親父の信条だったんだから、これはわが家の家訓にしような、としみじみ言った父の姿は忘れられません。これだけは伝えたいと思いながら、子供たちみんなが理解できるようになるまで待っていたのでしょう。

呉服商は継ぐことはできませんでしたが、〝いいものを少し〟は子供のころから肝に銘じていたのではないでしょうか。中学に行かせてくれなかった父親を恨みながらも、尊敬の念も深かったことが察しられます。

本をめぐって

吉祥寺に移るとすぐ、初めての長篇小説『生きとし生けるもの』を朝日新聞に連載、続いて『波』『風』『女の一生』と新聞小説を発表したほか、ラジオドラマ『霧の中』や戯曲『西郷と大久保』『盲目の弟』『女人哀詞』や、中篇・短篇小説をいろいろな雑誌に発表、昭和十年には長篇小説『真実一路』を「主婦之友」誌に連載しながら、『日本少国民文庫』全十六巻の企画・編集にも力を注ぎました。第一回配本の『心に太陽を持て』が大評判となり、これは戦後に改訂されたものが、新潮文庫本として今も版を重ねています。四十代の脂の乗り切った年代だったのでしょうか。寡作の父にしてはいちばん作品の多い十年間でした。

父は強度の近眼だったので、原稿用紙は枡目の大きい二百字詰のを誂えて使っていましたが、書くに当たってはいろいろ調べ物もしなければならないので、目を使い過ぎたのか眼底出血し、新聞にも〝山本有三氏失明か？〟という見出しで黒眼鏡をかけた写真が掲載されたこともありました。それで御茶ノ水駅近くの井上眼科には定期的に通い、目薬を差すだけでなく、毎朝床の中で目を冷やしたりして大事にしていました。

一日中原稿を書いたり調べ物をしたりする時間が長いので、息抜きに将棋を差したり、縁側で私たちとコリントゲームを楽しんだり、庭木の手入れをしたりすることもあり、散歩に出るのも好きでした。そのころ妹二人は小さかったので、私だけがお供をしたことが何度もありました。駅前通りや公園通りの古本屋さんにはよく行きました。和服の着流しにソフト帽をかぶり、ステッキをはね上げるように先へ先へと進めながらスタスタ歩く姿が印象的でした。でも、十五分くらいの距離を私がどのようについて行ったのかは全く思い出せません。当時は町の中でも蛍が飛んでいたので、本屋さんが虫かごに二匹入れて下さったことがあり、父が何度もお礼を言っていたのはよく覚えています。

父は神田の古本屋さんにもよく行きました。たくさん買い込むと、本屋さんが紺色の大きな風呂敷に包んで背負って来てくれました。その本に一々目を通し分類したのを、父に言われた通りに書庫の棚に納めるのもよく手伝いました。古本には特有のにおいがありますが、父はそのアレルギー症だったようで、古本の整理を始めると、間もなくクシャミが出てなかなか止まらなくなります。お向かいの家の女中さんはそれがおかしくて、父のクシャミが聞こえると外に飛び出して指を折り始め、今日は二十回だった、三十回だったと楽しんでいたというエピソードもあります。

吉祥寺の家は父が一生住むつもりで建てたものだと思いますが、妹が生まれたり書生さんが来たりで手狭になったのと、周りに家が建て込んで来たこともあって、より静かな環境を求め、昭和十一年四月に三鷹村に引っ越しました。玉川上水に面した千二百坪の土地の中央に百三十坪ほどの洋館が建っていて、高い松の木が何本もあり、木の種類も多く、四季それぞれの味わいが楽しめ、静かなので父の仕事にはこの上ないところでした。

私は六年生でしたから、本の朗読を頼まれるようになりました。目を特に大事にしていた父は、たいてい布団に横になって目をつぶっていましたが、ちゃんと聞いていて、私に読めない漢字があってつっかえると、「○○だろう」とすぐ教えてくれました。すぐに思い当たらなくても、何偏に何書いてぐらい説明すれば分かってしまい、読みだけでなく意味も教えてくれました。ときどき「そこの段落の上に二本線を引いといてくれ」とか「その行の横には一本引いてくれ」とか言われる事があり、既に線の引いてある所もありました。父が目を通した本かどうかは、線の有無でわかるのでした。そういう大事な所はよく覚えていて、関連のあるときにいつでも思い出し役立てることができたのだと思います。布団の中で目をつぶっていて、よく眠くもならず、頭にちゃんとはいるものだと、私は感心しながら読んでいました。

たまに勉強を教わることもありましたが、父は決して答えだけを教えることはせず、調べ方を教えてくれました。書庫の本はみんな頭にはいっていて、どの書棚の上から何段目の真中へんに何という本がある、四六判のこのくらいの厚さの緑色の本だからすぐ分かるだろう、それから百科事典の何の項も引いてごらんという具合に、何冊も持って来させて丁寧に説明してくれました。こんなに大変なことになるのなら父に聞かなければよかったと思ったりもしましたが、女学校の初めに基本的な勉強法を教えてもらえたのは、ほんとうにありがたいことでした。

東京女子大学の国語専攻部に進学を希望したときには即座に賛成してくれましたが、「学問は一生のものなのだから、予科から地道に勉強しなさい。いきなり本科を受験して一年得をしようなんて考えてはいけないよ」と諭してくれた言葉は、今も頭に焼き付いています。四年間みっちり勉強したかったのに、後半は勤労動員のまま九月に繰り上げ卒業となってしまったのは残念でしたが、戦争の終結は何と言ってもうれしいことでした。

戦時中栃木市に疎開していた父は、たびたび上京して同志の方がたと密かに戦後対策を練っていたので、九月初めには疎開先を引き揚げ、行動を開始しました。

九月の末には自宅内にミタカ国語研究所（安藤正次所長）を設け、私も所員の一人として働きました。暮には文潮社という新しい出版社から『風』を振り仮名なしで出版したいという話があり、発表したときには伏せ字にさせられた所も、原稿通りに活字にすることができるようになりました。その仕事を父は私にやらせてくれ、「あとがき」にそのことを記してくれました。この「あとがき」は父の希望で、その後に出版された『風』にはすべて掲載されています。

（山本有三長女）

吉田健一

鎌倉と私、そして父／

鎌倉と私、そして父（二）◆

吉田暁子

吉田健一〔よしだけんいち〕

英文学者、文芸評論家。明治四十五年（一九一二）三月二十七日～昭和五十二年（一九七七）八月三日。東京・千駄ヶ谷生まれ。

元首相・吉田茂の長男。外交官だった父の勤務に従って、中国やヨーロッパなどで少年期を過ごした。

ケンブリッジ大学に留学し、英文学を専攻したが一年で退学。帰国後、評論家の河上徹太郎、中村光夫らと知り合い、英・仏文学の翻訳、書評などを始めた。語感や言葉の響きといった聴覚的な要素を重要視した英詩の翻訳は、翻訳の世界に新境地を開いた。

昭和十四年には山本健吉や中村らと「批評」を創刊。戦後発表した『英国の文学』『シェイクスピア』で評論家としての地歩を固めた。また、『宰相御曹子貧窮す』『乞食王子』をはじめとするエッセイ、『酒宴』『残光』『瓦礫の中』といった小説にも力量を示した。

『日本について』で新潮文学賞、『ヨオロッパの世紀末』で野間文芸賞。

鎌倉と私、そして父

私は終戦の年の十月に生れたが、たしかその翌年、父母と兄と私の一家四人は鎌倉に移った。私が生れる約半年前に、父母と兄の三人は東京の市ヶ谷の、私が今住んでいる所を空襲で焼け出され、疎開と父の入隊、終戦を経て、私が生れたあと一家は東京のどこかで間借りしていたのが、よりよい住処を鎌倉に探すことになったのだ。初めは稲村ヶ崎だったろうか、近くに父の無二のお友達、中村光夫さんも住んでいらした海の方にいて、そのあと二階堂、雪の下と、山寄りになった。雪の下は清泉女学院の小学部のすぐそばで、私は昭和二十七年春その小学部に入学したが、翌年の正月、小学一年の三学期を迎えるところで一家は東京に戻った。その後は、母方の祖母が二階堂は荏柄天神のそばに住んでいたので、春休みに兄と私が泊りがけで遊びに行ったりしたが、祖母が一人暮しを止めて東京の叔母の家へ移ってからは私が鎌倉を訪ねることはなくなった。それでもその後、平成八年に母が亡くなるまで三度ほど鎌倉に行く機会があったが、子供の頃の生活圏をゆっくり再訪することはできなかった。かつての馴染みの場所にもう一度身を置くことを、私はずっと思い続けた。その機会が訪れたのは三年前の秋の初めに母が亡くなった時で、鎌倉時代からのおつきあいで今は笛田にお住まいの長島敏雄さんが、気分転換に久し振りに鎌倉に来たらと、兄と私を誘って下さった。嬉しいお誘いで、私は、鎌倉での最後の家、私が物心ついた雪の下の家の辺りを見たいと言った。

四十四年振りの鎌倉再訪では、見憶えのある家がいくつも残っているのに感慨を覚えた。昔のままらしいのに記憶とは全く違う場所には、改めてまた行ってみようと思う。

雪の下の家というのは、山だか丘陵だかの始まりの所に建った大きな日本家屋で、我々はその一部を借りて住んでいたのだ。たしか清泉女学院の、敷地の脇を通って広い道を行くとやがて上りになるのは記憶通りで、嬉しいことに、いよいよかつての山田家（当時の大家さん）の所有地内に入るという所に、昔ながらのずんぐりした石の門が立っていた。綱か何かが張ってあって、「私有地につき立入りを禁ず」という札が下がっていたが、かつて家のあった所まで行ってみるだけだからと、入っていった。昔春になると、大きな揚羽蝶が羽を震わせながら躑躅《つつじ》の花の蜜を吸っていた坂道を登りきると、建物の姿はなく、更地になっていた。びっくりしたのは、そこが意外に狭いことだった。記憶の中のものを探して見回したが、春になると蛙の集まってきた池はなくなっていて、父の仕事部屋の外にあった芭蕉の木もなかった。一つだけ、それと思しき場所に、かつて兄と私の運動靴やゴム長が並んでいた沓脱石が、家という背景を失ってか、記憶よりずっと小さいながら

吉田健一（提供・吉田暁子）

残っていた。

庭の南と東の端は記憶通りで、どちらも木が茂っていて、その中に入っていけば南の方では斜面を降りることになり、東の方は丘だか山だかを登っていくことになるのだ。木の茂る中を歩く時は腐りかけの落葉の積った上を歩くのだが、私はそれが嫌いだった。ところがある時、庭の東端の登り道を私は一人で登り始めた。どの位の間登ったのか、そのうち私の後ろの方で視界が開け、遥か地平線に海が、海のかけらというようにほんの少し見えた。稲村ヶ崎時代のことは私の記憶にはなく、その後滅多に見ることのなかった海を突然、自分の家のすぐ近くで目にした私は大いに興奮した。その後何度も海を見に庭から登っていったようには憶えていないが、目の前に海が広がるのではなく、そのほんの一部が遥か遠くに覗いて、青い広がりを約束し、想像させるという、当時は知らなかった言葉だが「詩的な」風景は今でも私の脳裏に残っている。

四十四年振りの庭だったが後の予定もあるし、私達は長い間思い出に耽ることもなくまた坂道を降り始めた。途中に艶艶した栗の実が落ちていたので、母に供えることにした。

小学校に入る頃までを鎌倉で暮せたのは良いことだったと、ずっと私は思っている。自然と人間の生活が折り合っている鎌倉で、私は植物や昆虫に特に興味を抱きはしなかったが、子供に多種多様な遊びが提供される今の時代とは違うし、町中のように遊び友達がすぐ近くに住んでいるわけでもなかったので、受け身ではあっても自然とのつきあいは私の生活の大きな部分だったはずだ。花には惹かれ、鎌倉時代にいくつもの野花の「顔」と名前を憶えた。路傍の淡紫の菫、見過してしまうような小ささながら独特の淡青の花をつけ、淡青の中にさらに、より濃い色で縦の線の入った犬のふぐり、ごく淡い淡紅色の花にやはり縦の線の入ったげんのしょうこ、花が終って種子ができると、ほわほわした白い球を戴いて、その球が鯉のぼりの竿の天辺の円い物を思わせるたんぽぽ、派手なのに、秋の陽射しの中で気持を弾ませるよりは引き締める彼岸花、遥か梢でいとも貴重なものに見える淡紅色の合歓《ねむ》の花。こうした花を今目にすると、忽ちそれは鎌倉でのイメージとなり、気持が潤う。

東京で焼け出された時に文字通り、百パーセント家財を失って、鎌倉では必要な本を大佛次郎さんその他の方々に拝借していたという父であり、鎌倉時代は両親にとっては大変な時期だったが、私にとっては真に平穏な、子供らしい喜びに彩られた静かな日々だった。世の中は変化の洪水のような時期でも、「大きくなったら」というような、変化についての考えは全くないまま、しかし勿論、私は成長していった。いつの頃か、母が片仮名と平仮名を教えてくれ、それからはどんどん自分で本を読むようになった。漢字はその後ひとりでにずいぶん読めるようになった。私が小学校に入る頃は戦後の復興が大分進んだようで、私がぴかぴかのランドセルを大喜びで背負っていると、大家さんや他の間借りの方達が集ってきて、「こんなものが出来るようになったんですね」と話していたのは憶えている。小学校に入ってからのたしか六月、私はピアノを習うことになって、母に連れられて週に一度北鎌倉の先生のお宅へ通うようになった。ピアノを習うことになってか
らで、当時は近くのあるお家で毎日練習させていただいた。本を読みピアノを弾くことが始って、それからもう一つ、学校に上がる前の年だったと思うが、私と兄にとっての最初の犬が家にやってきた。書物とピアノと動物は、それ以来今に至るまで私の生活の大きな部分である。今思い浮かべると夢を見ているような鎌倉での静かな日々に、私の人生の土台が出来上っていったのだ。

鎌倉と私、そして父（二）

父の書いたものを最初に手に取ったのは鎌倉時代のことだった。といっても背表紙の題の読み方だけ覚えた翻訳『赤い死の舞踏会』（エドガー・A・ポー）ではなく、同じく翻訳の『不思議な国のアリス』である。チャタレイ裁判で潰れた小山書店の子供のための叢書の、兄と私が愛読した「ふくろう文庫」に収められたこの翻訳を、父は兄と私各々に献

呈してくれた。自分の著作を署名入りで贈ってくれるのは、父が子供の本を訳さなくなってから一時途絶えたが、私が大学を出て、父が今代表作と言われているものを次々に書くようになると再開された。大学に入った頃に『英国の文学』を読んで、批評家吉田健一に一目惚れしたことは父に言ってあったと思うが、献呈を再開してくれたのは、その頃書いたものには父自身が満足しているものが多かったという他に、父が私を一人前と認めてくれたということがある。『不思議な国のアリス』その他の、子供のための本を見ると、「お健」、「お暁」と書いてくれていて、つまり、まだ「健介様」、「暁子様」と書く気にはなれないということだろう。「お暁」と書かれているのに気がついたのはやっと十年位前のことで、何についてだったか、子供が一応対等の相手になるまでは云々と、父が言っていたのを思い出し、かえって父の愛情を感じた。「暁子様」と書いてもらえるようになってから、父に対して父の作品を褒めるのに私がどんな言い方をしていたのか、もうよく憶えていないが、父はいつも、幾分照れたような、しかし本当に嬉しそうな顔をした。昭和四十九年に私がパリに留学することになった時、たしか「文芸」に連載したあと四十八年に単行本になった『金沢』をまだ読んでいなかったので、「パリに持っていきます」と言うと、「そうか。それはありがとう」と父は言った。父がどの程度の気持でそう言ったかは知らないが、こちらはともかく、こちらに対して礼儀に適った応待をしてくれたと感じた。そういえば、まだ「お暁」だった鎌倉時代、父が境の襖を開けて書斎で仕事をしていて、畳何枚か離れた縁側で私が何かしながら歌を歌っていると、「悪いけどもう少し遠くで歌ってくれない?」と父から声が掛った。「悪いけど」と言われて、これは言われた通りにする他ないと感じたのを憶えている。

ただ歌を歌っているだけの子供に、仕事の邪魔だからと頭ごなしに怒鳴るような父ではなかったが、ともかく鎌倉時代の兄と私は「お健」と「お暁」で、父は仕事が忙しかったし、子供のことは概ね母親に任せておこうと考えていたらしい。母の手が塞がった時はお風呂にも入れてくれたが、人の話に聞くように、子供との入浴を楽しむ様子はなかった。ともかく父は、優しくしてくれることはあっても遊んでくれることは絶えてなかった。私が生まれる前、母が一人で出掛けた時は、父はほとんど無言で絵を描いて兄を遊んでやったらしいが、それは戦争の只中で父は仕事がなくて暇だったからかも知れないし、あるいは、兄がとんでもないことをしでかしたり、母を探して泣いたりするよりは、ということかも知れない。私は父をこわがってはいなかったが、差し迫った必要がない限り父に話しかけたり、父から何かを求めることはなかったように思う。父が優しい時は優しいのを知りながらそんな風だったのには、遊んでもらうことがなかったのが大きいのではないか。面白いのは、兄や私が当時気がついていたかどうか憶えていないが、そんな父が、兄や私のことでは結構楽しんでいたことである。クリスマスが近づくと父と母は東京に行って、クリスマス・プレゼントに兄には模型飛行機や電気機関車を買ってきたが、それを選ぶのを父は大いに楽しんだらしく、子供達が寝てしまってから帰ってきてまた飛行機を飛ばし、兄が起きてしまって父は大慌てなどということもあったらしい。兄がお友達から借りてくる山川惣治氏の、『密林の王者』などの本も、父は私達が寝てしまうのを待って——父は子供が決った時間にちゃんと床に入るのを絶対に要求し、よそのお宅でも遅い時間にお子さんの姿が見えると「おやおや」というようなことを言って、お子さんのご不興を買っていたらしい——手に取り、読み終ると兄の枕許に返していたそうだ。糞尿譚を好むのは子供の一つの特徴のようだが、このことでも私達は父を喜ばせた。早くに虫きちがいになった兄はファーブルの『昆虫記』を、一冊また一冊と買ってもらっていて、それで私も、馬糞で球を作って転がしていく黄金虫がいるのを知った。よほど繰り返し眺めたのか、今でも『昆虫記』の、「仕事中」の黄金虫の写真は眼に焼きついている。そういえば私達は幸い馬糞も知っていて、それは祖母の家の前の道に流鏑馬の練習をする馬がそれを置いていったからだ。兄も私も写真を眺めるだけでなく、ある時、自分達が馬糞の球になることを思いついて、「クソコガネによりて球にされたる馬糞の歌」とでもいうような歌を作って歌いながら、父の書斎と隣りあった子供部屋を転げまわった。その間母が笑っていたのは憶えているが、父も大喜びだったらしく、父はいわば死ぬまでこの馬糞の歌を憶えていた。それからまた、こんなこともあった。母の妹一家が東京の私達の家の近くに住んでいた頃、そこの一人息子が、簡易水洗のためのバキューム・カーを近所で見て大いに興味を持ち、「楽しい」想像に耽ったあげく、それがバキューム・カーに吸い込まれるまでを演じてみる気になった。私はそんな従弟を可愛いとは思っても、その思いつきをそんなに面白いとは思わなかったが、父は「演技中」の従弟を見たのか、それとも母や私から話を聞いただけだったか、ともかく、それまでその子に特に関心を持っているようではなかったのが、破顔一笑して、「そいつはいいや。あの子は見所があるね」と言い、以来従弟によ り親しみを見せるようになったのである。

私の人生の土台は鎌倉で出来たと書いたが、父のいくつかの大事な側面を知ったのも鎌倉だ。長い間想っていた鎌倉再訪を実現させて下さった長島さんとも、「健ちゃん」、「暁ちゃん」だった鎌倉時代に始まったおつきあいなのだ。そういう鎌倉が昔の姿を多分に止めているのは、私の人生の幸運だと思う。

（吉田健一長女）

編者あとがき

野々上慶一

かまくら春秋社の三十周年記念として『父の肖像』が上梓されたのは、平成十一年の秋も深まる頃だった。当時、すでに九十翁になろうというオイボレだったが、創立三十五年を記念して『父の肖像Ⅱ』を出版することになったという話を耳にし、さらにこうして、ふたたび伊藤さんと編者に名を連ねることになって、長生きはするものだとあらためて嬉しく思っている次第だ。

『父の肖像』は、申し上げるまでもなく文士を中心にした文化人を父親に持つ息子さんや娘さんが親父さんの素顔を綴ったエッセイを一冊にしたものだ。伊藤さんが発行人をつとめ、文芸タウン誌として知られる『かまくら春秋』に連載されたものだけあって、このたびの続編にも大佛次郎、今日出海、中山義秀、林房雄はじめ鎌倉にゆかりの深い父親たちがたくさん登場している。戦時中からの鎌倉の住人であり、昭和初期には出版屋として鎌倉文士と親しく接した老生の懐旧の念を呼び覚ましてくれるとともに、光陰の矢のごときことをあらためて教えてくれる。

とはいっても、子に寄せる親の思い、親を思いやる子の思いが、いつの世も変わらぬものであることは、ここに編まれた一編一編が証明している。親子の情愛の表現が一様でないのは無論のことだ。それぞれのドラマに、心は、ほのかに明るんでくる。

伊藤玄二郎

創立三十周年の記念出版として『父の肖像』を世に送り出してから、早いもので五年になる。ボクは人生の新しい地点に立ち、野々上慶一さんは九十代も半ばになったが、第二弾もまた編集者、出版人として畏敬する大先輩の野々上さんと編者をご一緒することが出来た。同じ鎌倉を舞台に、時代こそ違え、師である里見弴先生はじめ小林秀雄、永井龍男、堀口大學の各氏らの知遇を得るという共通の体験があり、年齢の差を意識することなく彼らの思い出を、彼らの文学を語り合える野々上さんに編者をお引き受けいただき、こんなうれしいことはない。

『父の肖像』続編を、今度は三十五年の記念出版としたのは、一読してお分かりのごとく、ひとりひとりの作家、文人らの父親としての素顔が読者の興味をかき立てるに違いない、現代社会において父と子はどうあるべきかを考えるうえで役に立つと信じたからだ。そしてまた、三十五年の歩みを重ねるうち、子弟によってその肖像をスケッチされた父親たちの年齢に近づき、追い越してしまった自分が、子どもの心にどのような親父として映っているのか不安を覚えたからでもある。つまり、編集者としてはもちろん、ひとりの父親としてこの本を編むことにしたともいえる。

名編集者、出版人として文学史のうえに大きな足跡をしるした野々上さんの力を得たこの本が、多くの読者に歓迎されるとともに、文学研究の一助になれば幸いだ。

＊この本は、昭和63年から月刊「かまくら春秋」に連載中の「父の肖像」より一冊にまとめたものです。掲載年と月は次の通りです。

石川眞樹（石川淳）平成8年4・5月号／竹内希衣子（石川達三）平成14年8・9月号／石田修大（石田波郷）平成8年2・3月号／石塚光行（石塚友二）平成元年3・4月号／泉名月（泉鏡花）平成元年9・10月号／朝丘雪路（伊東深水）平成4年8・9月号／井上荒野（井上光晴）平成8年10・11月号／太田青丘（太田水穂）平成2年1・2月号／岡本敏子（岡本太郎）平成9年6・7月号／奥村勝之（奥村土牛）平成10年12月号・同11年1月号／野尻政子（大佛次郎）平成5年8・9月号／小出一女（川口松太郎）平成5年12月号・同6年1月号／吉田渠子（今日出海）昭和63年11月号・12月号／西條八束（西條八十）平成7年10・11月号／神西敦子（神西清）昭和63年1月号・平成元年2月号／田村和子（高田博厚）平成3年5・6月号／松橋新子（高橋新吉）平成12年6・7月号／つぼたりきお（坪田譲治）平成12年4・5月号／内藤初穂（内藤濯）平成14年4・5月号／中上紀（中上健次）平成13年12月号・同14年1月号／中村良太（中村琢二）平成4年3・4月号／赤田哲也（中山義秀）昭和63年9・10月号／西脇順一（西脇順三郎）平成9年2・3月号／藤原咲子（新田次郎）平成11年8・9月号／後藤昭彦（林房雄）平成3年11・12月号／深田森太郎（深田久弥）平成9年10・11月号／秋山日出子（前田青邨）平成7年2・3月号／村松暎（村松梢風）平成7年12月号・同8年1月号／森富子（森敦）平成11年12月号・同12年1月号／山田耕嗣（山田耕筰）平成11年6・7月号／永野朋子（山本有三）平成7年8・9月号／吉田暁子（吉田健一）平成11年10・11月号

＊プロフィール作成にあたり次の資料を参考にしました。日本人名大辞典（講談社）／日本近代文学大事典　日本近代文学館・編（講談社）／日本大百科全書（小学館）ほか

＊著作権につきましては極力調査いたしましたが、お気付きの点がございましたらご連絡ください。

◆編者

野々上慶一（ののがみけいいち）

1909年下関生まれ。1931年、東京・本郷に文圃堂書店を開業、小林秀雄らの知遇を得て「文學界」を復刊。中原中也「山羊の歌」や初めての宮澤賢治全集などを出版した。著書に「文圃堂こぼれ話」「中也ノオト〜私と中原中也」など。古陶磁、古版画関係の著書も。

伊藤玄二郎（いとうげんじろう）

1944年鎌倉生まれ。河出書房を経て、かまくら春秋社を設立。エッセイスト。リスボン工科大学客員教授、関東学院大学人間環境学部教授。著書に「風のかたみ」「末座の幸福」、対談集「言葉は躍る」など。

父の肖像 II

編者　野々上慶一　伊藤玄二郎

発行者　田中愛子

発行所　かまくら春秋社
鎌倉市小町二―一四―七
電話〇四六七（二五）二八六四

印刷所　ケイアール

平成十六年七月十四日発行

ISBN4-7740-0267-4 C0095

かまくら春秋社

父の肖像 I

芸術・文学に生きた「父」たちの素顔

野々上慶一・伊藤玄二郎編

父親とは、夫婦とは、家族とは——。芸術・文学に生きた「父」たちの素顔を、息子、娘たちが描く。家族の温かな「絆」が確かに存在した時代を映し出す一冊。秘蔵写真も収録。

登場人物：安部公房／有島武郎／伊藤整／井上靖／巖谷小波／江戸川乱歩／大宅壮一／開高健／河竹繁俊／川端康成／岸田國士／北原白秋／倉田百三／小林秀雄／小牧近江／斎藤茂吉／坂口安吾／佐藤春夫／里見弴／獅子文六／太宰治／立原正秋／永井龍男／中野重治／中村光夫／萩原朔太郎／武者小路実篤／室生犀星／横光利一／与謝野寛／吉野秀雄／和辻哲郎

定価 2100 円（本体 2000 円＋税）
ISBN4-7740-0131-7　C0095